架空犯

[日]东野圭吾 著
李盈春 译

浙江人民出版社

KAKUHAN
by KEIGO HIGASHINO
Copyright © 2024 KEIGO HIGASHINO
Original Japanese edition published by GENTOSHA INC.
All rights reserved
Chinese (in simplified character only) translation copyright © 2025 by Zhejiang People's Publishing House Co., Ltd.
Chinese (in simplified character only) translation rights arranged with GENTOSHA INC. through BARDON CHINESE CREATIVE AGENCY LIMITED

浙江省版权局
著作权合同登记章
图字:11-2025-010号

图书在版编目（CIP）数据

架空犯 ／（日）东野圭吾著 ；李盈春译. -- 杭州：浙江人民出版社，2025. 6. -- ISBN 978-7-213-11930-9
Ⅰ. I313.45
中国国家版本馆CIP数据核字第2025MH2385号

架空犯

JIAKONG FAN

〔日〕东野圭吾 著　李盈春 译

出版发行：浙江人民出版社（杭州市环城北路177号　邮编 310006）
　　　　　市场部电话:（0571）85061682　85176516
责任编辑：昝建宇　尚　婧
特约编辑：王雪莹
营销编辑：陈雯怡　张紫懿
责任校对：杨　帆　陈　春
责任印务：程　琳　幸天骄
封面设计：沉清 Evechan
电脑制版：北京之江文化传媒有限公司
印　　刷：杭州富春印务有限公司
开　　本：880 毫米 ×1230 毫米　1/32　　印　张：12.5
字　　数：257 千字　　　　　　　　　　　插　页：2
版　　次：2025 年 6 月第 1 版　　　　　　印　次：2025 年 6 月第 1 次印刷
书　　号：ISBN 978-7-213-11930-9
定　　价：69.00 元

如发现印装质量问题，影响阅读，请与市场部联系调换。

1

灰色的天空中浮现出直升机的黑影，从那里究竟要拍摄怎样的影像？有多少观众想看这种东西？不过肯定还是有需求的吧，他人的不幸永远可以用来牟利。

远远望去，那栋宅邸似乎并无特别之处。深灰色的墙壁完好无损，屋顶也还在，但若靠近到能看清全貌的位置，就会发现情况非同寻常。随处都是烧焦的痕迹，但更早让人警觉有异常的，是臭味。火灾已经过去一天多了，空气中依然飘荡着建材燃烧时产生的煤烟特有的难闻气味。

看热闹的人三五成群。宅邸周围摆放着红色三角锥，还拉起了禁止入内的警戒线，气氛凝重。警戒线内，身穿消防和鉴识制服的人们默默地忙碌着。

路旁聚集着几个电视台工作人员模样的男女，摄影器材搁在一边，看来综艺节目要用的影像素材已经拍摄完毕。

其中一个女人快步走过来，大概从气质看出他是警察。不出所料，"打扰了，"她冲他说道，"您是警察吗？"

五代努没去看她，一边走一边沉默地摆了摆手。

"听说将会设立搜查本部，所以果然不是单纯的火灾？"

难道她以为年轻女性来问自己就会回答？我看起来有那么

轻浮吗？五代叹了口气，加快脚步。女人似乎很快放弃了。

穿过禁止入内的警戒线，靠近金属门扉时，站在门前的年轻警察面露戒备。不等他开口问有何贵干，五代从上衣内侧拿出警察证。警察恍然敬了个礼。

五代再次抬头打量宅邸。二楼的窗户敞开，但窗户内侧黑沉沉的，什么都看不见。恐怕不只是光线幽暗，也是被烧得焦黑。虽然没烧到外墙，但内部几近烧毁。

来这里之前，五代已经确认过这栋建筑的大致数据：坐落在高级住宅区正中央，而且是东南角，占地面积约一百坪[①]；二层的西式风格建筑，玄关朝东，南侧有庭院，树篱遮蔽了行人的视线。虽然称不上是一栋豪宅，但相较于周遭的住宅也颇为醒目。这样的惨状，对附近的住家无疑也是一种冲击。

从大门进去，有十米左右的过道，前方就是玄关，现在用蓝色苫布挡住了。消防署和鉴识课的人员从缝隙间频繁进出。

五代正漫不经心地望着他们，一个穿西装的男人出来了，是五代的熟人。他两手插在裤兜里，晃晃悠悠地走着，正是同系的筒井警部补[②]。他也发现了五代，苦笑着走过来。

"你也是来踩点的？"

"我想看看是什么状态。筒井先生，你进去过了？"

"只是稍微看了一下，因为他们叮嘱我不要到处走动。我

[①] 坪，日本的面积计量单位，一坪约为 3.306 平方米。——译者注。以下若无特殊说明，皆为译者注。

[②] 日本警察的级别由下而上为巡查、巡查部长、警部补、警部、警视、警视正、警视长、警视监、警视总监。

只看了有遗体的客厅，喏，就是这里。"筒井操作着手机，把屏幕转向五代。

屏幕上映出被烧得面目全非的室内景象。所有东西都覆着一层黑乎乎的煤灰，无法辨别本来的面貌。摆在房间中央的应该是大理石餐桌，旁边看似沙发的物体上，白色的绳子摆成人形，呈躺卧的姿势。

"这里是藤堂的遗体？"

筒井噘起下唇，点了点头。

"被发现的时候，能确认的只有性别了。据说尸体损伤很严重，烧焦了。"

筒井的话让五代心情黯淡。尸体他见过很多，烧死的尸体也早已看惯，但想到今后势必要看那张图片看到腻，也不免一阵郁闷。

"看这情形，现场勘查怕也不会顺利。"

"是啊。听说鉴识课会与科搜研[①]合作，参考收集到的数据，以3D技术复原烧毁前的状态。等这项工作完成之后，对作案经过和现场状况的勘查才会正式展开。"筒井收起手机。

五代默然点头，凝视着大门。名牌上刻着"藤堂"二字。

一丁目的藤堂家起火了——119接到报警，是在十月十五日，亦即昨日半夜两点多。当地消防人员立即出动灭火，但火势猛烈，历经三个多小时才完全扑灭，此时天色已亮。

[①] 即科学搜查研究所，设于警视厅及都道府县警察本部刑事部的附属机关，从科学的角度进行犯罪侦查的鉴定和研究等。

在火灾现场发现了两具尸体。因为联系不上在此居住的藤堂康幸和江利子夫妇,所以死者应该就是这两人。但还有更重要的发现——两人极有可能并非死于火灾。

"我听说是勒死的。"

听了五代的话,筒井微微点头。"在沙发上发现的那具遗体,脖颈上黏有烧焦的布似的东西。虽然已看不出原样,但原本应该是绳状物,很可能就是凶器。"

"另一具遗体是在哪里发现的?"

"浴室。"

"浴室?在那里……"

筒井皱起眉头,揉了揉鼻子下方。"上吊了。"

"那是藤堂太太?"

"没错。"筒井点头,"浴室没有着火,遗体也没被烧到。好像是在晾衣杆上挂了绳子上吊的。"

"确切来说,不是上吊,是被吊起来吧?"

筒井伸出食指摇了摇。"还没有正式的结论,少乱讲。"

"但如果不是这样,不会把我们叫过来。"

"就算是,也没必要说出来。谁知道会不会被人听到,消防人员和基层警察里也有毫不知情的人。"

筒井有他较真的一面。五代耸耸肩,答说"知道了"。

辖区警署的刑事课接到消防的联络,确认有两具尸体后,认为火灾并非意外,而是人为造成——妻子在客厅杀害丈夫后,在家中纵火,而后在浴室自杀。署长得知消息,觉得事关重大,向警视厅搜查一课申请支援。

然而，情况比署长料想的还要严重。

验尸官抵达现场后，看到在浴室发现的吊死的女性尸体，当即察觉这属于刑事案件。从缢痕判断，该女性死者极有可能并非自己上吊，而是被人勒死后，吊起来伪装成自杀。

原以为是一起强迫自杀①事件，至此性质为之一变，成了杀人案件。

昨天傍晚决定成立特别搜查本部，今天五代他们所属的系接到出动的命令。下午将召开第一次侦查会议，五代打算在会前先看看现场，所以过来了。

"藤堂康幸的个人情况你掌握了吗？"筒井问。

"我看了网络新闻。"五代拍了拍左胸，内侧口袋里放着手机，"他出身于政治世家，本人在担任了十五年区议会议员后，当选为都议会议员，现在是第五届了。"

"年龄是六十五岁，作为政治家正是年富力强的时候。对这种人来说，堪称珍贵财产的就是丰富的人脉。他跟各种组织、团体都有联系，尤其选举时他们会成为强有力的支持者。不过相应的，剪不断理还乱的纠葛也很多，不想公开的不光彩关系怕也不是没有。"

"也就是说，朋友多，敌人也多？"

"就是这么回事。你最好有个心理准备，麻烦会跟小山一样多。"筒井的语气听起来不像是猜测，而是确信。

"因为社会关注度也不会低。你知道吗？江利子夫人以前

---

① 原文为"無理心中"，指一方强迫没有自杀意愿的另一方一起去死。

当过演员。"

"嗯，好像是有这回事，不过我不是很清楚。"

"我也不知道。但她似乎不是默默无闻，也有过很活跃的时期。据说是三十多年前的事了，当时叫双叶江利子。"

"双叶江利子？感觉听过这个名字，不过什么都想不起来。"筒井似乎不太感兴趣。

第一次侦查会议在辖区警署的大礼堂召开，主席台上除了搜查一课课长①和理事官②，连刑事部长也赫然在座，可见重视程度。

先由辖区警署的署长作开场致辞，刑事课长介绍案件后，便由负责初期侦查的侦查员和鉴识人员报告到目前为止查明的情况。

火灾是藤堂家右边的邻居报的警。报警人因为闻到烟味而起疑，向窗外望去，发现邻家冒出了火焰。他说不知道什么时候烧起来的。附近其他住户在听到消防车的警笛前，完全没发现火灾。虽然也有风向的因素，但应该是因为深夜人们大多已经熟睡。

司法解剖的结果已经出来了，两人都戴着婚戒，从血型、牙齿的治疗痕迹等可以判定，正是住在这里的藤堂康幸和江利子夫妻。藤堂江利子的指纹也吻合，遗属已经确认了死者身份，

---

① 日本警察组织的职位之一，不同层级机构中该职位对应的级别也不同。警视厅的课长级别为警视正或警视，县警本部的课长级别为警视，警署的课长级别为警部。

② 日本警视厅组织的职位之一，系长之上、部长之下，级别为警视。

之后还会进行 DNA 鉴定，但应该不会颠覆现有结论。

　　夫妻俩是窒息而死，从呼吸器官并未检出烟雾颗粒，说明火灾发生时人已经死亡。藤堂康幸的脖颈留有疑似凶器的绳状物残渣，藤堂江利子的脖颈上有两种缢痕，推测凶手从背后将其勒死后，再用绳索将其吊起，伪装成吊颈自杀。

　　综合上述情况，此次案件可以确定为由第三人伪装成强迫自杀的凶杀。此外，从两人血液中检测出少量酒精，但未检测出安眠药等药物。

　　目前还没有有价值的目击情报。藤堂家设置了监控摄像头，但因为火灾系统整体受损，无法修复。不过，附近也有几户人家在玄关等处安装了监控摄像头，现在已经开始收集和分析视频。

　　起火原因基本可以认定为凶手纵火，应该是将煤油泼洒在客厅地板后放的火。但煤油是凶手带进来的，还是在藤堂家就地取材，现在还不得而知。

　　十月十四日晚上夫妻俩的行踪已大致查清。藤堂康幸参加完在东京都内举办的宴会后，和所属党派的相关人士去了银座的俱乐部，十一点出头离开。根据送他到出租车乘车点的人的证词，当时并无异状。

　　藤堂江利子当晚也出门参加聚餐，十点左右独自踏上归途。没人听说之后有何行程安排。

　　藤堂家发生了什么尚不明朗。两人的手机被发现时都是烧焦状态，虽然在尝试恢复数据，但鉴识人员认为希望甚微。

　　案件概况说明完毕，接下来就是明确侦查方针。五代的直属上司樱川下达指示，要求在现场周边走访调查，根据监控录像收集信息，围绕遗留物品进行物证分析，排查被害人的人际关系。

最后搜查一课课长起身总结。

"从伪装成强迫自杀来看，凶手是为了逃避警方的调查。反过来说，只要脚踏实地展开常规侦查，就能找到凶手。抛开成见和先入为主的观念，从两名被害人周边逐一排查。遇害的是现任都议员和曾当过演员的夫人，社会影响重大，要全力以赴，力争尽早破案。"

他个子矮小，声音却很粗犷。话音刚落，众人充满干劲地齐声称是，震动了大礼堂的空气。

侦查会议结束后，随即按照既定分组，各组分别商讨后续工作安排。五代被分到负责排查被害人人际关系的人际排查组，该组由筒井担任主管。

人际排查通常由本部和辖区侦查员两人一组进行。组合已经确定，五代的搭档是生活安全课的山尾警部补。

设立特别搜查本部后，从刑事课以外的部门抽调人员的情况并不少见。如果辖区警署很小，甚至会调用交通课的巡查。相较之下，让熟悉当地治安的生活安全课人员加入特别搜查本部还算合理。不过，对方的级别是警部补，这一点不容忽视。

"这回可是跟老鸟搭档了。"五代小声对筒井说。五代的级别是巡查部长，因此对方级别更高。

"你不会因为对方级别高就有顾虑吧？这说明辖区警署干劲很足，连其他部门的警部补都动用了。可能合作多少会有些不顺，你尽量跟他处好关系。"

"我知道。"

五代没见过山尾这个人，正想问辖区警署的人他在哪里，一个瘦削的男人慢悠悠地走过来。

"你是搜查一课的五代先生吧？"男人说，"我是生活安全课的山尾。"

"啊……是你。"五代慌忙挺直脊背，"我是五代，幸会。"

当场交换联系方式的同时，五代悄悄观察对方。山尾应该已年逾半百，尖瘦的脸颊和凹陷的眼窝令人印象深刻，但表情很淡漠。

之后人际排查组分了工，五代他们负责被害人家属的排查工作。遇害的藤堂夫妻有一个女儿，已经结婚了，名叫榎并香织，住在元代代木。联系电话留的是丈夫榎并健人的手机号码。

"运营医疗法人孝育会的榎并集团的公子哥儿，榎并综合医院的副院长，典型的高等国民之间联姻，不外乎是知名私立学校的同学之类的吧。"筒井冷冷地说道。

"不知道香织本人的电话号码吗？"

五代一问，筒井微微撇了撇嘴。

"她丈夫表示，如果有事，希望先跟他联系，好像是因为目前处于十分微妙的时期。"

"什么意思？"

筒井瞥了一眼周遭，小声说："香织怀孕了，而且还没进入稳定期。"

"这样啊……也就是说，精神也不稳定？"

"没错,昨天认尸也只有丈夫出面,没让香织到场。"

"原来如此。"

五代心想,如果自己是她丈夫,也会做出同样的判断。

"你去问话的时候,这一点要特别留神。"

"明白。我会格外注意的。"

五代从筒井面前离开,回到山尾那里。

"我想现在去见被害人的女儿,你意下如何?"

"就交给五代刑警了。"山尾用平板的声音回答。

"那我来联系。"五代取出手机。

拨通榎并健人的手机后,对方立刻接起,等五代表明警察的身份,他也没流露出慌乱。

"您是找我太太吗?"榎并抢先问道。

"正是,我们想请教她一些事,我知道她可能还没调整好心情,不过……"

"请稍等。"

看来香织就在身边,遇到这样的事,就连榎并今天也没去医院了。

"让您久等了。"榎并的声音响起,"我问了内子,她说可以见面。"

"是吗?非常感谢。"

"不过,方便的话,希望您能来舍下。"

"当然该由我们拜访,现在可以去叨扰吗?"

"可以,不过希望我也能在场。"

"好的,没问题。"

老实说，五代是想和香织单独见面的，但考虑到目前的状况，也不便拒绝榎并的要求。

"那么，一会儿见。"五代结束了通话。

去元代代木搭电车最快。出了警署，五代和山尾并肩走向车站。

"听说五代刑警相当优秀。"两人刚迈步出发，山尾就说道，"引起社会热议的那起清洲桥案件[①]，你在破案上功劳不小。"

五代皱起眉头。"这是谁说的？"

"只要搜查一课来人，总有人能打探到各种信息。不过确实很了不起啊。我再次认识到，在任何一个领域，都有人一开始拥有的东西就不一样。不只是实力，运气也不一样。所以同样是当刑警，遇到的案子分量也差远了。"

"这次确实不是小案子，不过这么说的话，山尾先生运气也很棒。"

"我不一样，我只是个帮手。"

"没那回事，这是你们的案子，一起努力吧。"

山尾默然片刻，简短地回了声好，虽然语气不算坚定，但听起来也不像是谦卑。五代稍微安心了点，和辖区警署搭档的时候，对方摆出一副低声下气的态度是最难办的。

---

① 指同系列作品《白鸟与蝙蝠》中的案件。

2

榎并夫妻住在公寓大厦的十楼,门厅入口设有前台,有一名女接待员。

五代从公用玄关按下内线对讲机,传来一个男人的声音:"哪位?"

"我是刚才打电话来的五代。"

虽然不觉得接待员会偷听,但在这种公共场所是不允许说溜嘴,带出警察或警视厅的字眼的。

"请进。"随着男人的声音,自动门锁的玻璃门打开了。

两人穿过有喷泉的宽敞大厅,搭上电梯。到了十楼,循着房间号码在铺有地毯的走廊上寻找,壁纸也很高雅,处处都有如高级酒店。

1005室门前挂着刻有"ENAMI"的金色名牌。五代按响门铃,内侧旋即有了响动,传出开锁的声音。

门开了,现出一个男人。他年龄在三十六七岁,容貌端正,短发打理得很利落。

"我是警视厅的五代。"

"我是榎并,恭候多时了。"

"打扰了。"说罢,五代迈进室内,山尾也沉默地跟上。

榎并打开玄关门厅前方的门,示意两人入内。那里是宽敞的客厅,墙上安有大型液晶显示器,对面是L形的沙发和茶几组合。

一个男人站在沙发旁,体形微胖,戴着眼镜,年纪在六十岁左右。看到五代他们,他点头致意。

"容我介绍一下,"榎并说,"这位是望月先生,我岳父的秘书……或者应该说,曾经是。"

"敝姓望月。"微胖的男人走过来,一边说,一边取出名片。但他交替看着两人,似乎在犹豫该递给五代还是山尾,因为山尾明显看上去更年长。

山尾默默地往后退了一步。望月看在眼里,将名片递给五代。

五代微微欠身接过,名片上印着"都议会议员藤堂康幸第一秘书望月宗太郎"。

"您现在正忙吧?"五代问。

"哪里哪里。"望月摆了摆手,"只是因为担心,所以来看看情况。对了,刑警先生,调查进行得怎么样了?找到凶手的线索了吗?"

这个问题太心急了,不过站在他们的角度,距离案发已超过二十四小时,认为办案会有所进展也无可厚非。

"已经设立了特别搜查本部,警视厅正在全力以赴侦办。凶手一定会落网,真相也会水落石出的。"五代按常规口径答复,"侦查员应该也会联系您,向您了解情况。虽然知道您很忙,还是希望能配合我们工作。"

"好的,听说事务所也已经接到电话了。当然,只要是我们办得到的,都会鼎力配合。请务必早日破案。"望月深鞠一躬,"简直是一场噩梦,我到现在都不敢相信,怎么会发生这种事——"他从口袋里掏出手帕,频频按压眼角,然后突然想起什么似的抬起头。"啊,不好意思,你们还有很重要的事要谈吧,我先告辞了。健人先生,葬礼的事稍后再说。"

"好,我会和香织商量的。"

"那就有劳了,我先走一步。啊,不用送我了。"

望月将公文包夹在腋下,匆匆走向玄关。

"请坐。"目送秘书的背影消失后,榎并请五代他们在沙发上落座,"我去叫内子过来。"

"好的,麻烦了。"

等榎并走出客厅后,五代坐到沙发上。

"这房子真气派。"山尾一边在他旁边坐下,一边说道,"不愧是榎并集团的少爷。"

五代也环顾室内,包括相邻的餐厅在内,面积约三十叠[①]以上,虽然不算特别美轮美奂,无形中却充溢着奢华的氛围。

墙上挂着一个小巧的画框。五代站起身,走近一看,原来那不是画,是刺绣。白布上镶着华丽的蝴蝶和花朵,用了金色和银色的串珠,看起来宛如珠宝,角落里绣着"ERIKO"的字样。

"那是什么?"山尾问。

"我觉得很好看,原本还以为是知名工艺大师的手笔,看

[①] 日本称室内铺地的席子为"叠"(日文为畳),并以叠为日式房间的面积计量单位,一叠约合 1.62 平方米。

样子不是,是藤堂江利子夫人的手工作品。上面绣了她的名字,想来是送给女儿女婿的礼物。"五代回到原位,"山尾先生,你知道演员时期的江利子夫人吗?你们应该是同一代人吧?"

"这个嘛,"山尾将视线投向远方,"我记得在哪里看过,是电影还是电视剧来着……"

"她当时很红吗?"

"可能吧。不好意思,这方面我了解不多。"

"是吗?没事,我就是随口问问。"

门开了,榎并回来了。跟在他身后进来的女性,应该是香织了。她身段苗条,看不出已经怀孕,一张巴掌小脸,总的来说,是传统日本女性的长相。虽然看似化了淡妆,但未能成功掩盖欠佳的气色。不过,她无疑算得上美女。

在丈夫的催促下,香织坐到五代他们对面的沙发一角。她低着头不看他们,把带过来的手机搁到旁边。

五代亮出警察证,再次自报家门,又介绍了山尾。夫妻俩都反应淡漠,刑警的职位和名字,对他们来说大概无关紧要。

"您身体状况如何?"五代问香织,"如果感觉不适,尽管说出来,我们随时可以中断提问离开。"

"我没事。"香织说着,微微抬起头。

"不过,"榎并在妻子旁边开口道,"希望能尽量简短。"

"好的,我会注意的。"五代取出记事本和笔,"那么,我们这就开始。首先,太太是何时知道出事的?"

"昨天早上,应该是六点多吧。"香织轻声回答,"我手机接到警察打来的电话,才知道娘家遭了火灾。警察说之后联系不上藤堂夫妻，问我他们有没有旅游之类出行的计划，我回答说没听说过，对方就吞吞吐吐地说，在火灾现场发现了两具遗体。一听这话，我顿时头晕目眩……"说到这里，香织顿住了，闭上了眼睛，又用右手按着太阳穴，看来是痛苦得难以为继。

榎并将手放到妻子肩膀上，转向五代他们。

"她刚才说得没错，我也在旁边听到了对话。"

五代点点头，这跟他事前了解到的情况是一致的，给香织打电话的是派出所的警察，因为藤堂家的巡回联系卡[①]上，紧急联系人登记的是榎并香织的手机号码。

"再次表示深切的哀悼。"五代低头致意，"因为要尽量简短，我就开门见山地说了。您或许已有所耳闻，藤堂康幸先生和江利子女士很可能在火灾发生前已经遭到杀害，本案是作为命案进行侦办。我明白这会让您劳神，不过还是希望您能协助调查。"

可能是因为提到了杀害、命案的字眼，香织的脸色愈加苍白。

"我当然会配合，只是该从何说起呢？"

"无论什么事都可以。关于您的双亲，最近有没有什么挂心的事？比如被卷入纠纷，或是遇到棘手的问题。"

香织神色茫然地垂下眼，从她的口型可以看出她在呢喃："纠纷……"

"你听父母说过什么没有？还是没听说过？"榎并问香织。香织没吭声，侧着头沉吟。

[①] 日本派出所的警察初次上门走访居民时，会要求填写并提交巡回联系卡，填写事项包括地址、姓名、紧急状况时的联系人等，以备需要紧急联系时使用。

"看来没什么头绪。"榎并向五代他们说道,"而且,即使香织的父母有什么麻烦,我想也不会告诉她,因为不想让她担心,尤其在现在这个时期。"

这是冷静且合理的看法,五代也不得不认同。

"听您的口气,他们也没跟您透露过什么难处吧?"

"没错。自从得知香织有了身孕,每次和我们见面,岳父母都是笑容满面,从未见过他们有凝重的表情。"

"最近一次见面是什么时候?"

榎并望向香织,问道:"是几时来着?"

"就是那时候吧?为了NIPT[①]的事……"

喔,榎并点了点头,转脸向五代他们说道:

"是上周六。因为NIPT结果出来了,我们去向他们报告。"

"不好意思,NIPT是什么?"

"是一种产前诊断,因为指标全部呈阴性,我们就去报喜。内子已经三十岁了,所以岳父母似乎有些担心,得知结果后高兴得不得了,说这下就放心了,甚至提议开香槟庆祝。"

回忆起来都是这样的细节,幸福的光景如在眼前,难怪他们想不出被害的理由。

不过,也不能就此作罢。

"藤堂康幸先生身为都议员,平时应该会收到不少请愿和抗议,其中或许也涉及对他的怨恨。您有没有听说过这种事?

---

① NIPT,全称 Non-Invasive Prenatal Testing,即无创产前 DNA 检测,通过检查孕妇外周血当中的胎儿游离 DNA,来判断胎儿是否存在染色体异常。

不是最近，稍微久远一些的事也可以。"

然而香织皱起眉头。

"我印象中没听过这种事，也许听说过，但不记得了。"

"关于这方面的情况，我觉得与其问我们，去问事务所和后援会的人更合适。岳父作为议员的一面，他们应该是最了解的。"榎并补充道。

"望月先生没说过什么吗？"

榎并摇了摇头。

"关于案件他只字未提，岳父过世后，他满脑子都是葬礼和内子的事。"

这意有所指的说法让五代感觉不对劲。

"议员去世了，秘书操心葬礼是理所应当的，但您太太的事是指？"

榎并一脸苦涩地叹了口气。

"望月先生想让香织参加下一届区议会议员竞选。"

"您太太？"五代望向低着头的香织。

"听说很早以前就和岳父商量决定了，岳父似乎也想趁自己还硬朗的时候培养接班人。"

"接班人啊。不过，"五代将视线投向香织，"太太目前不是竞选的时候吧……"

"如果您的意思是，因为面临生产和育儿，岳父他们的想法则完全相反。他们认为，正在育儿绝不会成为竞选的不利因素，反而会是强有力的武器。他们说，香织这种情况正适合作为职业女性的代表，可以将女性选票一网打尽。"

听了榎并的话，五代恍然，原来还有这种想法啊。他确实也曾听说，政治家是不管什么事都能拿来当武器的。

"关于这件事，"五代再次看向香织，"您是怎样答复的？您有意参加竞选吗？"

香织摇了摇头。

"坦白说，我并不是很热心。我不觉得自己适合当议员，但也没有明确表示过不愿意。我也想过，或许应该沿着祖父和父亲他们铺就的道路前进……不管怎样，我想等这孩子平安出生，我也适应了育儿后再作决定。"

看着抚摸自己小腹的香织，五代轻轻点了点头。出生在政治世家，想必并不像旁人想象的那么轻松。香织看起来柔弱，但说不定内心很坚强。

"可是出了这次的事，恐怕容不得从长计议了。"榎并说，"在岳父的支持者看来，有必要尽快找到接班人。"

"所以望月先生也希望香织小姐出马吗？"

"那位是因为面临失业危机，如果香织当上议员，他似乎想担任秘书。"榎并微微撇了撇嘴，显然对望月观感欠佳。

"您反对太太当议员吗？"

五代一问，榎并沉吟起来。

"说实话，我不赞成。"榎并说，"因为我深知这份工作很辛苦。不过如果香织参加竞选，我也会支持的。我知道藤堂家是政治世家，从打算和藤堂家的独生女结婚的时候起，就做好了心理准备。"

"原来如此。"

"刑警先生，"榎并语气郑重地说，"但我觉得刚才的话题和案件有关的可能性很低，甚至可以说约等于零。就算有人不赞成香织参加竞选，也不至于因此要杀害岳父母吧。"

"这个现在还很难说……作为重要的信息先了解一下吧。"

"请务必保密。"

"当然。我们绝对不会向外界透露。关于藤堂康幸先生的情况，我们会向事务所和后援会的人询问。藤堂太太这边呢？江利子女士的近况应该问谁最合适，如果能给我们一些指点，就感激不尽了。"

榎并望向香织，问道："问谁好呢？"

"我觉得可以问本庄雅美。"香织不假思索地说。

"这位是？"

"家母的老朋友，年轻时也在演艺界工作过，听说和家母隶属同一间事务所。两人经常一起吃饭、购物。家母说过，从社会大事到身边琐事，她们之间无话不谈。"

"这次的事……"

"今天早晨通知她了。"香织难过地皱起眉头，"她大吃一惊，连连说这是在开玩笑吧，是骗人的吧……最后都说不出话来了。"

"是本庄女士对吧？可否请教她的联系方式？"

香织拿起放在旁边的手机，操作后递给五代。"就是这位。"

屏幕上显示出"本庄雅美"的姓名和手机号码，五代急忙记下来。

"她住在哪里？"

"广尾。不过因为丈夫公干的关系，现在人在西雅图。她说想参加葬礼，所以会尽快回国。"

如此说来，要等她回国才能去了解情况了。虽然令人焦躁，但总不能自己去西雅图。看来只能等了。

"如果知道了本庄女士的回国日期，烦请通知我们。稍后我会给您我的联系方式。"

"好的。"香织表情僵硬地点了点头。

"除了本庄女士，江利子夫人还有其他亲近的朋友吗？"

"有是有几个……"香织以手支颐思索着，旋即放下手，"不过关于家母的事，我觉得最好还是问本庄女士。因为家母近来的交友情况，我也不是很清楚。"

"这样啊。"

五代合上记事本，看向身边，正好和安分聆听的山尾对上视线。于是五代问道："你有什么问题吗？"中年警部补一脸意外地摇头说没有，似乎没想到五代会让他提问。

五代将视线移向榎并夫妻。

"还有什么觉得应该告诉我们的事吗？"

两人面面相觑，见香织摇了摇头，榎并向五代他们说道：

"目前还想不到。"

"好的。不管多琐碎的小事都无妨，如果想到了什么，还请联系我。"五代递出名片，"发邮件也可以。"

榎并看着接过的名片，沉默不语。

"怎么了？"

榎并舔了舔嘴唇才开口："警方判断是熟人作案吗？有没有可能是歹徒或纵火犯干的？"

"虽然不知道是不是熟人，但我们认为，凶手很可能是与被害人有某种关系的人。"

"根据是什么？"

"凶手进行了伪装工作。"五代当即答道，"因为涉及侦查上的机密，详细情况不便透露，不过已经确认，现场有试图伪装成强迫自杀的迹象。"

"强迫自杀？"榎并瞪大了眼睛，旁边的香织也倒抽一口气。

"江利子夫人杀害康幸先生后，在家中放火，然后自杀——凶手伪装成这样的状况。"

"怎么会……"香织一时语塞，"这种事绝对不可能，家母怎会杀害家父？"

"是的，已经判明那是凶手设下的诡计。我想说的是，如果是意在劫财的歹徒，就没有理由这样做。纵火犯也是同理，凶手是为了隐瞒杀人的事实，才做了这样的手脚。"

榎并点了点头，似乎接受了这个解释。但沉思过后，他投来真诚的眼光。

"警方从岳父的社会身份来判断，认为他树敌颇多也不无道理。事实上，对岳父的行事手段心存不满的人的确不少。岳父也曾感叹过，不知从什么时候起，网络上充斥的全是恶评。但我想并没有招致个人的怨恨。我周围也有很多人不喜欢作为政治家的藤堂康幸，但觉得他作为一个人很有魅力。我自己也是这样。对他强硬的作风我有不赞同的地方，但一直很佩服他的重情重义。我认为他是个人格高尚的人。所以，我的意思是……"榎并向妻子一瞥，继续说道，"很难想象有人会恨到要杀了岳父。这不仅是内子的心声,也是我自己真实的感受。"

榎并语气坚定地说这番话时,香织信赖地望着丈夫的侧脸,然后喃喃说了声"谢谢"。榎并"嗯"了一声,深深点头。

五代交替看着夫妻二人,回答道:"我们会参考的。"

"最后还有一个问题,十四日晚上到十五日早晨,两位有没有待在家中的证据?不论什么证据都可以。"

听到这个问题,刚才还表情柔和的夫妻俩如同被兜头泼了盆冷水,脸颊倏然紧绷。应该是没想到自己会被问到不在场证明吧。

离开榎并夫妻的公寓大厦时,太阳已开始西沉。五代给筒井打了个电话,报告已经向榎并夫妻问完话了。

"听到有用的话了吗?"筒井直截了当地问。

"很遗憾,没有能让你高兴的伴手礼。"

只听筒井哼了一声。

"算了,我想也是。调查才刚开始,不用着急。对了,藤堂康幸参加的宴会会场已经查到了,不好意思,你能去跑一趟吗?"

"好的。向工作人员确认有没有关注康幸动向的可疑人物就行了吧?"

如果是预谋犯罪,凶手有可能从这个时候起就在监视康幸。

"还有,他最后去的银座俱乐部也拜托你了。去找同席的陪酒小姐问问,康幸他们当时聊了些什么,保不齐闲言碎语里就藏了什么线索。"

"宴会会场和银座俱乐部啊,哎呀,不晓得几点才能收工了。"

"想早点回来,就去捞个伴手礼。"报出两处的地址和店名后，筒井挂了电话。

五代将手机收回口袋，抬起头，正在眺望公寓大厦正门的山尾转过身来。"报告完了？"

"接到了下一个任务。"

听了任务内容，山尾浅浅一笑。

"宴会会场和银座俱乐部吗？都是跟拿微薄薪水的人无缘的地方。"

"我一个人去就行了，山尾先生先回去吧。"

"不用不用。"山尾摆摆手，"我们一起去。我也想见识一下高级俱乐部的美貌陪酒小姐。"

"说是陪酒小姐，也有很多种的。不过要说美女——"五代迈出步伐，一边抬头望向公寓大厦，"榎并香织小姐真不愧是美女。"

"所谓龙生龙，凤生凤嘛。"山尾也表示赞同，"她的眼睛跟妈妈年轻的时候一模一样。"

五代顿住了脚步。山尾见状也停了下来。"怎么了？"

"没事，没什么。"

五代再次迈步向前，内心却在思量——跟妈妈年轻时候一模一样，这是什么意思？山尾不是对女演员双叶江利子没什么印象吗？

尽管心生疑惑，五代还是保持了沉默。想来他说这话并非出于某种意图，只是随口附和罢了。若是深究他话中的矛盾引起不快，那就麻烦了。毕竟对方是当下必须一起行动的搭档。

3

十七日早晨,樱川接到消息,案发现场的 3D 复原图像已经完成。因为在侦查会议上公开之前,可以让他们先睹为快,于是樱川的部下五代等人来到了警视厅本部大楼。

会议室准备了大型液晶显示屏。在樱川和五代等人的注视下,鉴识课戴眼镜的课员广濑操作着电脑,在屏幕上显示出图像。

"喔!"有几个人低低惊呼,应该是因为效果比想象的更精确。从外侧眺望整栋宅邸的图像,简直就像照片一样真实。

"真是了不起。"樱川说。

"负责房屋设计和建筑的公司保留了图纸、建筑材料、室内设计的详细资料,很有参考价值。楼龄二十三年,可能有些老化,但十年前修补过外墙,实际的外观应该和这幅图像很接近。"

广濑略带自豪地说明后,开始操作键盘。玄关的门打开了,给人以摄像机进入室内的感觉。里面有个天花板挑高的宽敞门厅,走廊向内延伸。

沿着走廊前行少许,左侧有一扇门。

"这扇门里面是客厅。"

广濑敲击键盘后,画面切换为室内的景象。因为再现的是火灾前的情景，家具和门窗隔扇等都整洁如新，放在墙边的立式钢琴也闪着光亮。

"干得不错嘛。"樱川再度夸奖，"只看火灾现场的照片，总也看不明白，有了这种图像，就容易想象当时的状况了。"

"谢谢。"广濑低头道谢。

"从玄关到门厅之间，有没有可以从外面侵入的窗子？"

"门厅上方有装饰窗，但无法打开，也没被破坏。"

"明白，你继续。"

广濑转向画面。

"客厅面积约四十叠，如各位所见，接近正方形，和旁边的餐厅以拉门隔开，但平时很可能是开放的。灭火后现场勘查时，拉门也是敞开的状态，已经确认并非消防人员灭火作业时把门打开的。客厅里环绕大理石茶几，三人座和两人座的沙发呈L形布局。另有两张单人旋转沙发，地板上铺有地毯，被害人之一藤堂康幸躺在三人座沙发上。凶手极有可能是以这个沙发为中心泼洒煤油，从痕迹来看，这里燃烧得最猛烈。在纵火发生前，应该是这样的状态。"

沙发是黑色皮革，连有高级感的光泽都复原了，沙发上躺着看似遗体的灰色人偶，脖颈上缠着绳状物。

"衣物已彻底焚毁，很难对服装进行详细推测。凶器经过分析，确定是棉质的。是绳子还是用毛巾、围巾等布料捻成的细绳，目前还不清楚。也不知道是怎样勒颈的，不过可以确定绕了两圈以上。沙发旁有一双拖鞋，还发现了一根点火棒。关于这东西，可能商品名'打火人'更为人熟知。推测凶手就是用点火棒放的火。"

听到"TENKABOU"这个发音,五代心想,写成汉字莫不是"点火棒"?

"采集到指纹了吗?"樱川问。

"采到了,与藤堂江利子右手的指纹一致。"

"哼,这是凶手的小伎俩。"樱川恨恨地说,"还有其他发现吗?"

"地板上掉落一个烧剩的塑料桶,应该是用来装煤油的。另外茶几上有两部手机。之前已经报告过,两台都完全烧焦,无法修复。机型和藤堂康幸夫妇购买的一致。以上就是藤堂康幸遗体周边的状况。"广濑说完环视四周,像是在问有没有问题。

"这栋房子的门锁情况如何?"樱川问。

广濑移动图像。

"客厅南面有个庭院,打开玻璃门就可以出入。不过已经确认,火灾发生时所有房间都上了锁。"

"玄关和后门也上了锁?"

"根据消防的报告,是这样。"

"也就是说,凶手拿了家里的钥匙,从玄关或后门出去后,把门锁上了?因为要伪装成强迫自杀,所以非得这样吗……"樱川自言自语般地说着,露出无法释怀的表情。

五代有些理解上司的心情,他自己虽然可以理解状况,但也总觉得哪里不对劲,只是令人在意的是什么,却又说不清楚。

"算了。"樱川断然说道,"你继续。"

"是。"广濑操作着键盘,接着出现在屏幕上的,是与客厅相邻的餐厅，有一张可坐八人左右的长桌，椅子整齐排列，用餐区域与厨房之间以吧台隔断。

"和客厅一样，是参考建筑公司提供的资料复原的。餐桌上没有放置任何东西，地板上也没有掉落的东西。里头有餐具柜，搁板没有烧掉，收纳的餐具基本完好。"

屏幕上映出的图像忠实地再现了餐具柜，连每一个餐具都画得很细致，实际现场恐怕也并无二致。科搜研和鉴识课工作的精细程度总是令人感佩。

"接下来是厨房部分，台面上空无一物，水槽里只放了一个玻璃杯，煤气灶上有煎锅和煮锅，但都是空的。洗碗机里有几枚碗碟，电饭煲里有淘好的米和水，估计是预约煮饭的状态。"

听了广濑的话，五代想象着藤堂江利子淘米的样子，应该是为了准备明天的早餐。

"这房子打理得真利落，跟我们家大不一样。藤堂家雇了家务女佣吗？"樱川自说自话似的问。

"已经确认过，没有这方面的信息。"回答的是筒井，"女儿离家后，家里只有夫妻二人，应该是不需要雇家务女佣。"

"也就是说，纯粹是夫人擅长家事？"樱川跷起二郎腿，"继续，接下来是哪个房间？"

"不好意思，"广濑道歉道，"目前能复原的房间就这些了，之后就是浴室。"

"有浴室就够了，给我看看。"

"是。"广濑应了一声，转向键盘。

"浴室位于一楼走廊的尽头，受火灾影响不大，应该是因为使用了耐火材料。尽管如此，室内也被煤烟熏得很黑，这张图像复原了火灾前的状态。"

看到屏幕上显示的图像，五代屏住了呼吸，虽然遗体本身被简化了，但吊在半空的光景有种真实的冲击力。

"凶手在哪里杀了夫人？"樱川喃喃着，"恐怕不是在这间浴室吧？比较合理的推测是，凶手是在别的地方杀了她，然后搬到这里。"

有人说可能和藤堂康幸一样，是在客厅里被杀的。有几个人点头赞同。

"在同一个地方勒死两个人？怎么可能办得到？一个人被杀的时候，另一个人就老老实实地看着吗？被害人喝得烂醉的可能性很低，也没有被灌下安眠药的迹象。"

对于系长[①]提出的疑问，部下们谁也答不上来。

"话说回来，为什么是浴室呢？"筒井开口了，"要伪装成上吊，我觉得没必要在浴室里。"

"关于这个问题，我或许可以回答。"说话的是广濑，"凶手可能是担心，如果在其他地方会被烧到。煞费苦心进行了伪装，一旦化为灰烬就毫无意义了。在浴室的话，就如我刚才所说，有可能免于火灾。"

"啊，原来是这样。"筒井一脸恍然的表情。

樱川神色严肃地盯着液晶屏，但或许觉得不能无谓地浪费

---

① 系长，日本警视厅组织的职位之一，主任之上、管理官之下。级别为警部。

时间，于是抛开疑问，示意广濑继续。

广濑指着画面的某处。

"凶手用来吊起遗体的是晾衣绳，绳子被切成一米左右的长度。在旁边的洗涤区找到了同样的绳子，切断面也一致，可以认为是凶手切断后拿来用的。虽然确认了夫人的几枚指纹，但有可能是伪装。"

听到广濑最后说出"拿来用"这个词的瞬间，五代明白自己那种不对劲的感觉来自何处了。他举起手问："可以打断一下吗？"

"怎么了？"樱川问。

"这意味着，凶手没准备能把遗体吊起来的绳子。如果没有晾衣绳，他打算怎么办？"

樱川环抱双臂，目光锐利地看向五代。"你想说什么？"

"我觉得凶手的伪装工作不够彻底。在点火棒和绳子上留下夫人的指纹，玄关和后门都上了锁，这些细节考虑得很周到。但也有粗疏的地方，比如，没发现电饭煲的预约状态。如果发现的话，就该扔掉米，取消预约。使用晾衣绳也是这样，如果要将遗体吊起来，就该事先准备结实的绳子。也就是说，这次的犯罪看似有计划，却又极其随意。最令我感到疑惑的是——"五代指着屏幕上模仿遗体的人偶颈部，"凶手真的想把被勒死的尸体伪装成上吊自杀吗？这样的诡计，验尸官轻易就能看穿，就算在如今蹩脚的推理剧里也行不通。"

樱川撇了撇嘴。"不是所有的人都精通推理小说。"

"我知道，不过……"

"好吧。刚才五代的疑问，有人能给出合理的解释吗？"樱川扫视着部下们，"有的话就说来听听。筒井，你怎么看？"

突然被点到名，筒井皱起了眉头。

"凶手恐怕并不像五代设想的那么聪明……"

啊哈哈，樱川干笑起来。

"原来如此，也不能排除这种可能性。如果是这样，逮捕凶手也只是时间问题，因为他会露出各种破绽。不过我们也不能一味乐观。为什么凶手明知会被一眼看穿，还是要进行伪装工作呢？大家都把五代提出的这个谜团放在心里。"

说完，指挥官脸上的假笑消失了。

4

　　液晶屏幕上显示的视频画质很粗糙，因为是从录像带刻录成DVD，这也是难免的。

　　"今后还是必须由年轻人来振兴当地经济。虽然现在经济蒸蒸日上，很多人通过股票和房地产轻松赚钱，但这种情况绝对不会持续太久，总有一天会走下坡路。为了应对不时之需，任何行业都不能被眼前的利益所迷惑，要脚踏实地地打好经济基础，而年轻人就是其中的核心。我希望通过本地议会传达这样的理念。"

　　正在滔滔不绝演讲的男子头缠毛巾，身穿日式短衫，正是参加祭典的固定打扮。他身材瘦削，但皮肤黝黑，看上去很健壮，年龄在三十四五岁。在他的后方，年轻人们抬的神轿在激烈晃动，围观的游客热烈欢呼。

　　垣内达夫满是斑点的手伸向遥控器，按下按键暂停播放。他看着画面，嘻嘻一笑。

　　"很年轻吧？毕竟是三十多年前的事了。当时正值泡沫经济的鼎盛时期，整个日本都飘飘然。但阿康总说这样下去不行，不能全是中间商，必须好好培养实干者。"

　　"实干者是指？"五代问。

"可以理解为农业、工业、渔业等领域的实际支撑者，当然也包括娱乐业和体育、艺术界的中坚力量。相对的，证券从业人员、贸易公司员工这些没有实体产业、靠做中介赚钱的人，阿康称他们为中间商。广告代理店也一样。阿康认为，中间商对产业发展几乎没有贡献，只是从中抽取佣金，如果增加的都是这样的人，对国家没有丝毫好处。确实，当时的日本有股轻视脚踏实地的风气，相比拼命实干的制造业者，单纯靠钱生钱、靠广告赚钱的人更受追捧，那是个古怪至极的时代。"

垣内达夫——藤堂康幸后援会的会长露出凝望远方的眼神。他和藤堂同龄，应该也是六十五岁，但在五代看来他更苍老些。虽然体格壮实，但脸上很多皱纹，可能是紫外线晒多了。五代猜测，大概是打高尔夫球晒的，因为他的左右手手背肤色差别明显。

垣内在东京都内经营三家超市，总公司位于日本桥马喰町一栋四层高的楼宇里，五代和山尾正在三楼的社长室。

"你听说过 3K 这个词吗？在泡沫经济时代很流行。"

垣内一问，五代点了点头。

"听说过。高收入、高学历、高个子……是吧？"

哈哈哈，垣内笑了。

"女性心目中的理想男性啊。那不是 3K，是三高。那个词确实也流行过。那个时代的女人啊，个个都是女王大人的气场。真是夸张。还流行过'跑腿男''埋单侠'这种词……不过，那些都无关紧要了。不是三高，是 3K，你还年轻，所以不知道吧？"

"辛苦、肮脏、危险……是这3K[①]吗?"旁边的山尾略带拘谨地说道。

没错没错,垣内满意地露出笑容。

"讨厌制造一线和技术类职业,或者说瞧不起。贸易啦、销售啦,既然有很多更时髦更帅气,还能公费玩乐的工作,为什么非要选择土气的工作呢?社会过于浮躁的结果,就是一直以来支撑日本的制造业被轻视,年轻人对其敬而远之。这种状况让阿康产生了危机感,他的想法在这次采访里也有所表现。"垣内指着液晶屏幕。

垣内口中的"阿康"就是藤堂康幸。两人是从小学就相识的总角之交,家住得也近,藤堂决定参选区议会议员时,垣内主动请缨担任后援会会长。回忆到这里,垣内说:"有样东西一定要给两位看看。"然后拿出他们现在在看的DVD。那似乎是藤堂第一次当选区议会议员后在电视上发表演讲的录像。

"成为都议员后,阿康的信念也从未改变。一言以蔽之,脚踏实地发展经济,坚持踏实做事。他常说,IT很好,社交平台也很好,AI也很受欢迎,但最终要依靠的还是人,必须培养人才。我觉得他说得很对,哪怕他现在已经过世了。"说完,垣内频频眨动眼睛,或许是说得太激动,被自己的话刺激了泪腺。

"藤堂先生最近致力于哪方面的工作?"五代问。

"人口老龄化的对策。"垣内不假思索地回答。

---

① 3K 为这三个日语单词发音的首字母,即きつい(Kitsui)、汚い(Kitanai)、危険(Kiken)。

"照护问题之类吗？"

"他对照护问题也很热心，但更注重如何有效发挥老年人的作用。阿康有自己的想法，他将五十五岁到七十五岁的老年人称为 Golden Senior——黄金长者，简称 GS。他在考虑将 GS 作为劳动力来使用。这个年龄段的人，很多头脑还很灵活，体力也很充沛。开出租车就是个好例子，不是作为中坚一代的辅助，而是作为主力来工作。他常说，为此有必要让他们学习新事物，但从五十五岁开始也不晚，他希望由东京都带头构建这种机制。"

"也就是专为长者开设的再就业技术培训学校？"山尾再次开口道。

"是的。"垣内颔首，"你很了解啊。阿康考虑设立面向长者的专门学校，他一直为经费问题苦恼，跟几家学校法人多次开会磋商。"

"没有人反对这种活动吗？"

听了五代的问题，垣内表情明显黯淡下来。

"政治家就是这样，只要想做什么事，一定会有人反对。越是有行动力的政治家，树敌越多。不想树敌的话，什么都不做就是了。可是，这样的政治家有什么用呢？如果想知道反对派的成员，我可以告诉你们，不过刑警先生，你这话的意思，莫非是那些人作的案？"

"不，不是那个意思，只是了解一下作为参考而已。"

"阿康的政敌，你问望月秘书就行了，他应该都知道。"

"好的，就这么办。"五代就此打住这个话题。

其他侦查员已经去藤堂康幸事务所调查过，也找望月问了话。虽然掌握了关于政敌的信息，但与这次案件有关的可能性不大。

"不过，真是难以置信。"垣内皱起眉，歪头沉吟，"到底是谁干出这么丧心病狂的事……刑警先生，不是单纯的歹徒行凶吗？"

和榎并健人提出的疑问一样。无论是谁，都不希望自己重要的人死于熟人之手。

"如果是歹徒所为，应该不会在家中纵火，得手后就会立刻逃走了。"

对于五代的解释，垣内虽然露出苦涩的表情，但似乎认同了。

"听说他是被杀的，是怎么死的呢？被刀刺死的吗？"垣内问道。

五代微微摇头。"对不起，具体情况不便透露。"

这是只有凶手才知道的事实。如果有谁在供述中提及，就会被视为说出保密信息，成为审判的证据，因此不能随意外泄。

"是吗？不管怎样，他应该是在熟睡时遇袭的。"

"您的意思是？"

"如果阿康人是清醒的，不会那么轻易遇害。他初中和高中都参加了柔道社，大学开始爱好登山，臂力很强。"

藤堂康幸的遗体损伤严重，仅能判明是被勒死，无法确认是否有内出血，因此藤堂是否抵抗过也不得而知。

"在政治以外的领域，您和藤堂先生也交往很深吧？"

"倒不如说，我们在政治以外的交往更深。打高尔夫，打麻将，还一起去旅行。从小学到现在，将近六十年了。到初中为止我们都是上同一所学校，高中和大学不同校，但每年也要见好几次面。关系疏远是大学毕业后的十年左右，我们都工作了，在阿康回到老家之前，鲜少有见面的机会。"

"藤堂先生是在哪家公司高就？"

"不是公司，他当了老师，高中老师。"

"老师吗？"

"是啊，社会科老师。他从小就喜欢历史，在高中应该也教过世界史。"

"是哪所高中？"

"哪所啊……不是私立学校，是公立，所以可能不止一个地方。不好意思，我不记得了。虽然当过老师，但时间也不长，大概三十岁前就辞职了，去了美国。"

"去美国？为什么？"

"去留学。好像是为从政做准备。他那个时候应该对政治也有兴趣，听说很多国会议员都有留学经历。"

"这样啊。"五代姑且记下来。侦查资料里有藤堂康幸的履历，但年轻时代的部分他没怎么看。

从垣内的话来看，他确实在公私两方面都与藤堂康幸交往密切，但所谈的情况，并没有任何与这起案件有关的信息，看样子也不像是有所隐瞒。

"您和江利子夫人也很熟吗？"

五代一问，垣内轻轻点了点头。

"因为是好朋友的太太，我对她也很熟悉。他们还邀请我参加了婚礼。嗯，那是哪一年的事来着？"

五代打开记事本。

"藤堂夫妻是一九九二年结婚的。"

"已经这么多年了啊,不过想来也是。那场婚宴很豪华,毕竟新娘是女演员,可不是普通的美女。当时来宾约三百人,无不心醉神迷。"

女演员双叶江利子年轻时的图片,现在还能在网络上看到。五代也看过好几次,确实很美,垣内的话应该不是夸张。

"啊,对了,我想起来了。"垣内用右拳一拍左掌,"阿康工作过的高中,江利子也在那里上过学,两人就是在高中相遇的。江利子毕业多年后,两人重逢,由此开始交往。这件事在婚宴上也提到过,可能是上了年纪,完全忘记了。"

五代取出手机。"是哪所高中,介意我现在查一下吗?"

"查吧,我也想知道。"

五代快速搜索"双叶江利子",因为词条已经看过好几遍,立刻就找到了需要的信息。

"毕业的高中是都立昭岛高等学校。"

"没错。"垣内一拍大腿,"阿康有段时间住在昭岛。那时我跟他只见过一面,他已经决定辞去教职,开始准备去美国留学。听他话里的意思,教育青春期的年轻人这份工作着实难做,想必他也吃了不少苦。"

说到这里,垣内似乎想起了什么。"对了,说起来,"他继续说道,"当时阿康左臂缠着绷带,我问他怎么回事,他说卷入了学生之间的纠纷。我总觉得不像真的,随口回了句'是吗',心里猜想他该不会被毕业生袭击了。当时是四五月份,正是毕业季。"

"那可真是够危险的。"

"不过，只是我的猜测罢了。"垣内扯起一边嘴角笑了。

"当时的情况谁比较了解？"

"你是说在昭岛的时候吗？唔，有谁呢……"

"比如同事什么的。"

"噢，他提过第一次参选时有人帮了忙，不过我不知道姓甚名谁。他可能说过，但我不记得了。毕竟是陈年旧事了。"

"藤堂先生很少提起执教时期的事吗？"

"嗯……是啊，除非问到才会回答。我刚才也说了，恐怕没多少美好的回忆。"

五代在记事本上写下："执教时期？"打上问号表示详情不明。

"回到夫人的话题。"五代抬起头，"您最近有没有听说过江利子夫人身边发生了什么纠纷？无论多琐碎的事都可以。"

"这个啊……"垣内抱起双臂，"最近我跟江利子之间聊到的话题，都是关于香织的喜事，也没听说春实学园出了什么事……"

"春实学园就是江利子夫人援助的那家儿童福利院吧？具体是怎样的援助呢？"

"听说有很多方面，比如，利用演员时期的人脉请剧团过来，邀请比较有名的歌手举办慈善演唱会……你可能知道，她很小的时候父母就去世了，所以对那些缺少关爱的孩子感情深厚。"

江利子这方面的成长经历，五代也通过网上的百科全书有所了解。

又问了几个问题后，五代他们决定告辞。那都是形式上的问题，并没有什么收获。还调查了垣内的不在场证明，得到的回答是在家中和家人共寝。想来不会有假。

"你有什么在意的地方吗？"离开大楼后，五代问山尾。

"没什么。抱歉，我帮不上忙。"

"哪里话，我也在烦恼怎么跟上面报告，不过也只能实话实说，后援会的会长看来对案子毫无头绪。"

两人并肩走向车站。日本桥马喰町是全国屈指可数的批发街，仅能单向通行的狭窄道路两旁，大大小小的批发店井然排列，更有"东京批发联盟"的招牌映入眼帘。

"五代刑警，"山尾说，"你对藤堂康幸执教时期的情况很关注吗？"

这个意外的问题让五代很困惑。

"没什么特别的……为什么这么说呢？"

"因为你问得很详细。"

"只是顺着话头问下来，没有什么深意。"

"是吗？不好意思。"

"不过，江利子夫人曾经是藤堂康幸的学生，这件事倒是蛮有意思的。两人在同一所学校待了三年，所以我想问问当时的情况。且不说这个，山尾先生，藤堂都议员正在推进专为长者开设的再就业技术培训学校这事，你了解得很清楚啊。"

"只是偶尔在报纸上看到过。我也属于藤堂康幸所说的黄金长者一代，所以并非不相干的事。"

"这样啊，看不出你已经这个年纪了。"

"客气话就不必了。我已经五十七岁了，也该考虑往后的人生了，所以会留意这种报道。"

"你的家人呢？"

"不知该说遗憾还是幸运，我是单身。所以，不管横死在哪里，都不会给任何人添麻烦。"

五代无言以对，只能默默露出苦笑。

两人在马喰横山站搭上地铁。车厢里不算拥挤，但没有空位。五代站在门旁，打开笔记本。回想着和垣内的对话，他的视线落在自己记的笔记上。

虽然没写什么重要的内容，但有一处他很在意，就是"执教时期？"这条记录。

他想起刚才山尾的话，莫非山尾看到他写下这句话，才会问那个问题？果真如此的话，可就不是什么愉快的事情了，他不想和偷窥笔记的人搭档。

五代看向山尾。这位五十七岁的辖区刑警正抓着吊环闭目养神，看上去像是在打盹，又像是在默默沉思着什么。

5

从主干道拐进岔道，是一段绵延的陡坡，要去的房子就在半道上。山尾停下脚步，不由得"喔"地发出感叹："就是这里吗……"

"好气派的房子。"

这栋建筑完全当得起"宅邸"之称。尤其引人注目的，是它那犹如多面体组合的奇特造型，委实不像是民宅。

"嗯，玄关在哪里呢？"山尾在卷帘门紧闭的车库附近转悠寻找，五代也四下张望，但没有看似入口的地方。

最后发现玄关是在车库后方，而且有高墙遮挡，从路边看不到。

若不是注意到刻有"HONJOH"的小小名牌，早就走过去了。五代不禁疑惑，邮递员和快递员找起来不费劲吗？

沿着藏在围墙中的阶梯式通道前进，五代按下内线对讲机的按键。

"哪位？"传来一个女人的声音。

"我是今天早上联系过您的五代。"说着，五代拿出警察证，亮在对讲机上的摄像头前方。

"请稍等。"女人说。

片刻后，响起开锁的声音，门开了。出现的是一位身穿深蓝色套装的女性，年纪在三十六七岁。五代原以为对方会年长得多，一时有些不知所措。

"那个，本庄雅美女士……"

"她在家，请进。"

见门已经敞开，五代再次低头致谢："打扰了。"

两人被引到一间开阔的客厅，阳光从高高的天花板附近的窗户洒进来，照耀着象牙色的地板。

一个女人坐在黄色皮沙发上，正在用手机打电话。她穿着宽松的长裤搭配灰色毛衣，看来这位才是本庄雅美本人了，不过看上去比五代预想的年轻得多。

女人将手机贴在耳边，望向五代他们。

"——不好意思，这件事改天再说，我现在有个很重要的洽谈……嗯，是的，比这件事更紧急……嗯，就是这样。多关照啦。"嘶哑而充满自信的声音令人印象深刻。

打完电话，她欠身站起，向五代他们微微一笑。"失礼了。"

五代行了一礼，然后问道："您就是本庄女士吧？"

"是的。"女人微微耸起鼻尖，"我是本庄雅美。"

五代出示了警察证。

"抱歉在您这么劳顿的时候来打扰。我是警视厅的五代，今天早晨打过电话，希望向您请教一些藤堂夫妻的事。"

本庄雅美冷淡地看了一眼警察证，视线移向他身后的山尾，又看了看五代，终于伸手指了一下沙发："请坐。"

"谢谢。"五代行了个礼，走向沙发。

"美咲，帮我泡杯红茶。"本庄雅美向带五代他们过来的女人说。

"啊,不过对刑警先生来说,咖啡比红茶更合适吧?"

五代发觉后一个问题似乎是在问他们,于是停下迈向沙发的脚步,摆了摆手。"我们就不用了。"

本庄雅美浅浅一笑。

"哪有这样待客的道理,请不要让我脸上无光。红茶和咖啡,哪个好?"

五代和山尾面面相觑,中年刑警也一脸茫然。

"那就咖啡吧。"五代对本庄雅美说。

她满意地点头。

"美咲,来两杯咖啡。我要茉莉花茶。"

"好的。"名唤美咲的女人消失在隔壁厨房。

"请坐。"本庄雅美再次请他们在沙发落座。五代道声"失礼了",和山尾并排坐了下来。

"听说您是前天回到日本的。"五代拿出记事本,问道。

本庄雅美坐在五代他们沙发斜对面的单人椅上。

"原想早点回来,可是一堆事抽不开身,最后拖到前天才回。不过,幸好赶上了昨天的葬礼。"

"您参加了葬礼吧。"

"嗯,我很想再看他们一眼。可是——"本庄雅美微微蹙眉,"康幸的棺柩全程都是紧闭的,可想而知死状多么惨烈,实在叫人悲伤。"

"是啊,确实很惨烈。"

藤堂康幸的棺柩始终紧闭,应该是因为主办者觉得,不宜让来宾看到烧得焦黑的遗体。

藤堂夫妻的葬礼昨天在藤堂家的檀那寺①举行。因为预计参加葬礼的人很多,当地警方负责警卫工作,特别搜查本部也派了几名侦查员过来。当然,他们的目的不是警卫,而是甄别有无可疑人物。五代也奉命前往,但没发现本庄雅美在场。他不认识本庄雅美,葬礼来宾多达五百余人,也不可能掌握所有人的身份。直到葬礼后查看芳名录,才知道她来过。当下五代向榎并香织打听,得知她已于前一天回国。

"您是独自回国吗?"

"是的。外子也尝试过调整日程,但工作上无论如何脱不开身。"

"冒昧问一句,您先生从事什么工作?"

"他是建筑师,正在西雅图参与美术馆的建设。"

"啊,原来如此。"五代点头,明白这栋房子为何设计如此新奇了。

从厨房传来电动咖啡研磨机转动的声音,看来端出的会是地道的咖啡。

"言归正传。"五代挺直脊背说道,"您是如何得知藤堂夫妻出事的?"

"香织突然打来电话,听到她带着哭腔,我吓了一跳,得知出了命案后,更是大受打击。我实在难以置信,连说了好几

---

① 日本自江户幕府时期起实行檀家制度,民众以家族为单位归属于特定的寺院,葬礼和所有相关法事均委托该寺院,民众称为"檀家(施主)",所属的寺院称为"檀那寺"。

次骗人的吧，骗人的吧。"

这段话和榎并香织的陈述一致。

"我理解您的心情。"五代简短地说。

本庄雅美微微充血的眼睛向他望来。

"江利子他们竟然惨遭杀害，这是什么世道啊！你能不能告诉我，究竟发生了什么？"

"您对案件没有头绪吗？"

"完全没有。"本庄雅美语气坚决地说，"绝对不可能有人怨恨他们俩。"

"手段的确很残忍，但不能因此断定动机就是怨恨，也很可能是因为某种利益纠葛。您不妨也考虑一下这方面。"

"利益纠葛？"本庄雅美抱起胳膊，"我对康幸的政治活动一无所知，既没有加入后援会，也没有帮助他竞选。不过他毕竟是政治家，可能会牵涉某种利益，但我没听江利子提起过。"

"她没有邀请您加入后援会吗？"

"没有。毋宁说江利子会刻意回避这类话题，可能是不想将朋友卷入丈夫的政治活动，这是她固执的地方。"说话间，似乎是回忆起朋友的面容，本庄雅美凝视着半空。

"除了康幸先生的政治活动外，江利子夫人还独自参与社会活动，您知道这件事吗？"

"你是指春实学园？"本庄雅美微微歪着头。

"是的。是一间位于西东京的儿童福利院。"

本庄雅美颔首。

"我常听江利子提起那里的事。好像从她很年轻的时候就结下缘分,开始援助。她自己是在不太理想的环境中长大的,所以觉得应该为无依无靠的孩子们做点什么。"

和垣内达夫的说法差别不大,说明这应该是众所周知的事实。

"关于对福利院的援助,她有没有跟您商量过什么?"

"关于援助吗……"本庄雅美略一沉吟,旋即摇头,"她常说补助金很少,所以很困难,但从未找我商量过什么,或是托我做什么。我想江利子只是作为善意的第三人照拂那家福利院,并没有参与营利相关的事情。当然,她私下里做了些什么,我就不得而知了。"

这番话不啻在说,关于藤堂夫妻的利益纠葛,再问我也是无用。

"那可否谈谈藤堂夫妻最近的情况和人际关系?"

"什么样的事情呢?"

"听榎并香织小姐说,您和江利子夫人关系很亲密,在演艺界的时候就有了交情,当时隶属同一家事务所。"

"我们一起生活了一年左右。事务所在西麻布有间宿舍,房间很小,没有浴室,厕所也是公用的。我们就住在那里,一起去上课。江利……江利子很快就走红了,我却默默无闻,早早就放弃去公司上班。所以我希望江利……江利子——"本庄雅美露出苦笑,"不好意思,我一直叫她江利,不知不觉就说溜了嘴。"

"不用客气,就照您习惯的称呼来好了。"

"那我就叫她江利了。我希望江利连我的那份一起,在演艺界长久打拼下去。她拥有独特的魅力，而且作为演员才华横溢。正因如此，得知她准备和藤堂结婚的时候，我很吃惊。我知道他们在交往，但对方是政治家，一旦结婚，演艺事业就难以为继了。我原以为江利会选择演员的道路。"

"也就是说，她对演艺界并不很留恋？"

"也许吧，但更重要的是，她很向往拥有家庭。刚才也说过，她成长的环境不太好。"

"儿时就父母双亡是吧。"

"她父母因遭遇空难丧生。你有没有听说过？是客机和航空自卫队的战斗机在空中相撞的事故，记得地点是在岩手。"

五代想不起来，侧头思索。这时旁边的山尾开口了："是雫石吧？发生在岩手县雫石的事故。"

本庄雅美瞪大了眼睛。"没错。你还记得吗？"

"哪里。"山尾摆了摆手，"那是五十多年前的事了，所以并不是实时知道的。不过每次发生空难时，电视上都会介绍过去有代表性的重大空难，所以我有印象。虽然最近已经很少发生了，但直到二十世纪九十年代，都会不时发生伤亡惨重的飞行事故。"

"没错没错，比如日航的事故[①]、名古屋空难[②]之类。"本

[①] 指日本航空123号班机空难事件，发生于1985年8月12日，机上520人遇难，仅4人生还，为全球第二大严重空难。

[②] 指台湾中华航空140号班机空难事件，发生于1994年4月26日，飞机在名古屋机场降落时坠毁，264人死亡，仅7人生还，为中国台湾航空史上伤亡最严重的事故之一。

庄雅美点点头，"所以当时坐飞机还有点紧张。"

"我也是。"山尾附和。

五代心里有些不舒服，名古屋空难他还依稀有印象，但日航的事故感觉已经是前尘旧事了。山尾平时沉默寡言，说起往事就变得饶舌起来。

他决定将话题拉回来。

"父母去世后，江利子夫人是怎样生活的？"

"不幸中的大幸，她舅舅——也就是她母亲的弟弟没有孩子，将她收为养女。听说养父母对她都很好，在她上初中之前，一直以为他们是亲生父母。但偶然发现自己是养女后，与养父母的关系就有些疙疙瘩瘩。她不打算上大学，就是因为觉得不能再依赖他们照顾了。在街头被星探发掘的时候，她觉得终于可以自立了。"

"原来是这样。"

在网络上检索，很快就能查到双叶江利子这名演员的履历，但没有如此详细的成长经历。

"哎呀，讲的都是些老皇历。"本庄雅美伸手撑着脸颊，"这些事对查案没有帮助吧。"

"没那回事，可以作为了解江利子夫人为人的参考。对了，您知道藤堂康幸先生在江利子夫人就读的高中任教过吗？"

"当然知道。他们就是由此相识，最后结婚的。"

"您听说过两人重逢时的事吗？"

"好像是参加什么活动偶然相遇的。藤堂已经知道江利是活跃的女演员，主动跟她打招呼。"

当时她已经以双叶江利子的身份上过电视，所以藤堂康幸发现她就是以前的学生也不足为奇。

"从高中时代开始，两人就互相注意到对方了吗？"

"这个嘛，怎么说呢？"本庄雅美歪着头，"江利说康幸跟她搭话的时候，她一时没想起对方是谁。她说高中时代对教师没兴趣。"

的确如此，五代回想自己的经历，接受了这个说法。

"您常听江利子夫人提起高中时代的事吗？"

"不，她很少提。刚才也说过，她和养父母的关系变得很微妙，因此有段时间走了弯路，她说高中时代没有多少美好的回忆，所以我也不好问。"

"走了弯路？比如说呢？"

"这方面的事，"本庄雅美苦笑，"我从没听她说过。"

"啊，原来如此……"

五代摊开的记事本上，还什么都没记。他判断这个话题继续下去，也不会有任何收获。

"藤堂夫妻近来有没有什么让您印象深刻的事？比如他们在意什么，或者提到过什么陌生的名字。"

"嗯……"本庄雅美陷入沉思，"藤堂我不清楚，不过要说江利在意的，应该是香织吧，毕竟现在是很紧要的时期。"

"您是指她怀孕的事吧？"

"是啊，我最后一次和江利聊天，聊的也是这件事。"

"最后一次聊天是什么时候？"

"稍等。"说着，本庄雅美拿起手机。

"十月十四日早上。我有事要问，就在早餐前给她打了电话。"

"有事要问？"

"就是香织的检查结果。她做了 NIPT 检查，所以我问问结果如何。"

NIPT 这个词，五代他们不是第一次听到了。

"产前诊断是吧？这件事我也听香织小姐本人说过了。"

"香织这孩子是我看着长大的，对我来说跟女儿没两样，所以一直很关心她肚子里宝宝的状况。给江利打过电话后，得知结果是阴性，我松了一口气。"

做了笔记后，五代抬起头。

"您说是十四日早上打的电话，是从西雅图打的吗？"

"是的，是从住的酒店打给她的。"

"您还记得是几点吗？"

"是在早饭前，应该是七点左右。"

"七点……西雅图和日本的时差是几个小时？"

"应该是十六个小时。"

"也就是说，日本是十四日晚上十一点……"五代咽了口唾沫。

"怎么了？"本庄雅美不解地问。

"不好意思，能否告诉我打电话的确切时间？"

"确切时间？那倒是可以……"本庄雅美再次操作起手机，"是早上七点零八分。"

换言之，日本时间是十四日晚上十一点零八分。当时命案还未发生。

"打电话时,江利子夫人有没有什么反常的表现?比如,说话的语气与平时不同。"

"没有,我没发现。"

"除了产前诊断的事,你们还聊了些什么?"

"也没聊什么重要的事。我知道我这边是早晨,但日本是深夜,所以得知检查结果是阴性后,很快就结束了通话。"

"通话时间有十分钟吗?"

"没那么久,大概五六分钟。"

本庄雅美一脸诧异。她不知道案发时间,所以不明白为什么刑警会问这种问题。

刚才那位女性端着托盘过来,将盛有咖啡杯的碟子和牛奶壶放在五代他们面前。碟子上放着汤匙和糖棒。

"有劳了。"五代低头致谢。

"啊,对了。"本庄雅美看着女人,似乎想到了什么。

"要了解江利最近的情况,或许问她比较好。"

"哦?"五代也望向女人。

"这位是今西小姐,东都百货的外商员[①]。"

听了本庄雅美的介绍,女人递出名片:"敝姓今西。"五代接过一看,她的全名是今西美咲,美咲是她的名字。

"百货公司的……我还以为是您的助理。"

[①] 外商指百货公司等零售商离开店铺,直接去客人所在地进行销售活动。外商员即为服务此类高价值客群的私人导购。

本庄雅美闻言，微微苦笑。

"我无论交代什么她都会办到，所以我也很依赖她。今天把她叫来，也是为了让她帮我打理回西雅图的行装。"

"原来是这样。"五代再次打量着今西美咲，她五官端正，看起来也算得上美女，但妆容有种刻意低调、甘当陪衬的感觉。

五代也知道百货公司有外商业务，但很少接触到实际利用的情况。

"我跟江利提过美咲，她说既然是这么有帮助的人，希望也做她的导购，所以我把美咲介绍给了她。关于江利的私生活，她应该比我更了解——对吧？"

今西美咲的表情却略显僵硬，轻轻摇了摇头。"哪里，我还差得远。"

"刑警先生刚才问我关于江利的事，想知道她最近有没有什么反常的表现。美咲，你有头绪吗？"

"反常的表现……"今西美咲呢喃着，眼神很认真。

"比方说，江利子夫人最近买了什么东西？"五代问。

"这样啊。"今西美咲用指尖抚着下巴，"要说大件的，就是商量过买车的事。"

"买车？"

"江利子夫人一直乘坐奥迪，说想考虑其他车型，我就帮她介绍了几家经销商。"

五代眨了眨眼。"连汽车都卖吗？"

"任何需求我都乐意效劳。"今西美咲爽朗地说，"不过因为难以决定，当时没有成交，我打算下次见面时，提出包括二手宾利在内的建议。"

"二手车吗……"五代不由得叹了口气，看来外商员真是无所不能。

"其他还商讨过什么吗？"

"除此之外……"今西美咲露出回忆的表情，"她要我帮她找一个平板电脑专用的包。"

"平板电脑？那是江利子夫人用的吗？"

"不是，是她先生用的，说是以前用的旧了，想换个新的。这个包要像挎包那样可以斜挎，但不是这里不行就是那里不对，怎么都找不到让她满意的，我正为此发愁呢。"

五代搜肠刮肚地回想，平板电脑——这个关键词在侦查会议上出现过吗？

"是什么样的平板电脑？知道机型吗？"

"知道。"

今西美咲说了声"请稍等"，取出手机，操作几下后，报出机型，显示屏是十英寸的。

"失陪一下。"旁边的山尾站起身，向门口走去，一边走一边操作手机，来到走廊上。

五代知道他的目的。他是去向特别搜查本部确认，在藤堂家的火灾现场中是否发现了刚才提到的平板电脑。

"藤堂先生平时随身携带平板电脑吗？"五代问今西美咲。

"不知道是不是平时都用，不过使用频率应该很高，因为随身携带的包用旧了。"

"平板电脑主要用来做什么，您有没有了解？"

"没有,没了解那么细……"女外商员歉然地说道。

五代转念一想,不知道也很正常,自己手机的用途也不希望别人知道。

门开了,山尾回来了。他望向五代,微微摇了摇头,看来在火灾现场没发现平板电脑。

五代把脸转向今西美咲。

"除了这些,江利子夫人还托您办过什么事吗?"

今西美咲向上翻着黑眼珠。

"汽车、平板电脑用的包……大概就这些吧。再早一点,还让我准备过刺绣的材料。"

"刺绣?"

"高级定制刺绣,"本庄雅美两眼放光,"那是江利的爱好。"

"是什么样的东西呢?"

"那是一种法国传统刺绣,会使用很多串珠和亮片。"

"江利有着专业级别的手艺,经常把作品当作礼物送给亲朋好友。"本庄雅美在旁说道,"我也收到过几枚胸针……啊,很可惜,我带到西雅图去了,本想给刑警先生看看的。"说完,她蓦地想到什么,"美咲也有一个吧?以前给我看过,说是江利送的礼物。你现在带在身边吗?记得你说过,平时都当作护身符放在包里。"

"在的。"

美咲走进厨房,抱着拎包回来。她从包里拿出一样东西给五代看,说:"就是这个。"

"喔!"五代不由得发出惊叹。

那是个星形的饰品,由闪亮的串珠组合而成,做工精巧细致,不愧是手工制作。

"真漂亮。这是胸针吗?"

"不是,是戒指。"

"戒指?"

今西美咲将星形饰品翻个面,确实是一枚小小的戒指。她将戒指戴在左手中指上,亮给五代看。

"原来如此,很好看啊。"

"是啊,不过作为饰品稍大了点,平常不方便戴,所以就放在包里了。"说着,她摘下戒指,"这是护身符,也是宝物。"

"江利的原则是不做同样的东西。"本庄雅美说,"每个作品都是这世上独一无二的,我也要好好珍惜收到的胸针……"她感慨的语气中,充满对已故挚友的思念之情。

五代的视线回到今西美咲身上。"江利子夫人是何时托您准备刺绣材料的?"

"记得是大约半年前,她说要用来做装饰女儿新居的作品。"

是那幅作品吗?五代想起在榎并家客厅看到的画框。

五代看了眼几乎空白的记事本,然后抬起头。

"最后,还要问今西小姐一个问题:十月十四日晚上,您在哪里?"

"我……吗?"今西美咲瞪圆了双眼,手贴在胸口。

"是的,十月十四日晚上。"

本庄雅美神色严厉地瞪着五代,显然她知道这是在确认不在场证明,难道连自己介绍的信息提供者都要怀疑吗?

"对不起。"五代道歉,"我知道这个问题会让您不愉快,不过每个人我们都会例行询问。"

今西美咲呼出一口气。

"那天晚上我和家人待在自己家里。"

"您的家人是?"

"我和读初中的女儿一起生活。"

看来是单亲妈妈,所以外商的工作是安身立命之本,讨讨客户欢心根本不算什么。五代感觉知道她如此敬业的原因了。

"好的。"五代说罢,合上记事本。

"感谢两位配合。本庄女士,您什么时候动身去西雅图?"

"明天晚上。"

"这样啊。如果您想起什么,请联系我。"五代取出名片,递给本庄雅美,"不必顾虑时差。"

"我会尽量回想的。"本庄雅美说,"我在大洋彼岸祈祷早日抓获凶手。"

"我们一定全力以赴。"

五代也给今西美咲递了名片,然后和山尾一起离开了本庄家。

"我向负责遗留物品的人确认过了,现场没有发现平板电脑。"走在坡道上,山尾说道,"好像和消防也共享过信息,应该不会错。"

"调查议员事务所的人应该也没提及藤堂都议员有这种平板电脑,真是令人在意。"

"你的意思是,为什么在火灾现场没有找到?"

"没错。"

倘若是凶手拿走的，平板电脑里很可能有重要线索，如果能查到那是什么，或许会成为案件的突破口。

案发至今已将近十天，调查尚无进展。对目击情报已经不抱希望，指望的监控录像到目前为止，也没有值得一提的收获。

五代他们的人际排查组也没什么成果，从各个方向去挖掘藤堂夫妻的公私人际关系，查出两人都有些小小的纠纷，但都不可能导致杀人。

回过神时，已来到热闹的街道上，既有经营多年的鲜鱼店和文具店，也有别致的甜点店和餐厅，往来的行人形形色色，很多是外国人。

对哦，这里是有名的广尾商店街。五代刚想起来，西装内侧口袋的手机陡然震动。拿出来一看屏幕，是筒井打来的。

"喂，我是五代。"

"我是筒井，现在方便说话吗？"

"可以。"

"藤堂都议员平板电脑的事，我刚刚听说了，还有补充信息吗？"

"没有，用途也不清楚。"

"是吗？那就这样吧。有重大案件发生，你立刻赶往本部大楼，如果还有什么要调查的，就交给山尾警部补。"

"本部大楼？不是特别搜查本部？"

"总之，我们系的人先碰个头，系长说要在召开侦查会议前协调好意见，我也在路上。"

"明白,但到底是什么情况?能不能先给点提示?"

"不是我卖关子,电话里很难讲清楚。简单来说,就是凶手主动接触了。"

"什么?主动接触?"

"先别告诉山尾警部补。"筒井压低声音,继续说道,"藤堂康幸事务所收到一封信,是犯罪声明。"

6

会议室设置的大型液晶显示屏上,显示出信件全文。

藤堂康幸事务所启:
  我是杀害藤堂夫妻的凶手。
  动机简单明了。对欺世盗名、不断进行不可饶恕行为的两人进行制裁。也可以将制裁换成替天行道。
  但我写这封信的目的,并非只是发表犯罪声明。
  我手头有藤堂夫妻非人道行为的证据。
  我希望你们买下这份证据,期望的金额是三亿元①。
  不接受讨价还价。如果能将藤堂夫妻的种种残忍行径就此掩埋,这个金额绝非狮子大开口。
  关于这笔款项的交接方法,将会另行指示。
  如果有交易的意向,就在贵事务所官方网站的通知栏发布以下文章:
  "衷心感谢来自全国各地的献花,我们也准备了

---

① 本书中的货币单位"元"指日元。

谢礼送上。请多关照。藤堂康幸事务所。"

  答复期限为十月底。如果届时未得到答复，则视为交易不成立，将在适当时间在网上公布前述证据。如果确认警察介入，也同样处理。

  为了证明这封信并非恶作剧，附上藤堂康幸被杀现场的平面图。另一个现场浴室就从略了。

  期待诸位明智的决断。

——制裁人

  樱川站起身，在液晶屏旁边站定。

  "信是今天早上送到议员事务所的。"他环顾着部下，用粗犷的声音说道，"因为不是寄给藤堂个人，而是寄给事务所，女事务员不假思索地拆开了。看过信后，事务员很吃惊，立刻联系了望月秘书。望月秘书和榎并夫妻商议过后，来找我们求助——调出信封的图片。"

  一旁的年轻侦查员操作着键盘，屏幕上的画面切换，显示出信封的正反面。那是个普通的茶色信封，正面平淡无奇地印着"藤堂康幸事务所启"，背面没有写寄信人姓名。

  "先看看邮戳。"樱川说。

  邮票部分被放大了。一看邮票，好几个人发出低呼。邮戳可以辨出是"奈良西"，日期是三天前。

  "经过核实，那的确是奈良西邮局的邮戳。不用说，奈良西邮局位于奈良县。我们已经联系奈良县警方，请求协助。视情况可能会派人过去，你们各自做好准备。"

部下们对指挥官的话反应冷淡。确定寄信地点、收集目击证词、确认监控录像——凡此种种都需要当地警方的配合才能进行。仅凭这些工作能否逮捕凶手，却又大有疑问。大家心里肯定都在祈祷，千万不要抽到下下签。

"关于信和信封，鉴识课正在进行指纹等分析。信是打印出来的，所以分析墨粉或许可以确定打印机的机型。从字体也有可能缩小文书处理软件的范围。期待有好的结果。好了，现在来讨论信的内容——把平面图调出来。"

屏幕上显示出手绘的草图，看上去画的是藤堂家的客厅，用简单的线条画出茶几和沙发，以及躺在沙发上的人。画得不算好，但人脖颈上缠着绳索的样子相当逼真。沙发旁画了一个箭头，附有说明"黑色皮沙发"，还有一个箭头指向掉在地板上的棒状物，标记为"点火棒"。

"信里附上的就是这张图，都坦率说说看到这张图的印象吧——筒井，你怎么看？"

这种时候第一个被点到名，也是主任的分内事。筒井慢慢放下交抱的双臂。

"我觉得相当准确，至少不太可能是由局外人全凭想象画出来的。"

"好吧，再听听两三个人的意见。"

樱川点名了资深刑警、骨干刑警和年轻刑警，提出同样的问题。他们的意见和筒井一致，平面图上描绘的信息只有相关人员才会知道。

"五代，你也是这种看法吗？"樱川问。

"基本上我也有同感。"五代回答,"信上还暗示另一具遗体在浴室,这也是还没有报道过的信息。可以断定,这封信不是第三人的恶作剧。不过,如果寄信人是凶手的话,就存在令人不解的地方了。"

"什么地方?"

"现场的状况虽然有诸多手法拙劣之处,但很明显是伪装成强迫自杀。不过,如果打算发表这种犯罪声明,就没必要进行伪装工作了。"

樱川锐利的眼里寒光一闪,继而将视线投向部下们。

"很中肯的意见。有人反对吗?"

会议室里寂然无声,尴尬的气氛弥漫开来。

"有。"有人举手,是筒井。

"怎么说?"樱川问。

"凶手有可能原本就做了两手准备。"

"两手准备?"

"如果伪装成功,案子被当成强迫自杀处理,自然上上大吉。这种情况下,凶手不会再有行动。但媒体报道的内容,表明本案很可能是杀人案件,凶手由此判断伪装工作已经失败,决定采取退而求其次的对策。"

"也就是这次的犯罪声明?"

"是的。刚才五代说伪装的手法拙劣,这一点也是可以解释的。凶手抱着碰运气的心态,原本就没觉得那种伪装能瞒过警察的眼睛。"

"原来如此。"樱川轻轻点头,再次转向五代,"看你的表情,好像不是很认同。对这个解释不满意吗？"

"并不是不满意，只是……"

"有什么想说的，尽管说。"

五代呼地吐出一口气，开口道："既然知道很可能瞒不过去，就不如不去刻意做拙劣的伪装了，把遗体搬到浴室，用绳子吊起来，伪装成上吊自杀的样子，可不是那么简单的活计。"

"那是你的主观判断吧。"筒井说，"凶手未必和你有相同的价值观，应该说，不同才是正常的。"

"要是这么说的话，我就无话可说了……"

"好吧，这场讨论就到此为止。"樱川举起一只手，"不管怎样，五代也认可寄信人不是与案件无关的第三人。我们现在来研究这封信的内容，信上声称，是对欺世盗名、不断进行不可饶恕行为的两人进行制裁，还说有藤堂夫妻非人道行为的证据。但议员事务所的望月秘书表示，他全然不知这封信所指为何，也没有任何头绪。"

"那种话信不得。"资深刑警说，"作为秘书，他也只能这么表态。他们这一行的规矩就是这样，即使知道议员的某些违法行径，也要守口如瓶，而且很可能望月自己也有份参与。"

"我也同意秘书不会任何事都如实相告——"樱川再次看向筒井，"人际排查组已经去藤堂康幸事务所调查了好几次，得出的结论是没有与此次命案相关的议案。关于这封信上提到的非人道行为，你怎么看？"

"如果问望月秘书等事务所的人对我们隐瞒的可能性是否为零，我只能回答不能确定。"主管人际排查组的筒井语气很谨慎，"但议员事务所的人倘若有所隐瞒，通常都是为了保护议员。在事情是杀人案件、被害人就是都议员及其夫人的情况下，应该不会置破案于不顾，优先隐瞒违法行径。"

"那依你看，这封信上提到的非人道行为是指什么？"

"我不知道，不过整个事务所牵扯其中的可能性不大。如果有的话，应该是都议员夫妻的个人行为。也许只有望月秘书知道，但如果他也有份参与，恐怕很难让他吐实。"

"有必要确认望月的行动。要是他跟违法行径有关，或许会有什么动静。马上安排人手监视，这件事就交给你了。"

"明白。"筒井答道。

"还有其他人知道，或者可能察觉藤堂夫妻的违法行径吗？"筒井转向五代，"那个叫垣内的后援会会长怎样？"

五代沉吟着。"垣内确实是藤堂都议员的老友，对他政治活动以外的情况也很了解。但此人看起来很崇拜都议员的人格魅力，感觉也不像是在演戏，他知道的可能性恐怕不大。"

听了这话，上司们都面露悻悻之色。正因为他们深知五代看人的眼光很准，才会有这种反应。

另一名刑警举起手。

"事务所方面准备怎样回应这封信？该不会打算支付三亿元吧？"

"你问到关键了。"樱川指着提问的刑警，"问题就在于，没有人能给出答案。名为藤堂康幸事务所，现在关键人物藤堂都议员已经去世，事务员大多已被解雇，留下的人在做清理善后工作。虽然下达指示的是望月秘书，但他并不是负责人。本来夫人可以代表都议员的意向,但她也被杀害了。那就只剩两人的独生女榎并香织,她虽说是预定的接班人,却还从未涉足政治,向她讨主意,本身就是乱来。总之先由藤堂家的亲戚商量一下,但我不认为他们能拿出明确的主意。正因为不知道信上所说的'藤堂夫妻非人道行为'是什么,也就无法预测一旦公之于世,会给藤堂家族造成多大的伤害。如果有个豪爽的人愿意出面承担责任就好了,但期待也没用。也就是说,若是坐视不管,谁也给不出答案,就会迎来寄信人规定的期限。那样的话,藤堂家也会很被动,所以最好交给警方来应对。"

"那警方该怎么做?"资深刑警问。

樱川刻意清了清嗓子才开口。

"我和一课课长、管理官① 商量过了,有两种方案。一种是建议事务所答应交易,等凶手指示了款项的交接方法,再采取相应的对策,具体可以想象绑架案中交接赎金的场景。是否实际准备现金,准备的话由谁来出,这些都以后再考虑。另一种方案是不接受交易,看对方的态度如何。信上说如果交易不成立,将在网上公布藤堂夫妻非人道行为的证据,但估计不会立即采取这种行动。我和一课课长他们一致认为,凶手可能会通过释出部分信息等手段,迫使事务所接受交易。届时观察凶手的反应,判明凶手掌握的信息属于哪一类,由此缩小凶手的范围。无论采取哪一种方案,都需要事务所的同意和协助。但我已经说过

---

① 管理官,日本警视厅组织的职位之一,系长之上、部长之下。级别为警视正或警视。

几次了，对方没有能做主的人，必然由我们掌握主导权。我们就在事务所设立对策本部，派驻几名侦查员。"

"可是寄信人说，一旦确认警方介入，交易就不成立。"一名刑警说。

"没关系，这一点不用在意。事务所会向警方求助，是在凶手预料之中的。"樱川神色从容地断定，"刚才的信封你看到了吧？邮戳是奈良县。如果有谁因此认为凶手在奈良县，那不如马上递辞呈算了，我不会坑你的。合理的判断是，凶手是为了干扰侦查，才特地跑到奈良县寄信。也就是说，他已经预料到警察会介入。关于这个推论，有人有不同意见吗？"

没有人举手，会议室内一片寂静，樱川满意地点点头。

"对了，信上提到的'藤堂夫妻非人道行为的证据'，我得到了一个值得一听的消息。"樱川向五代一瞥，"据说藤堂都议员有台常用的平板电脑，但根据鉴识和消防方面的反馈，在火灾现场没有发现这种东西——筒井，你向望月秘书确认过了吗？"

"刚才已经确认过了。藤堂都议员确实有台平板电脑，应该是作为手机的备份使用的。但在工作时没有随身携带过，望月秘书说不常见到。"

"作为手机的备份，说明里面有和手机同样的数据，在火灾现场消失了……"樱川喃喃地说，"可以肯定，凶手已经拿到了这台平板电脑。如此一来，断定他纯属虚张声势就有风险了。姑且不论'藤堂夫妻非人道行为的证据'是否真的存在，藤堂都议员的个人隐私确实被凶手掌握了，这一点是有必要考虑的。

好了，言归正传。关于今后的应对方案，刚才我也说了，有两种。一种是接受凶手的交易，另一种是无视。各位怎么看？认为应当接受交易的举手。"

五代看了看四周，有几个人举起了手。

樱川指着一名年轻刑警。"听听你的意见，为什么？"

年轻刑警一脸紧张地站了起来。

"我觉得交接款项是逮捕凶手的大好机会。当然，既然凶手预计到警察会介入，本人应该不会出现在交接地点，或许会用某种方法……比如指使接黑活的人出面，但可以期待找到与凶手有关的线索。"

"原来如此。其他人呢？"

樱川又问了其他刑警的意见，与年轻刑警的说法大致相同。

"那么，认为应当无视交易的人呢？"

樱川一问，余下的人举起了手，五代也是其中之一。

"理由是？"樱川问五代。

"为了让凶手焦躁。"五代说，"刚才系长也说了，即使不遵从信上的指示，凶手也不会立即停止交易，既然是为了钱，必然会采取某种行动。换言之，还会有和凶手交涉的机会，没必要着急，倒不如让对方着急，尽量套出更多的信息才是有效的做法。"

"但如果凶手就此再也不发声了呢？"资深刑警在旁发出疑问。

"那是不可能的，凶手应该是下了相当大的决心，才寄出这次的信。虽然信上声称，如果交易不成立，将在网上公布藤堂夫妻非人道行为的证据,但这样做对凶手没有任何好处。既然押了重注,我想不会那么轻易就作罢。"五代盯着樱川的眼睛说。

之后,樱川问了几名刑警的意见,赞同五代的人居多。对于与凶手的交易机会不止一次这种看法,那些主张交接款项是逮捕良机的人也逐渐露出认同的表情。

"好,看来方向已经定下来了,该得出结论了。"樱川大声说道,"首先向上头说明不接受交易的方针,一课课长和管理官应该不会有异议,辖区署长那边我也会去解释,各组依据这一方针,在下次侦查会议召开前厘清侦查的步调。"

系长发话后,部下们以干劲十足的声音响应。

7

　　镶在相框里的合影有二十余人，男女比例三七开，以女性居多。其中将近半数是二三十岁的女性，个个服饰华丽。然而五代一眼就注意到的，是站在中央附近的藤堂江利子。拍摄时她应该已有四十六七岁，打扮并不显眼，也只是自然地露出笑容。五代明白了，原来天生有魅力就是这样，无法用道理来解释。

　　她身边是藤堂康幸，脸上挂着政治家特有的假笑。他身材壮实，穿着做工精良的西装，称得上颇具威严。但至少在这张照片中，他看起来像是妻子的陪衬。

　　五代和山尾一起来到儿童福利院"春实学园"。办公室前面有个会客的区域，墙上展示着画作和照片。画看来是福利院里孩子们的作品。

　　"这是创立三十周年纪念时拍的照片。"五代还在凝视着照片，旁边传来女人的声音。

　　一个瘦削的老妇人缓步走近。她没有化妆，戴着细框眼镜。

　　"当时职员们办了个小小的晚会，藤堂夫妇作为嘉宾出席。时间过得真快，一转眼都快十年了。"

　　五代端正姿势，转向老妇人。"您就是平塚女士吧？"

　　"是的。"老妇人微微点头，"我是园长平塚。"

五代出示警察证，做了自我介绍，正在观看孩子们画作的山尾也快步过来，报上姓名。

"前不久有刑警先生来过，如果是想了解藤堂江利子女士的事情，我已经说明过了。"平塚园长说话彬彬有礼，声音却很尖厉。

"我知道，感谢您的配合。"五代低头行礼，"不过遗憾的是，案件尚未侦破，目前线索依然很少。抱歉在百忙之中打扰您，但希望可以再跟您谈谈。"他已经习惯了低头拜托。

平塚园长叹了口气。

"承蒙藤堂夫妇的多方关照，我打从心底盼望早日抓获凶手。只要能帮上一点忙，我会全力配合。只是我跟之前来的刑警先生也谈过了，真的想不到任何线索。"

"那也无妨，能给我们三十分钟的时间吗？"

在五代的坚持下，平塚园长看了眼手表，轻轻点头。"好吧，那就三十分钟。"

"非常感谢。"五代再次行了个礼。

两人被引到园长室。这是个约十叠大小的房间，窗边摆着办公桌和文件柜，眼前是简易的沙发套组。隔着木制的茶几，五代他们和平塚园长相对而坐。

"我就开门见山了，可否谈谈藤堂江利子女士援助贵学园的契机？"

五代一说，平塚园长明显皱起了眉头。

"又是从这里讲起？我跟之前来的刑警先生已经说过了。"

"不好意思，再三叨扰，拜托了。"

五代旁边的山尾也深深低头。

"那是三十年前的事了，我们学园的孩子应邀去看一部在东京上演的音乐剧，您听说过吗？那是个描写在孤儿院长大的女孩开朗健康生活的故事。"

听了剧名，五代重重点头，那是很有名的音乐剧，据说只要是有志表演的少女，无不向往担纲主角。

"演出结束后，在主办方的安排下，工作人员带我到了后台，有机会和演员们交流。大家都对我很亲切，江利子女士更是分外热情。她也出演了那部音乐剧，当时的艺名是双叶江利子。她说，自己也是儿时父母就过世了，所以很能理解福利院里孩子的感受，方便什么时候去参观一下吗？我答说当然欢迎，但心里觉得多半是场面话。没想到过了一段时间，她真的联系我了。当时真是吃了一惊。"或许是想起了当时的情景，平塚园长瞪大了眼睛。

"藤堂……不，双叶江利子女士来过这里吧？"

五代问道，女园长点了点头。

"她来访问时，为孩子们准备了很多礼物，由此开始提供援助。后来江利子女士结了婚，从演艺圈引退，但援助依然在继续。她的丈夫藤堂都议员也表示理解，作为她的后盾给了我们很多帮助。我们在财务上不算宽裕，所以由衷地感激。"

"听说这次的案子时，您想必很震惊吧？"

平塚园长闭上眼，仰起头，叹了口气后，将脸转回来。

"我一度希望是什么地方搞错了，江利子女士总是向孩子们讲述生命的重要性，她说，不只是孕育生命，培养生命也很重要。我实在无法相信，这样的人竟然会遭到杀害，听说手段还很残忍……"

"的确令人痛心。"

平塚园长更加痛苦地皱起眉头，但似乎陡然想起了什么，直视着五代。

"您刚才说线索很少对吧？犯下那么残酷的罪行，难道凶手会逍遥法外？"

"我们正在全力侦办，务求逮捕凶手。"五代说出惯用的答复，"包括我在内，所有侦查员都没有放弃，所以今天才会来叨扰您。"

"这样啊。不过很抱歉，您来这里也不会有收获的，因为我没有任何线索。"

"园长您所说的线索，是指有谁对藤堂夫妻心怀怨恨，必欲除之而后快吗？"

平塚园长挑了挑右眉。"是的……"

五代稍稍倾身向前。

"几年前，发生过一起前首相在演讲中被枪杀的案件。但凶手供称，他真正仇恨的是母亲加入的宗教团体，想报复的对象也是教团的首脑，但因为很难实现，所以袭击了与该教团关系密切的前首相。而且他对前首相并没有个人仇怨。也就是说，即使发生了命案，凶手和被害人之间也未必有直接联系。"

平塚园长神色沉痛地回味着五代的话，终于瞪大了埋在细密皱纹下的眼睛。

"您的意思是，有人怨恨敝学园，然后将怨恨的矛头指向了藤堂夫妻？"

"这样说难免令您不快，但人也会恩将仇报。无论贵学园的活动多么健全、出色，恐怕也不是绝对没有心存不满的人。希望您能考虑到这一点，再仔细想一想。"

"您是让我想想，有没有人不但不感恩，反而怨恨我们？"

"创立数十年来，想必不是完全没有纠纷吧。"

女园长闻言，脸上的讶异之色忽然消散了许多。

"您说得没错。确切地说，我们总是遇到一些问题，多到数不胜数。"

"比如说，是什么样的事？"

"主要还是围绕孩子的纠纷。"

"和谁产生纠纷呢？"

"当然是孩子的父母。"

"父母？"五代皱起眉头。

察觉到他的疑问，平塚园长唇边浮起一丝浅笑。

"您可能觉得奇怪，既然有父母，孩子为什么会进入福利院呢？但实际上，我们园里的孩子当中，父母双亡的是少数，九成以上的孩子父母或父母一方健在。单亲的情况几乎都是母亲，也就是所谓的单亲妈妈。孩子进入福利院的理由多种多样，但大多是因为父母放弃育儿或虐待。然而很多时候父母作为关键角色，却没有意识到自己的问题，这就让情况复杂化了。他们不理解，为什么孩子宁愿留在福利院里，也不回到自己身边？是否从福利院回到父母身边，是由孩子自己决定的，我们绝不会出言干涉。可是总有人认定，孩子是因为我们挑唆才不肯回来。"

五代明白了女园长的言下之意。

"也就是说，这样的父母有可能对贵学园不抱好感？"

平塚园长神情苦涩地微微点头。"很遗憾，我无法否认。"

"这样的父母有好些吧？"

"啊，嗯……是的。"女园长含糊地肯定了。

"能否告诉我这些人的名字呢？"

对于这个要求，平塚园长的态度很明确。她向五代竖起手掌。

"那是办不到的，因为涉及个人隐私。"

"我明白，不过还请您配合调查。"

"恕我不能从命。如果他们知道我泄露了这种信息，我们之间的信任关系就会崩溃。"

"我不会说出信息来源的，我保证。"

"那如果有人问您是听谁说的，您打算怎样回答呢？要是随口应付，结果被拆穿是谎话，那就更麻烦了。我知道您的工作很辛苦，我也渴盼早日抓获凶手，但有些事我可以配合，有些事我做不到。我们的使命是成为连接父母和孩子的生命线，请您理解。"从平塚园长斩钉截铁的语气，听得出她的意志十分坚定。

看来是无法让她回心转意了，五代决定放弃。

"我明白了。"他说，"是我把你们的理念想得太简单了。既然是生命线，就不容许说谎。非常抱歉，我不会再勉强你们了。希望你们今后也本着这一理念，继续开展精彩的活动。这不是讽刺，我是发自内心的敬佩。"

凝视着平塚园长说罢，五代欠身站起，催促山尾："走吧。"

"不知道能不能作为侦查的参考，不过我有几句话想说。"平塚园长起身说道，"刚才我也说过，什么样的父母都有，其中也有对敝学园心存恶感的人。但我敢断言，即使是那样的人，也不会憎恨藤堂江利子女士。"

"您的依据是？"

"因为那是害人反害己。"平塚园长简洁地说，"无法将孩子接回身边的父母，很多都有经济上的问题。为此藤堂江利子女士也开展了援助活动，简而言之，就是金钱上的援助。那些父母也都知道这一点。失去了那个人，自己的生活就会变得困苦，谁会干出这种愚不可及的事呢？"

出乎五代的意料，平塚园长淡然道来的理由，并非精神层面，而是基于现实利益。但正因为如此，有很强的说服力。

"您的话很有参考价值，衷心感谢您今天配合调查。"五代郑重地低头致谢。

告别平塚园长，五代他们离开了园长室。走出福利院时，五代向庭院望去，只见几个小学生模样的孩子聚在小屋前，小屋里似乎养着兔子。

不只是孕育生命，培养生命也很重要——平塚园长的话在他的耳边回响。

从福利院到最近的车站必须搭乘巴士。在站点等车时，五代查看手机上的信息，没看到重要的内容。

"五代先生，你直觉如何？"山尾问，"春实学园和案子有关吗？"

"不清楚。"五代歪头思索着,"站在园长的立场,她也只能那样说吧。即使有人对学园怀恨在心,也不会将矛头指向藤堂夫妻,这句话或许不是说谎。"

山尾颔首。

"我也有同感。那个叫平塚的园长不是会说谎的人。她说学园财务上不宽裕,应该也是实情,你注意到园长室桌子上的涂鸦了吗?"

"涂鸦?我记得窗边有张桌子……"

"桌脚上用雕刻刀刻着名字,就算是小孩子胡闹,也不会溜进园长室刻字,多半是别处用过的桌子拿来再利用,名字是原来就刻上去的。通常园长用的办公桌,不会用这种旧桌子充数,我觉得这是他们节俭的体现。"

"这我还真没留意……"

"看她的手,就知道她不是徒有其表的园长。她的手上有皲裂,指甲也很短,说明经常带头做洗刷工作,也没少干杂活。"

五代看着辖区刑警,为他的观察力感到惊讶。

似乎察觉到他视线的含义,山尾有些不好意思地挥了挥手。

"这是我的习惯,因为想着自己也该问点什么,就四处看看,也就是找素材,不过通常都派不上用场。"

"哪里,这个发现对判断那家福利院的经营状况和园长的人品很有意义。"

"你这么说,我也就不算白来了。"

"不过,人的心理是猜不透的。因为意想不到的事情而怀恨在心,将愤怒的矛头指向完全无关的人,也不是什么稀奇事,毕竟对福利院抱有恶意的人也不是绝无仅有。"

"你是说,那份犯罪声明有可能出自园内某位儿童的父母之手?"

"不能完全排除这种可能性。视情况,也许需要对园内儿童的父母逐一排查。"

山尾不由得面露愁容。"那……可真够辛苦的。"

"把这个消息带回特别搜查本部,主任肯定老大不痛快了。"

巴士进站了,两人上了车。车厢内很拥挤,没有空位。五代抓着吊环,望向窗外。但他并不是在看风景,而是在反复思考犯罪声明。

今天是十一月一日,犯罪声明中要求的答复期限已经过了。不必说,藤堂康幸事务所没有答复。樱川向榎并香织提议不答复后,榎并香织表示由警方全权处理,遵从了他们的指示。

眼下凶手还没有反应,但五代从早上就心神不宁,凶手接下来会采取什么举动呢?

巴士开到了车站前,下车的人很多,五代他们也下车了。

正要迈步走向车站,五代的手机响了,是筒井打来的。他顿感不安。

"喂,我是五代。"

"我是筒井。你现在在哪儿?"

"西东京附近,刚结束对春实学园的调查。"

"有收获吗?"

"嗯,说不好……"五代含糊其词。

"算了,你们直接去元代代木。"

"元代代木……"

"就是榎并夫妻的公寓大厦。系长已经在路上了。"

"系长?"

五代霎时紧张起来。樱川亲自前往,说明事态非同寻常。

"出什么事了吗?"

"当然。凶手给榎并香织的手机发了邮件。"

"邮件?"

心脏在胸腔里剧烈跳动,凶手直接给榎并香织发邮件——完全出乎意料。

"什么内容?"

"具体我也没看到。你都过去了,自己看就是了。听说邮件里还附了图片。"

"图片?什么图片?"

"是孩子的照片。"

"孩子?"

哪个孩子,谁的孩子——五代苦苦思索,然而始终想不出答案。

8

来到元代代木的公寓大厦后,五代在公用玄关按下内线对讲机。没有人回应,自动门直接打开了。

搭电梯上到十楼,五代按响1005室的门铃。同样无人回应,门就开了。开门的是个年轻刑警,看样子是和樱川他们一起过来的,表情很严肃。

"系长呢?"

"在客厅和榎并夫妻谈话。"

五代脱了鞋,迈进房间。山尾也紧随而入。

打开客厅的门,只见樱川和榎并夫妻坐在沙发上,辖区刑事课长相泽也在场。

樱川转头望向五代,朝他招了招手,又将放在茶几上的笔记本电脑屏幕转向他。

"你看这个。"

五代向榎并夫妻点头致意后,来到茶几前,细看电脑屏幕。上面显示的是一张黑白图片,一看就知道是B超图像。图像中有个黑色的空洞,里面的灰色影像代表了什么,他也已经了然。虽然与自己无关,但类似的图像他见过好几次。

"这是太太的……"五代低语着,看向榎并夫妻。

香织沉默地低着头。榎并代替她开了口。

"是她腹中的孩子。据内子说，这是第十周的图像。"

原来如此，五代恍然大悟。筒井所说的孩子的照片，指的就是这个。这的确是个孩子。

樱川操作着电脑键盘，屏幕上显示出文字。内容如下：

榎并香织小姐：

　　这封邮件是从藤堂康幸的平板电脑上发送的。只要确认一下邮箱地址，就知道并非恶作剧了。

　　联系你的理由，就是希望你买下这台平板电脑。

　　金额是三千万元，考虑到你丈夫的财力，应该算不上高价。

　　如果你有支付的意向，请在今天下午六点前回复这封邮件。逾时不回复的话，则视为交易不成立，今后绝不再联系。一旦平板电脑内的数据泄露，无论你们遭受怎样的损失，都是咎由自取。

　　为了证明数据的存在，附上一张有意思的图片。难得 NIPT 结果是阴性，为了这个孩子的将来，建议你接受我的要求。

五代瞥了眼香织，然后转向樱川。"这封邮件是发到太太的手机上吗？"

樱川点头。

"今天下午两点多收到的，她立刻和丈夫商量，丈夫联系了警署。"

五代一看手表,已经将近三点半了。

"虽然不知道凶手的真实身份,这家伙可是相当狡猾。"樱川恨恨地说,"偏偏附上这种图片,分明是为了给夫妻俩施加心理压力。"

"藤堂都议员的平板电脑里,确实有这张图片吗?"

"香织小姐在诊所做B超的当天,将图片发给了江利子夫人,应该是夫人发给了藤堂康幸先生。NIPT则是一种产前诊断。"

"NIPT我听说过。嗯,所以——"五代再次看了眼榎并夫妻,然后转向樱川,"他们夫妻打算怎么办?"

"他们说遵照我们的指示。只要能逮捕凶手,他们可以准备交易的款项。"

"三千万?"

"对。"樱川回答。

看来凶手说得没错,对榎并夫妻来说,三千万是咄嗟立办的金额。

"内子说——"榎并说,"她其实不想付钱。可能是不想给我添麻烦,更重要的是,不想听命于凶手。"

旁边的香织抬起头,向五代他们投来认真的眼神。

"我不知道家父的平板电脑里都有什么,说不定也有涉及我们隐私的数据。一想到有可能泄露到网络上,我心情就不好。说实话,我很害怕。但如果为此要向杀害家父的凶手付款,我宁可忍受恐惧。我也相信不会有什么见不得光的东西。不过,如果现在拒绝交易,就会和凶手失去联系吧?为了逮捕凶手,付款也是没办法的事。"香织声音颤抖地说。从她的眼神可以看出，她已经下定了决心。

五代交替看向樱川和相泽。

"两位的判断呢？"

"我刚才和相泽课长谈过，应该给凶手一些回应。"樱川答道，"诚如香织小姐所说，我不希望切断她和凶手之间的联系。尤其和上次不同，这次有邮件这种双向联系方式。在一步步的商谈过程中，对方可能会露出破绽。"

"原来如此。"

"不过，"樱川垂眼看手表，"不知道上头会怎么判断。名为交易，说穿了还是威胁。作为警方，很难选择屈服于威胁付款的方针。现在管理官应该正在和搜查一课课长、刑事部长等人商讨。"

看来目前的状况，就是在等待答复。

"五代，你怎么看？"樱川问，"凶手到目前为止的行动有很多疑点吧？刚给藤堂都议员事务所寄了犯罪声明，现在又发了这封邮件。你有没有什么在意的地方？"

"在意的地方吗……"

五代再次细看电脑屏幕。

"最让我在意的，是凶手用藤堂康幸的平板电脑联系。他是怎么解锁的……而且既然发送了邮件，就有可能被警方查出发送的地点，凶手没考虑过这种风险吗？"

"他可能觉得，这是证明康幸先生的平板电脑在自己手上的最有效方式，而且现下有的是可以使用免费 Wi-Fi 的地方，就算被警方查出发送地也不打紧。"

"康幸先生的平板电脑是蜂窝网络版吗？如果是的话——"

樱川伸出右手，制止了五代的话。

"我知道你想说什么。好像是蜂窝网络版，也就是说，可以使用手机线路进行通信。所以只要接通电源，就能获取基站信息。但根据手机公司的反馈，过去二十四小时内平板电脑都处于无信号状态，凶手应该是使用 Wi-Fi 发送邮件的。"

五代叹了口气。"原来是这样啊。"

不愧是樱川。部下想到的可能性，他早已核实过了。

"其他还有什么发现吗？"

五代再次盯着屏幕。

"再有就是金额的变化，寄给事务所的犯罪声明里索要三亿元，这次却变成了三千万……"

"大跳水了，你觉得是为什么？"

五代歪着头思索。

"也许凶手一早就料到和事务所的交易不可能达成，因为对方没有能拍板的人，所以金额根本无关紧要。但这次勒索的对象是榎并夫妻，两人担心隐私泄露，很可能接受交易，所以降到了适当的金额——这个解释如何？"

"意思是，一台平板电脑要价三亿元太贵了？说不定还真是这样。"樱川板着脸点了点头，"但既然如此，一开始就该找榎并夫妻谈交易，没必要寄信给事务所。还是说，凶手觉得万一事务所答应就赚大了？"

"有这种可能，不过我觉得这个凶手更老辣，寄给事务所的信或许另有目的。"

"什么目的？"

"简单来说，就是干扰侦查。要说那份声明影响了谁，就是我们侦查人员。因为上面提到'藤堂夫妻的非人道行为'，为了查出指的是什么，我们连日来四处打听。今天我和山尾警部补还去了春实学园，可惜一无所获，只确认了江利子夫人在福利院工作人员当中很有声望。坦率地说，我感觉找错了方向。所以我就想，我们会不会是被凶手摆了一道？"

"也就是说，"樱川接话道，"所谓'藤堂夫妻的非人道行为'，原本就不存在——你是这个意思吗？"

"是的。"五代回答，"如果存在的话，应该会声明证据在平板电脑里，这远比附上 B 超图像更有恐吓效果。"

樱川皱起眉头。

"说话注意点。一个孕妇突然收到自己胎儿的 B 超图像，会受到多大的打击，你想象不到吗？"

五代"啊"了一声，向榎并夫妻欠身致歉："对不起。"

"不过五代的话也有道理。"刑事课长相泽打圆场，"因为那份声明，我们耗费了很多时间和人力。如果凶手的目的是干扰侦查，我们就完全上钩了。"

"确实……"

樱川嘟囔着，脸色倏地沉了下来。他从内口袋里取出手机，操作后贴到耳边，起身打开门，走出房间，在走廊上打起电话。虽然听不到声音，不过应该是打给管理官。

过了片刻，樱川从走廊上探出头。"相泽课长，可以过来一下吗?"

刑事课长站了起来,走向走廊。樱川应该是找他商量什么。山尾和年轻刑警不自在地站在墙边,五代也无所事事。

不经意间,挂在墙上的画框映入眼帘。那幅作品是高级定制刺绣,虽然不知道要如何劳心费力才能完成,但想到藤堂江利子制作时祈祷着女儿女婿的幸福,五代心里也不免难过。

门开了,樱川和相泽回来了。

"警视厅已经达成一致意见。"樱川向榎并夫妻说,"请回复凶手的邮件。"

"只要回复接受交易就行了吗?"榎并问。

"不,先提出我们的要求。"

"要求……是什么?"

"保证今后不会泄露平板电脑里的任何数据。因为即使拿回了平板电脑,凶手也有可能已经复制了里面的数据。请在邮件上写明,无法相信纸面的承诺,希望得到某种保证。"

榎并讶异地看着樱川。

"凶手会答应这种要求吗?就算我是凶手,也想不出什么保证的方法。"

"凶手大概率会拒绝要求。你们就回复说,那就无法交易,无法付款了。"

"这样做的话,凶手会不会宣称,立刻将平板电脑里的信息发布到网上?"榎并神色凝重起来。

"届时你们就要争取时间,回复说需要时间考虑。到这里为止是第一阶段。通过尽量频繁的交流,收集邮件发送地点的信息。刚才也说过，凶手应该是使用公用的 Wi-Fi，所以只发送一次邮件，很难查到线索。但随着次数的增加，时间、地点的数据完备，或许就能厘清凶手的行动模式。通过分析该地点周边的监控录像，也有可能锁定凶手。"

听了樱川的解释，榎并终于露出理解的神色。

"原来如此。那之后呢？"

"之后——"樱川舔了舔嘴唇，继续说道，"就回复同意交易。"

榎并深吸一口气。

"慎重起见，我先问清楚，就是要支付三千万元对吧？"

"只是先这样答复。随后凶手就会通知款项的交接方法，等确认了对方给出怎样的指示，我们再讨论相应的对策。"

"所以应该准备好这笔钱吗？还是没这个必要？"榎并显得有些焦躁。

"那取决于凶手的做法。如果有可能在交接时逮捕凶手，就需要准备好款项，如果这种可能性为零，答应交易就没有意义了。总之要看对方提出什么样的交接方法。"

樱川的语调很冷静，榎并听后，似乎也平复了情绪。

"明白了。"他放低声音回答。

"那个……"香织略带顾忌地开口，"什么时候发邮件比较好呢？"

"等到最后一刻。"樱川说，"凶手应该也很焦急，快到期限时，说不定会有所动作，比如发个催促的邮件，那我们就赚了。不过，还是先拟好回复的内容吧，现在方便写吗？"

"好的。"香织说着，拿起自己的手机，"内容是？"

"就写'如果能保证不泄露平板电脑里的任何数据，我们就接受交易'。还有，除了口头承诺，还需要有某种保证。"

香织在手机上操作起来，纤细的指尖不住舞动，表情异常认真。

"这样写如何？"

见她递出手机，樱川说了声"我看看"，接了过来。

五代也在旁看向屏幕，上面写了这样一段话：

邮件已收悉。
如果你承诺今后绝不泄露藤堂康幸平板电脑里的数据，我们就接受交易。也希望你给出不会毁约的证据。
静候回音。

樱川和相泽对视一眼，点了点头，将手机还给香织。"没问题，写得很好。"

"下午六点前发送就可以了吧？"

"没错。我能留两名侦查员守到那时候吗？因为要确认发送成功了。"

"可以的。"榎并回答。

五代和山尾留了下来，不过不是在房间，而是在一楼的门厅待命。这是考虑到香织身怀六甲，避免增加她的心理负担。

"那就拜托了。"离开公用玄关前，樱川说。

"回到特别搜查本部后，要确定邮件的发送地点？"

五代一问，樱川苦着脸点了点头。

"这次使用的邮箱地址是死者的，已经得到了遗属的许可。平时在隐私保护上很啰唆的互联网服务提供商应该也会协助。能有多少收获不好说，不过该做的事还是得做。"

"是啊。"

"有什么事就联系我。"说罢，樱川和相泽联袂离去。

不愧是高级公寓大厦，门厅摆放着气派的沙发。五代和山尾一起坐了下来。

"真是意想不到的发展。"五代叹着气说。

"确实让人吃惊。"

"没想到会用康幸先生的平板电脑发邮件过来，凶手的胆子还真大，而且还要价三千万元。"

"五代先生是觉得，上次的威胁只是虚晃一枪？"

五代看着这位辖区刑警。

"你不赞同吗？"

"不不，"五代摇摇头，"我不仅赞同，而且有恍然大悟之感。跟你一样，我也开始觉得调查藤堂夫妻的恶事是徒劳的。不过，凶手这次勒索是动真格的了？"

"应该是吧，三千万的金额给人感觉很真实。"

"事实上，榎井夫妻也是一副随时都能准备好的口气。他们是生活在另一个世界的人。不过，如果不是关系到命案，他们也不会花大价钱买区区一台平板电脑。"

"区区一台平板电脑啊……"

"嗯，有什么问题吗？"

"在火灾现场找到了藤堂夫妻的手机。凶手为什么要留下那两部手机呢？他应该可以和平板电脑一起带走。手机里很可能有比平板电脑更重要的数据。"

"是因为有密码吧？如果无法解锁，带走也没有意义。"

"但平板电脑也一样，既然是用来作为手机的备份，不可能没设密码。凶手是怎么解锁的呢……"

"对IT设备很熟悉，有解锁的特殊技术？"

"那就应该把藤堂夫妻的手机也带走。如果平板电脑能解锁，手机也可以。"

"没错。那就只有一种可能，凶手原本就知道解锁密码。"

"是的。那么，他是如何知道的呢？"

"康幸先生本人不可能告诉别人，想必是趁他操作的时候偷看到的。"

"如果是这样的话，能做这种事的人就不多了。"

"也就是说，是康幸先生相当亲近的人？比如那个叫望月的秘书，应该有偷看的机会。"

"很有可能，但他有不在场证明，而且没有动机。康幸先生过世后，他的前途反而变得不明朗了。"

"的确是这样。"

山尾皱起眉头，沉思了一会儿，终于露出苦笑。

"不好意思，我实在想不出个所以然。没能帮上忙，真是抱歉。"

"哪有让山尾先生道歉的道理，别这么说了。"五代连连摆手。

这位辖区的资深刑警姿态放得太低，有时也叫人为难。

"其实还有一件事有点可疑。"

"什么事？"

"上次凶手是将恐吓信寄到藤堂都议员事务所，为此还特地跑到奈良县去寄。为什么不像这次这样，发邮件过去呢？"

"确实。说不定跟之前你的分析一样，也是为了干扰侦查。因为那份声明，派了两名侦查员去奈良县，结果当然是毫无收获。"

"干扰侦查吗……"

不能排除这种可能性，但五代总觉得无法释怀。

为了避免被查到住处，去与自己没有交集的地方寄件，这是很常见的做法，但也会衍生被监控摄像头拍到、被目击到的风险。即便多少能干扰侦查，值得冒这样的风险吗？

下午五点半刚过，五代打电话给樱川。

"有什么异常吗？"

"榎并夫妻没联系我们，情况应该没有变化。"

"好，那就发邮件吧。"

"好的。"说完，五代收了线。

两人来到榎并夫妻家，请他们发邮件。

香织再次将手机屏幕拿给五代他们看："那我就把这段话发出去了。"

"拜托了。"五代行了个礼。

香织神色认真地操作着手机，然后说："发出去了。"

五代又给樱川打了个电话，报告邮件已经顺利发送。

"好，凶手可能立刻就有回应，你们先在那里等一等。"

"知道了。"

五代挂了电话，向榎并夫妻告知了樱川的指示，两人答说当然可以留在房间里等。

"对了，有件事想请教一下太太。"五代看着香织说，"您知道康幸先生平板电脑的解锁密码吗？"

"我？"香织一脸意外地按住胸口，"不，不知道。"

"江利子夫人呢？您觉得她知道吗？"

"家母吗？不清楚……也许知道吧，但从没提过。"

"有谁可能知道，您有没有线索？"

香织脸色苍白地摇了摇头。

"没有。最近我跟家父也没好好聊过。"

"这样啊……"

"啊，原来如此。"榎并喃喃说，"平板电脑应该设有密码，所以问题在于凶手是怎么解锁的。"

"没错。只有解了锁，才能发送邮件，拿到那张B超图像。"

听了五代的话，榎并默默点头。

"说起来……"香织有些犹豫地开口道，"关于凶手发来的邮件，有件事我很在意。"

"什么事？"

"邮件里提到了NIPT，说'难得NIPT结果是阴性，为了这个孩子的将来，建议你接受我的要求'。为什么凶手会知道我做了NIPT呢……"

"会不会是在平板电脑的邮件里看到的？"

"可我跟家父只说是产前诊断。因为如果说 NIPT，他肯定不知道那是什么。家母应该也没跟家父说过，所以在邮件里不可能出现这个词。"

"……这样吗？"

五代觉得香织的话有道理。的确，家人之间交流，与其用生僻的名词术语，不如用"产前诊断"来得通俗易懂。如果对方是缺乏妊娠相关知识的男性，就更是如此。

"除了家人，您有没有跟其他人透露过 NIPT 的事，比如朋友？"

"没有，没说过。"香织回答得很干脆，"产前诊断不是一直有争议吗？不少人有强烈的抵触情绪，所以我从未向人提起——我跟你也特意打了招呼。"她望向丈夫。

"我知道，所以我没跟任何人说。"

"不过本庄雅美女士知道，是江利子夫人告诉她的。"

"本庄女士自然不同，她把我当亲生女儿看待。但我想家母除了她之外，也不会告诉其他人。"香织的语气充满自信。

五代陷入沉思。那为什么凶手会知道 NIPT 的事？听了香织的话，他觉得这并非琐屑的疑问。

压抑的沉默持续了片刻后，五代的手机响起来电铃声，是樱川打来的。

"凶手有反应吗？"

"还没有。"

"这样啊。我派侦查员过去，换你们回来。"

"好的。"

过了约三十分钟，两名刑警到了。五代和山尾跟他们交接后，返回特别搜查本部所在的警署。

特别搜查本部里，樱川和筒井正在神色严肃地交谈。樱川看到五代，向他招招手。

"辛苦了，有什么要报告的吗？"

"香织小姐提出了一个疑问。"

五代报告了凶手在邮件里提及 NIPT 的事。

"我明白她的意思了，不过也算不上疑问吧。"筒井说，"即使有心守口如瓶，也很容易在不经意中说溜了嘴。说不定江利子夫人向康幸先生详细解释产前诊断的时候，就用了这个词。"

"但香织小姐说，她觉得不可能……"

"那谁知道。"筒井耸了耸肩。

"还有什么？"樱川问。

"就我个人而言，很在意平板电脑的密码。"

"凶手是怎么解锁的，是吧？我们刚才也讨论了这个问题，有四种可能。第一种是原本就没设密码，但不太可能。第二种是凶手在现场发现平板电脑时，刚好处于解锁的状态。但这种可能性同样很低。只要一定时间内没有操作，定时器就会启动锁屏。第三种是用某种方法解锁。但如果是外行人干的，通常数据都会灭失，也就没有意义，所以有可能是交给专业人士处理。从明天开始，我会派多名侦查员调查相关业者。不过鉴识方面已经确认过，康幸先生的平板电脑从机型来看，安全性极佳，即使是专业人士，也很难在不删除数据的情况下解锁。那就只剩下一种可能。"

"凶手知道解锁密码。"

"没错。"樱川竖起食指,"我们要查清楚,康幸先生在什么地方,或者说什么情况下会使用平板电脑。如果凶手是偷看到解锁密码,那他当时就在附近。"

"明白了。从明天开始,我会在调查时关注这件事。"

五代正要离开时,注意到桌上放了一张纸,上面印着"访问时间 14:13:28 帝都大饭店"。

"这该不会是……"

"凶手发送邮件的地点。看来用的是供住客使用的免费Wi-Fi,但凶手未必就住在那里。帝都大饭店这几年来没有更换过 Wi-Fi 密码,也有可能是用过去入住时获得的密码登录。除了客房,在餐厅和咖啡厅也可以使用 Wi-Fi。"

"帝都大饭店吗……"

五代叹了口气。那是东京都内最大的酒店,几乎不可能通过监控录像找到凶手。

"还有一个消息。"筒井拿起另一张纸,"这个有点指望,是手机公司提供的。康幸先生平板电脑的关机时间已经查明,是十月十五日零点四十七分。"

"就是案发当晚?"

"对。关机应该是为了避免留下位置信息。从基站来看,当时可能是在藤堂家。有意思的是在这之后。案发两天后的十七日上午十点多,平板电脑开机了,凶手第一次进行了某种操作。"

"可以锁定位置吗?"

"查到了基站，竟然——"筒井用左手指尖在空中画了个圈，"就在这附近。"

五代瞬间倒吸一口凉气。"就是说，凶手在这附近？"

"没错。基站距离这里约三百米，平板电脑与那个基站进行了信号传输。"

"在这附近……"五代低语着，看向樱川，"意味着什么？"

"谁知道，筒井说也许是凶手的挑衅。"

"挑衅？"

"如果不想被人知道位置，可以在没有信号覆盖的地方打开平板电脑，也可以拔掉SIM卡。既然故意留下位置信息，就只有挑衅这种可能了。"

听了筒井的说明，五代点头："原来如此。"

这时，樱川取出了手机。似乎是有来电，他将手机贴到耳边。

"我是樱川……是吗？先转发给我和筒井……嗯，拜托了。"打完电话，樱川将严厉的目光转向五代他们，"凶手发来了邮件，很快就会转发过来。"

紧接着，樱川和筒井的手机几乎同时有了反应。两人都开始操作手机。五代在筒井旁边看着屏幕。

转发过来的邮件内容如下：

只要支付要求的金额，我就不会泄露数据。是否相信我的话，是你的自由。

你似乎有误解，事先警告一下。

你没有立场给交易附加条件。下次再提出任何条件，交易即刻终止，从此彻底断绝联系。

　　等待你的答复。下个期限是今晚零点。

9

　　临近早上九点，五代和樱川在一间不大的会议室里等待，干部们陆续进来了。警视厅本部出席的是搜查一课课长和管理官，辖区警署方面署长、副署长以及刑事课长相泽也都出席。
　　确认全体人员就座后，樱川站了起来。
　　"我想诸位已经听说了，昨天，'都议员夫妻被害及纵火案'的疑似凶手给藤堂夫妻之女榎并香织发来邮件，内容是要求香织小姐以三千万元购买藤堂康幸的平板电脑。因为答复期限是下午六点，为了争取时间，我们请香织小姐回复了邮件，大意是如果保证不会泄露数据，就接受交易。凶手很快回应，但没做任何让步，而是告知最后期限是凌晨零时。于是香织小姐回复接受交易。今天上午七点二十分，凶手给香织小姐发了邮件。"
　　等樱川说完，五代操作起手头的键盘。
　　大型液晶屏上显示出一段话。

　　　　已收到同意交易的回复，这是明智的决定。
　　　　今天中午之前，将三千万元汇入以下账户：
　　　　三经东洋银行 旭川分行 普通6589741 横山一俊
　　　　全额提款后返还平板电脑。如果提款结束前账户被冻结，或提款者被逮捕，则视为违约，不予返还。

樱川再次开口了。

"已经向榎并夫妻确认过，中午前可以备好三千万元。使用网上银行的话，单日限额是一千万元，夫妻俩有三个以上的账户，可以分别转账一千万元。我们应该如何应对，想听听大家的意见。"

署长略显拘谨地举起手。"那个账户的情况摸清楚了吧？"

樱川把脸转向五代，以眼神示意他回答。

五代轻咳一声。

"我问过银行，这个账户是八年前开的，手续上没什么问题，开户后两年左右一直在正常使用。但之后出现了不正常的存取款，这三年来处于闲置状态。现在已经无法联系账户持有人横山一俊，居民登记卡上的地址在北海道旭川市内，但那栋公寓已被拆除，本人下落不明。这个账户想必是持有人卖给别人的，过去不正常的存取款记录，应该是被用于汇款诈骗的迹象。"

"你是说，这次的凶手过去干过汇款诈骗的勾当？"署长问。

"不，不一定。"樱川回答，"我倒觉得应该没有关系，更有可能是过去用于汇款诈骗的账户，几经辗转落入凶手手中。"

"原来如此。"署长认同地点头，"从那个账户是没办法查到凶手了。"

"现阶段我认为不可能。"樱川下了结论。

"邮件上说，如果提款者被逮捕……"戴无框眼镜的管理官缓缓说道。

"这代表凶手不打算把钱从这个账户转移到其他地方,而是直接取钱?"

"我想有这种可能。我们调查过该账户,没有设定成可用于加密资产交易,也没有开通网上银行。话虽如此,我不认为凶手会亲自去银行窗口办理手续。"樱川再次看向五代,似乎在示意,接下来由你说明。

"买卖银行账户的时候,大多会附送现金卡。"五代说,"这次的凶手应该也有现金卡,准备用它在 ATM 机上取款。当然,极有可能凶手自己不出面,而是利用在网上雇的打工者。在汇款诈骗中,这种打黑工的角色被叫作'取现仔'。"

"所以邮件里提出警告,不得逮捕那个打工者?"管理官问。

"应该是这样。"五代回答,"ATM 机是有每日取款限额的,三经东洋银行是五十万元。要将三千万元全部取出,至少需要两个月。现金卡只有一张,要雇多个取现仔也很麻烦,所以应该是由同一个人反复用 ATM 机取款。此人的模样当然会被监控录像拍到,也有逮捕的机会。"

"所以在三千万元全部取走之前,不得动手是吗?"管理官撇着嘴冷笑,"对警方来说,逮捕那种打工的没有意义,反正他也不会有凶手相关的情报。"

"该怎么办呢?"樱川稍稍探出身,环顾众人,"要联系榎并夫妻汇款吗?"

"樱川,"搜查一课课长低声唤道,"你有什么想法?"

樱川瞥了一眼五代,再转向搜查一课课长。参加这次会议之前,他们已经和筒井一起讨论过应对的方案。

"我觉得应该汇款。"樱川回答。

"理由呢？"

"为了观察凶手的动向。钱汇到户头后，首先行动的想必是雇来打黑工的取现仔。就如五代刚才说明的，他会分成多次取款，所以查明身份应该不难。一旦查明就逮捕他。管理官说得没错，通过此人找到凶手难如登天，但我认为获得线索的可能性并非为零。当然，凶手会因此拒绝返还平板电脑，但这并不是什么大问题，因为凶手本来就没有保证会遵守约定。凶手可能会采取报复行为，不过我们已经取得榎并夫妻的谅解，他们接受平板电脑数据泄露的后果。反倒是根据报复的内容，或许可以缩小凶手的范围。相对的，如果不汇款，凶手就会切断联系，今后很可能不再联系。基于以上理由，我认为应该先汇款。"

听完樱川的说明，搜查一课课长低声沉吟，然后征询管理官意见："你怎么看？"

"这是都议员遇害的重大案件，无论如何都要避免变成悬案。"管理官稍作思考后说，"樱川说得没错，要和凶手保持接触。"

"但也有被凶手成功卷款的风险吧？"

"我觉得三千万元全落到凶手手里的可能性很低。"樱川回答，"只要取现仔出动个三四次，应该能查出身份，逮捕的同时也冻结账户。"

"单日的限额是五十万吧？"搜查一课课长喃喃自语，"五十万乘以四就是二百万元，这个金额就算被媒体曝光，应该也不会被大肆抨击吧……"

五代看着搜查一课课长沉思的表情，并不觉得他担忧的是什么鸡毛蒜皮的小事。警察有各种各样的反对势力,在这些势力追责的时候充当挡箭牌,也是上层的重责大任。

"你们的看法如何?"管理官问辖区警署的署长等人。

署长转向副署长和刑事课长相泽。"我对刚才讨论的方针没有异议……"

副署长点了点头。"我也赞同。"

"相泽呢?"署长问。

"我觉得这样没问题,不过……"相泽看向樱川,"打黑工的取现仔未必住在东京,如果是在外地,我们就很难处理了。"

"这种情况由我们负责。"管理官当即答道,"向外地警方请求协助的事交给我们就好——樱川,这样可以吧?"

"一切交给我。"樱川微微欠身。

10

向咨询台的女性说明来意后,没过多久,不知从哪出现一个穿西装的男人,年纪在三十五六岁。

"嗯,两位是警察……"男人交替看着五代和山尾问道。

"是的。"五代回答,"您是吉村先生吗?"

"对,我是吉村。"

"我是五代,刚才给您打过电话。不好意思,在百忙之中打扰您。"

"哪里的话。嗯,我现在带您过去可以吗?"

"当然可以,劳驾了。"

"啊,对了。"说着,吉村从手上的透明文件夹里拿出一页纸。

"这是来访者名单。我在电话里也说过了,请务必注意保管。"

"我明白,谢谢。"五代鞠了个躬,接过文件。

"这边请。"说罢,吉村迈出脚步。

五代他们来的是位于南青山的一家综合医院,因为查到约一年前,藤堂康幸曾因缺血性肠炎在这里住院十天左右。住院期间,藤堂频繁使用平板电脑。

藤堂康幸是住在顶层的 VIP 单间。要搭电梯上到那一层,需要特别的 ID 卡。乘上电梯后，吉村用手里的卡在控制面板的传感器上感应过后，按下楼层的按钮。

五代浏览着刚才拿到的名单。这家医院规定，探病者要在前台登记姓名和联系方式，对于 VIP 楼层的访客信息管理尤为严格，会留下半永久性的记录。

名单显示，藤堂康幸住院期间，几乎每天都有人前来探望。来得最频繁的自然是秘书望月，妻子江利子也来过多次。榎并夫妻也名列其中。藤堂后援会会长垣内达夫也来过。除此之外，还有很多五代在侦查会议上从未见过的名字。政治家哪怕生病住院了，也没法安心卧床休息啊。五代不禁对藤堂康幸生出同情之心。

电梯很快到了顶层。眼前是护士站，里面有几名护士。吉村跟其中一位说了几句话后，回到五代他们身边。

"那边有会客室，请在那里稍候。"

吉村手指的方向，是一个摆放着沙发的空间。

"好的，谢谢。"

不愧是 VIP 楼层，会客室也很豪华，沙发也不是廉价货色。从窗户可以眺望高级住宅区，让人几乎忘记这里是医院。

不久，三个护士来了。其中看上去最年长的娇小女性打招呼说："我是井上护士长。"三人胸前都挂着名牌。

"我是警视厅的五代。感谢你们在百忙之中配合调查。"

"今天在岗的护士中，这两位在藤堂先生住院时负责过。"井上看着旁边两人，"横野和大北。"

被介绍的两人都神色紧张。横野个子高挑，长发束在脑后。

大北戴着眼镜。

"有几件事想请教你们。"五代说,"你们知道藤堂先生住院期间使用平板电脑吗?"

横野和大北对视一眼,微微点头,然后转向五代。

"他经常用。"大北说。

"用在什么地方?"

"经常用来看视频——对吧?"

大北向横野求证,横野沉默地点了点头。

"什么样的视频呢?"

"这个嘛……"大北苦笑,"我想应该是电影,但详细情况就不知道了,因为他用耳机。"

"对对。"旁边的横野也颔首。

"除了看视频之外呢?有没有用在工作上?"

两人都侧头思索。

"不太清楚。"大北说,"患者使用手机或电脑的时候,我们不会偷觑屏幕。而且我们来病房都是有事要做,做完就立刻离开。"她的语气生硬,听得出是一板一眼的性格。

"藤堂先生打开平板电脑的时候,你们看到过输入密码的界面吗?"

"密码?"大北颇感意外地念叨了一遍,先摇了摇头,"我想没有。"

"我也没有。"横野回答。

"是吗?"五代强忍着没表现出沮丧,向两人露出笑容,"藤堂先生使用平板电脑的时候,有没有什么让你们印象深刻的事情？比如看到画面后突然不高兴，或者心神不宁？"

这个问题的意图是弄清楚平板电脑对藤堂康幸有多重要。如果利用平板交流的是性命攸关的信息，对着屏幕的时候态度和表情不可能全无波动。

两位护士再次对视一眼，不约而同地摇了摇头。

"我负责的时候没有。"

"我负责的时候也没有。"横野附和道，"反倒是看起来开心的时候比较多。"

"开心？"五代看着横野那张瓜子脸，"怎么个开心法？"

"怎么个开心法啊……我也说不好，不过我感觉像是在玩游戏。"

"游戏？"意想不到的信息让五代有些困惑，"还记得是什么游戏吗？"

"那就不清楚了……因为我没看画面，只是他说过这样的话：最近电车里几乎没有人看书了，很多人都在玩游戏，不过这种心情可以理解。"

"玩游戏啊……"

五代感到很意外。都议员和游戏——怎么看都风马牛不相及。

"刑警先生，"一直在旁保持沉默的井上护士长小心翼翼地说，"问得差不多了吧？她们两个还有工作。"

"不好意思。最后问一个问题，藤堂先生住院期间，来探望的人很多，有没有什么让你们印象深刻的事？或者印象深刻的人也可以。"

听了五代的问题，包括护士长在内，三个人你看我我看你，表情都很茫然。

"应该没有。"井上代表三人回答，"客人来访期间，护士通常不会进入病房，所以即使发生了什么事，只要患者不主动提起，我们也无从知晓。如果有什么纠纷，应该会向我报告，但我印象中没有这种情况。"

"这样啊……"

看她们的表情，想来所言不虚。

"好的。我问完了，非常感谢。"

五代道了谢，护士们行个礼后转身离去。他正想将她们送到会客室门口，手机响起来电铃声，是筒井打来的。

"现在方便讲电话吗？"筒井问。

"我刚找护士们问完话。"

"是吗？辛苦了。既然你那边已经告一段落，就尽快回到本部。"

"发生什么事了吗？"

"羽田机场的监控录像收到了，我们正在分头确认。但量太大了，现有的人手根本看不过来，为了保证注意力集中，需要定期换班。"

"知道了。等这边忙完，我们立刻返回。"

打完电话，五代望向门口，山尾正在和一个护士说话，是横野。不等五代过去，横野已经离开了。

"你跟那个护士聊了些什么？"

山尾苦笑着耸耸肩。

"她问我凶手还没抓到吗？还说对负责过的患者，就像自己亲戚一样关心。我只能照惯例回答说，正在积极侦办。"

"这样啊。"

总不能老实回答调查迟迟没有进展，这就是煎熬的地方了。

将筒井的交代告诉山尾后，辖区的资深刑警叹息道："又要跟监控录像耗上了吗？对上了年纪的人来说，这种工作着实辛苦，不过也没办法。"

到目前为止，凶手用平板电脑给榎并香织发了三次邮件。第一次用的是帝都大饭店的免费Wi-Fi。当晚发来的第二封邮件，用的是东京站内的免费Wi-Fi。最后一封指定汇款账户的邮件，则是通过羽田机场的免费Wi-Fi发送。

历次使用Wi-Fi的时间都已查明，于是警方调取了各处的监控录像，查看是否拍到了同一个人。帝都大饭店和东京站内的监控录像从昨晚开始确认，但还没找到符合条件的人，现在又加上羽田机场的监控录像。就像筒井说的，数量一定很庞大，不啻是大海捞针。五代只是想想心情就很沉重。

三千万元汇到凶手指定的银行账户，是在前天上午十一点多。到现在整整两天过去了，凶手没有任何动静，账户里也分文未取。

凶手的目的究竟是什么——五代一直在思考这个问题，却找不到合理的答案。

回到特别搜查本部后，异样的景象映入眼帘。大大小小的液晶屏上显示着影像，侦查员们各自守在屏幕前。

筒井坐在稍远处，五代过去向他报告了在医院的收获。

"哦，都议员玩游戏？都议员也是人，也会有想用平板电脑玩游戏的时候。不过还是希望玩点有格调的。"说着，筒井拿起来访者名单，"这数量也不少啊。"

"平均每天有三组来探望的客人。"

"三组？搞什么，说是忙碌也不为过了。让一个病人这么操劳不要紧吗？缺血性肠炎是什么病？要动手术吗？"

"不，没有动手术，只是基本的禁食治疗。"

"禁食？"筒井瞪圆了双眼，"不能吃饭？"

"好像会打点滴补充营养。"

这些情况是今天早晨给吉村打电话时了解到的。

"禁食、打点滴的同时，每天接待三组来看望的客人吗……"筒井摇了摇头，"我要更正刚才的话，用玩游戏来减压，挺好的。政治家果然不容易啊。"

"对访客的调查怎么办？"

"走访还是要做的，不过还是先调查他们和藤堂康幸的关系。这件事我们来做，你们先去那边帮忙吧。"筒井指着液晶屏前的那群人，"SSBC也来支援了，但这次与以往的追踪方式不同，如果凶手在相关人员当中，负责人际排查的你们更有可能发现。"

"明白了。"

SSBC隶属于警视厅刑事部,正式名称是侦查支援分析中心,是主要负责分析监控录像的专门机构,追踪方式是通过案发现场周边的监控录像追踪凶手的行踪,现已成为侦查的基本手段。

但这次不知道凶手的容貌，必须查看酒店、东京站、机场三处的监控录像，找出同时出现在三处监控录像中的人——或者说案件相关人员。即使对于分析影像的专业团队来说，无疑也是个难题，如筒井所说，寄望于人际排查组也就可以理解了。

但实际看到影像后，五代只觉得眼前一黑。三个地点分别设置了数十个摄像头，他只盯着屏幕看了半个小时，头就痛起来了。

两个小时过去，一无所获。这时手机响了，是医院的吉村打来的。

"我是五代，感谢您今天的协助。"

"客气了，但愿能帮上忙。是这样的，井上护士长联系了我，说今晚值夜班的护士中，有人负责过藤堂先生。晚上的时间比较充裕，如果想了解情况，可以过来。您看如何？"

"太好了，那就麻烦您了。现在方便去拜访吗？"

"没问题，那就七点左右，老地方碰头，怎么样？"

"好的，拜托了。"

挂了电话，五代暗自窃喜，可算得救了，虽然多半问不出什么有价值的情况，但比起连续盯着屏幕，至少没那么耗神。

五代用目光寻找山尾，但一时没找到。他拿起外套，站了起来，只是找一个护士问话，没必要和辖区的资深刑警同行。

五代搭出租车前往医院，抵达的时候离七点还有十分钟，去咨询台一看，吉村已经等在那里了。

"不好意思，让您特地又跑一趟。"五代道歉。

"哪里，这也是工作。"吉村表情严肃地说，"我们同样期盼尽早抓获凶手。那位藤堂先生竟然惨遭杀害，这世道太残酷了。"

"您和藤堂都议员有交情吗?"

"交情谈不上,不过我曾经帮他做过体检,去年他生病的时候,也是我帮他办的手续。他出院的时候,还特意来办公室跟我道别,让我很感动。"

"这样啊,出院的时候……"

好不容易从憋闷的住院生活中解脱出来,通常都恨不得早早回家,这个细节说明藤堂康幸很重情义。

和白天一样到了顶层,一个护士正在护士站前等候,深蓝色的制服看来代表值夜班。

她自我介绍姓小仓,名牌上也如是显示。

五代向吉村道了谢,和小仓一起来到会客室。

在会客室落座后,他将问过横野和大北的问题重复了一遍,也就是"您记得藤堂康幸使用平板电脑吗""当时藤堂的样子如何"等等。

"我记得很清楚。"小仓明确地说,"他说手机屏幕小,在病房使用平板电脑比较好。"

"他用平板电脑做什么?"

"除了打电话,其他工作应该都是用平板电脑处理,感觉是一边打电话一边用平板电脑工作。"

"工作的内容是……"

"那就不得而知了。"小仓苦笑着摇了摇头,"我想横野应该说过了,他经常玩游戏。"

"是的,我很意外。"

"我记得他跟我抱怨说住院后不能移动,很无聊。"

"不能移动?"五代不解地问,"什么意思?"

"他说的是'伊能回忆'……"

"异能?对不起,我不知道那是什么,能解释一下吗?"

"是一个游戏 App 的名字。游戏的玩法是在日本各地旅行,串联车站和巴士站,和其他游戏玩家竞争。藤堂先生好像很沉迷那个游戏。听说'伊能'是取自第一个制作日本地图的人。"

那应该是伊能忠敬。听到这里,五代脑海中闪过这个念头。

"那个游戏使用位置信息吗?"

"我想是的……"

"藤堂都议员在平板电脑上玩那个游戏?"

"是的。"

五代感到自己全身发热,如果小仓的话属实,那可是至关重要的情报。

"不过,"小仓抬眼看向他,"这件事横野白天应该说过了。"

"横野护士?"五代想起那个高个子护士。

"她说,刑警问藤堂先生用平板电脑玩什么游戏的时候,她仓促间没答上来,但随后想起'伊能回忆',就跟另一位刑警说了……"

是那个时候吗?五代想起来了。他跟筒井讲电话的时候,山尾在跟横野说话,但山尾说对方只是问了调查的进展情况。

"我说了什么不该说的话吗?"小仓不安地问。

"怎么会,您提供的情况很有参考价值,多谢了。"五代急切地道了谢,走向电梯间。他已经坐不住了。

回到特别搜查本部,五代用目光寻找筒井。筒井正和樱川面对面说话，他便疾步冲了过去。"有空吗？"

"什么事？"樱川的眼神变得锐利，似乎察觉部下抓到了猎物。

五代报告了小仓护士提供的情况，两人都露出吃惊的表情。

"藤堂都议员玩位置信息游戏？如果是真的，这可是重磅收获。"筒井兴奋地对樱川说。

"是哪家游戏公司？如果有信息共享的合作，那就更方便了。"

"我这就去确认。"筒井起身离开。

鲜为人知的是，警视厅与几家运营手机位置信息游戏的公司建立了合作关系，要求大型手机公司提供信息需要搜查令，但这些公司不需要。他们通常保存了过去几个月的个人位置信息，而且那些信息是基于GPS定位，因此定位的精确度远比基站信息更高。

不过这种侦查手段不便宣扬，因为有可能侵犯个人隐私。但目前关于这些信息的处理没有明确的标准，缺乏相关的法律规定，也没有立法的动向。警方的态度是，不必叫醒睡着的孩子。

只是——五代扫视着搜查本部，他在找山尾，却没找到。

为什么山尾获得了这么关键的情报，却不告诉他呢？五代不认为他是忘记了。没有哪个刑警不知道位置信息的重要性。

这时，山尾从门口慢吞吞地出现了。他发现了五代，露出亲切的笑容走了过来。

"五代先生，你刚才去哪了？"

"有点私事，顺便填饱肚子。"五代顺口回答，暗忖去见夜班护士的事就不便在侦查会议上报告了。

11

五代手机接到筒井来电的时候,他正和山尾一起搭出租车在路上。今天一天他们都在找探望过藤堂康幸的客人问话,已经问过三个人了,没有任何收获。

五代接起电话,筒井压低声音问:"你现在在哪?"

"正在搭出租车去下一个参考人①家。"

"跟山尾警部补一起吧?"

"对。"

"那就把剩下的工作交给山尾,你去本部大楼。就说是警务部找你好了,会议室的地点我稍后给你发邮件。"

"知道了。"

挂了电话,五代依筒井的指示向山尾说明情况。

"警务部打来的?什么事?"山尾一脸意外。

"不外乎是有人不满吧,因为问话时态度咄咄逼人来投诉之类的。"

"有这种投诉吗?"

"有啊,最近很多人谈话的时候会录音。"

---

① 参考人指侦查过程中接受非强制询问的对象,与案件存在关联但非嫌疑人。

"那可真够麻烦的。"

两人煞有介事地讨论着,但山尾应该也心知肚明,其实是樱川要撇开他召集部下开会。警视厅本部和辖区警署之间钩心斗角,那不过是电视剧里的虚构,但各自有各自的想法,也是势所必然,如果互相计较这种事,那就没个完了。

趁十字路口的信号灯变成红灯,五代下了出租车,过到马路对面。

这是因为警视厅本部在反方向,正好来了辆空车,他扬手拦下。

来到本部大楼,五代前往邮件里指定的会议室,进去一看,已经到了一多半人。筒井也在,他看上去比平时更紧张。

过了一会儿,樱川走了进来,环顾着室内。

"都到齐了吗?"

"齐了。"筒井回答。

樱川点点头,向筒井说:"你来说明吧。"

筒井望向众人。

"昨天,五代获得了重要的情报,藤堂康幸喜欢玩一个叫'伊能回忆'的位置信息游戏。有人知道这个游戏吗?"

几个年轻刑警点头,也有人回答听说过。

"之前已经报告过,藤堂康幸的平板电脑关机时间是十月十五日零点四十七分。应该是案发当晚凶手关掉的。下一次开机,是在案发两天后的十七日上午十点十三分。我们针对这两个时间节点,向游戏运营商查询侦查相关事项,对方提供了详细的位置信息。平板电脑关机的地点果然是在藤堂家。十七日开机时的地点也查到了。与其说地址，看地图更一目了然，所以在屏幕上展示。"

说着，筒井操作起旁边的笔记本电脑，画面倏地一转。

"就是这里。"

众人纷纷倾身向前，细看画面。下一瞬间，几乎所有人都发出惊叹。

"这……不是警署吗？"

"就是我刚才还待过的地方，到底怎么回事？"

五代哑然。屏幕上显示的，正是特别搜查本部所在的警署无疑。

"先冷静，回到座位上。"樱川语气沉重地说，"筒井，你继续说明。"

"是。"筒井应道。

"之前根据手机公司提供的信息，平板电脑开机时，警署附近的基站接收到了信号。当时不知道原因，现在就很明确了。开机的人很可能没注意到平板电脑是蜂窝网络版，也不知道里面有位置信息游戏的 App，经常发出 GPS 信息。之后他拔出 SIM 卡，不再使用手机信号，但当时的记录留在了游戏运营商的数据库里。"

"那么，问题来了。"樱川说，"是谁打开了平板电脑？"

指挥官环视部下，但无人发言。当然，并非大家没有想法，毋宁说所有人都想法一致。只是这件事实在非同寻常，不能率尔开口。

"这样讲好像是废话，"一位资深刑警打破了沉默，"应该是……当时在警署的人吧？"

"是啊。"樱川扯起一边嘴角笑了笑，"那么，是外面的人特地潜入警署开机的吗？"

没有人回答，每个人脸上都写着"不可能"。

"我就不故弄玄虚了，"樱川轻轻挥了挥手，"操作平板电脑的应该是警察内部的人。开机时间是十七日上午十点十三分，那天我们都在哪里，在做什么呢？"

五代搜寻着记忆，不由得吃了一惊。

"那天上午我们也在这里吧？"

"没错。"樱川满意地点头，"为了确认科搜研和鉴识课制作的 3D 现场图像，我们系的人都来这里了，这意味着在这里的人都有不在场证明。反过来说，其他人都没有不在场证明。"

"你是说，辖区警署的人是凶手？"资深刑警问。

"是不是凶手不知道，但操作平板电脑是毫无疑问的。"

室内的空气变得凝重起来，为什么今天只把自己系的人叫过来开会，五代也明白了。

现在不在这里的人都有嫌疑——指挥官是这个意思。

"听了以上的内容，有人有疑问吗？反驳也可以。"

"有。"一名刑警举起手，"这个消息要对辖区警署封锁吗？对署长和副署长也保密吗？"

"这就是为难的地方，因为是干部就不加怀疑，显然不妥。但查了一下署长的日程，十七日一早就外出了，所以他应该是清白的。副署长的日程还在确认中，就算人在署里，如果出席会议，也不可能操作平板电脑。等洗清嫌疑后，我们会分享这个情报，因为办案离不开辖区的协助。"

另一个刑警举手。

"警察内部的人，不一定就是参加特别搜查本部的警察吧？没加入的警察很多，警署里也有大把普通职员。"

"我有同感。"樱川点点头，看向其他人，"关于这个问题，有谁有意见吗？"

"有。"五代开口了，"虽然无法断定，但我认为极有可能是参加特别搜查本部的人。"

"依据是什么？"

"寄到藤堂都议员事务所的信。那封信里附了案发现场的平面图，跟侦查会议上展示的极为相似，寄信人会不会是参考了那张图呢？"

"如果寄信人就是杀害藤堂夫妻的凶手，画得出平面图也理所当然。那张图并不复杂，相似或许只是巧合。"

"可是连用语都一致，这就很不自然。"

"用语？"

"就是点火棒。"五代说，"图上有一个箭头指向掉在地板上的棒状物，标记为'点火棒'。那个器具一般都用商品名来称呼，我也是这次才知道点火棒这个名称。寄信人会使用这种特殊用语，很可能是因为在侦查会议上听到过。"

赞同他看法的人似乎很多，其他刑警都纷纷点头。

"很有见地。现在还不能下定论，就当作参考意见听听看吧，还有其他意见吗？"樱川环顾室内，"没有的话，先解散。这件事不得外传。你们可能会对怀疑辖区警署的人有抵触情绪，但事态严重,不是说三道四的时候。如果有什么发现,马上报告,不管多琐碎的小事都没关系,拜托了。"

听到最后这句话,部下们齐声称是。

门打开了,刑警们络绎离开会议室。但五代留了下来,对樱川和筒井说:"我有事要说。"

"还有什么事吗?"樱川投来锐利的眼光。

"我想先跟你们两位说。"

樱川微微点头。

"筒井,把门关上。"

筒井走到门口,看了看外面的情况,关上门后返回。

"没问题了。"

樱川抬了抬下巴,示意他可以说了。

"我要说的不是别人,就是山尾警部补。"

"跟你搭档的刑警吧?他怎么了?"

"有几个疑点。"

"比如说……"

"关于'伊能回忆',山尾警部补有可能刻意隐瞒了情报。"

五代告诉樱川他们,昨天白天走访时,山尾应该已经从横野护士那里得知这件事。

"这……很可疑啊。"筒井的表情也多了几分凝重。

"其他还有吗?"

"我从调查之初就有这种感觉,山尾警部补似乎以前就很了解藤堂夫妻。他熟悉藤堂都议员的活动,也清楚地记得演员时期的江利子夫人,但他隐瞒了这件事。"

"不会是你的错觉吧？"

"他说不了解演员时期的江利子夫人，过了一会儿，又说香织小姐长得跟妈妈年轻时候一模一样。"

"这……确实很可疑。"

"还有一点。之前也说过，凶手在发给香织小姐的邮件中提到 NIPT，让人百思不得其解。他为什么会知道 NIPT 呢？香织小姐最后一次和江利子夫人聊天时，聊的就是这件事，所以我在侦查会议上报告过。但当时我也没用'NIPT'这个词，只说是产前诊断。我确认过会议记录，不会错的。换句话说，即使凶手参加了当时的侦查会议，也不会知道那个词，知道的除我以外，只有一个人。"

"你是想说，山尾警部补？"

"没错。"

樱川眉头紧皱，摩挲起下巴。等停下手，他望向筒井。

"将山尾警部补分到人际排查组的理由是什么？"

"这是相泽刑事课长的提议，我也没问什么理由。"

"是吗……"樱川又沉思片刻，转向五代他们，"看来还是要查查山尾警部补的履历。总之我先跟搜查一课课长商量一下。不管怎样，如果案件牵扯到警察，把警务部卷进来也只是时间问题，要采取措施还是趁早为好。不过，在决定方针之前要保密。"他将食指贴在嘴唇上，"哪怕我们系的人也不能透露。"

"明白了。"五代回答。

当下樱川留在警视厅本部，五代和筒井一起返回特别搜查本部。坐在出租车上,因为有司机在,两人都保持沉默。

五代满腹心事。见到山尾时,该采取怎样的态度呢?不必说,不能让他察觉到自己的怀疑。

当警察快二十年了,还是第一次遇到这种事。

回到特别搜查本部,里面的景象一如昨日,许多侦查员盯着屏幕,其他人则在伏案写报告,但他们的表情闷闷不乐,流露出徒劳感和焦躁感。

没有山尾的身影,他可能独自去找探望藤堂康幸的客人打听情况了。

如果那位资深刑警涉案,他是抱着怎样的心情参与调查呢?五代完全无法想象他的内心,只觉得一阵寒意。

"五代,"筒井一只手拿着手机喊他,"系长已经把那个人的简历发过来了,好像是招聘中心的资料。"

那个人自然就是山尾了。五代看向递过来的手机屏幕,上面罗列着山尾进入警察学校前的履历。

看到毕业的高中名称时,他大吃一惊,差点从筒井手里抢过手机。

"喂,干吗?怎么了?"筒井嘟起嘴。

"不好意思,不自觉就……"五代取出自己的手机,开始操作。因为太心急,手指都不听使唤了。

终于打开了目标页面,他在网上搜索"双叶江利子"。

"果然是这样……"

"你在查什么?"

五代把手机屏幕亮给筒井看。

"山尾警部补和江利子夫人毕业于同一所高中,都立昭岛高等学校,而且毕业年份也相同,所以两人是同学。"

12

上午十点，五代从新宿站搭乘"梓13号"，二十五分钟后抵达立川站，换乘JR青梅线，又过了约十分钟，在昭岛站下车。

车站有北出口和南出口，出了检票口后，他用手机查看周边地图，走向南出口方向。

下了楼梯，面向环岛的宽阔人行道旁，竖立着像是邮筒的绿色物体，上方装饰着河童雕像。五代好奇地走近一看，原来是饮水机，可以免费用水壶、杯子接水。这似乎是城市的公共服务。五代很想尝尝看，但没带杯子，只好打消念头。

他开始沿着牙医诊所、药店、房屋中介林立的人行道前进。虽然有出租车乘车点，但距离目的地不过六百米左右，步行也只需十分钟。

走到被称为江户街道的主干道上，零星可见银行和零售商店。但沿途没有大型商业设施，要说高大的建筑也只有公寓大厦。又走了五分钟，商店已全然不见踪影，醒目的是加油站和带停车场的家庭餐厅，看来汽车应该是生活必需品。

从这条路拐进岔路，再往前走一点，一栋看似学校的建筑就映入眼帘，五代稍稍加大了步幅。

都立昭岛高等学校的门是砖砌的，正门紧闭，旁边的便门开着。

五代穿过便门，进入学校。

左边是保安室，穿着制服的男人隔窗朝他看过来。五代走过去，保安打开窗子。

"敝姓五代，跟经营企划室的安冈先生有约。"

中年保安看了看手头的电脑，然后拿出一张小纸片，上面印着"接待票"。

"请填写这个。"

接待票上有姓名、职业、联系方式的栏目。五代在职业栏写上"地方公务员"，递给保安。

用接待票换来了来校人员证，五代将证件挂在脖子上，离开了保安室。据保安说，经营企划室在校舍的一楼。

操场上，穿运动服的男生们正在练习篮球，应该是在上体育课。虽然是男女同校，却不见女生的身影，可能是在体育馆上课。

距今约四十年前，有一男一女在这所学校上学，就是藤堂江利子和山尾阳介。前者是"都议员夫妻被害及纵火案"的被害人，后者是参与案件侦办的警察。

这纯属巧合吗？

五代可以肯定，绝非巧合。如果是，山尾只字不提就很奇怪。藤堂江利子毕业于昭岛高中这件事，在他们和垣内达夫的谈话中也提到过，怎么看他都是刻意隐瞒。

山尾还有几个可疑之处，在警署内启动藤堂康幸平板电脑的，恐怕就是他。

但这个事实暂时对其他侦查员保密。如果在职警察，而且是负责办案的警部补成为嫌犯，势必在社会上引发轩然大波。上层指示，在找到决定性的证据之前，别说逮捕，调查也要慎之又慎。最糟糕的情况就是此事外泄，因此只能由特别指定的人员进行调查。

于是五代奉命调查山尾高中时代的人际关系，特别是和藤堂夫妻的关系。当然，知道这件事的只有上司樱川和筒井等人，连对其他刑警同事也保密。从今天起五代就不去特别搜查本部了，理由是染上了流感。

走进淡黄色的校舍，正面有一个窗口，一位女性正在里面忙着什么。

窗口后方还有几名职员，各自坐在办公桌前。

五代走过去，接待处的女性抬起头。

"敝姓五代，请问安冈先生在吗？"

可能是听到了声音，旁边的男人转过头，站起身。"啊，我就是。"

男人打开门，来到走廊上。他年纪在四十岁上下，戴着眼镜，衬衫袖子卷到胳膊肘。

五代出示警察证后，递上名片。"之前突然打电话过来，不好意思。"

"我在电话里也说过了，没有什么重要的资料。"安冈接过名片，谨慎地说。

"嗯，我知道。您这么忙还来打扰，真是抱歉。"五代行了个礼。

他事先打电话来询问，有件事想请你们配合调查，现在可以来拜访吗？最初接电话的是位女性，但听了五代的话后，请他稍等，然后换了安冈接听。

安冈想知道调查的具体内容。五代心想如果不透点口风，恐怕得不到配合，于是如实相告，最近发生了一起命案，被害人是昭岛高中的前教师和毕业生。安冈问起姓名，他回答是藤堂康幸和江利子夫妻。

安冈的反应有了变化，似乎意识到是什么案子。毕竟综艺节目大肆炒作，妻子是前演员双叶江利子的事也被媒体曝光，在她毕业的学校引起议论也不足为奇。

当时安冈答复说，可以来学校，不过距离两人在校时间已过去多年，没有什么重要的资料。

五代被引到一个标着资料室的房间。靠墙的书架上，密密麻麻排列着文件和书籍，房间中央有张小型会议桌，上面放了一本大开本的册子。

"藤堂江利子女士结婚前是姓深水吧？"安冈确认似的问。

"应该是。"

安冈点点头，从桌上拿起册子。

"这就是深水江利子女士那届的毕业纪念册。"

他说了声"请看"，将册子递了过来。册子的封面上印着"回忆 第三十六届毕业生"，看来是事先找出来的。

"我看看。"

五代接过毕业纪念册，翻开书页。

"教职员一览表在第五页，那里还有前教师藤堂先生的照片。深水江利子女士在三年级二班,所以在相应班级的页面上。"安冈以公事公办的口吻说道。看样子他已经提前查过了,不过与其说是好心帮忙,更像是为了确认给警察看有没有问题。

五代翻开第五页,果然如安冈所说,上面排列着教师们的大头照。藤堂康幸年轻精悍的脸上露出开朗的笑容,旁边注明"社会科教师 三年级一班副班主任"。除此之外,找不到其他信息。

他翻到三年级二班的页面,首先是集体照,然后是各自的大头照,按姓名的五十音顺序排列。男生穿立领制服,女生穿水手服。

深水江利子的名字在最底下一排右数第二个。她的表情似乎有些倦怠,凝视前方的眼神透着忧郁。当然没有化妆,但散发出成熟的气息,五官十分精致,难怪会在街头被星探发掘。可以想象,对她有好感的男生应该不在少数。

五代想起了榎并香织的长相,山尾说得没错,母女俩确实很像。

二班没有山尾的大头照。五代往回翻,查看一班的页面,但那里也没有山尾的名字。正要翻开三班的页面时,他感受到安冈投来的强烈视线。

"有什么事吗?"五代问。

"我很好奇您在调查什么。"安冈面无表情地说,"已经确认了前教师藤堂先生和深水江利子女士的照片,这本毕业纪念册应该没用了吧?"

"不,没那回事。详细情况恕我不能透露,不过这次的案件可能与藤堂夫妻在高中时发生的事有关,所以才来打扰你们。

既然特意把毕业纪念册找出来了，我想与案件有关的人或许就在其中，所以打算确认一下。"

安冈露出警戒的眼神。"您是说，凶手就在当时的在校生和教职员当中？"

"不，"五代堆出笑脸，"只是以防万一，到目前为止，还完全没发现这种嫌疑。"

"是吗？以防万一啊……"安冈含糊地附和着，表情却并不信服。

五代垂眼看毕业纪念册，但依然很在意安冈的视线。

"因为刚才所说的原因，我还需要一点时间。耽误您工作很过意不去，您先回去忙吧。"

但安冈轻轻摇了摇头。

"除了相关人员，其他人是禁止单独待在这个房间的，因为充斥着个人信息。这也是我的工作，您不必放在心上。"

听他的口气，除了他认可的资料，其他资料休想随意取阅。看来他比想象中更有官僚作风。这么一想，公立高中的职员的确是地方公务员。

"是吗？好吧。"

五代放弃了，视线回到毕业纪念册上。

浏览着三年级三班的页面，他吃了一惊。因为看到了山尾阳介的名字。

那是一个留短发、目光锐利的年轻人，紧抿着的嘴唇显得正义感十足，或许是因为知道他日后会成为警察吧。

五代翻看着纪念册，其中有社团活动的记录，社员们拍了纪念照。五代仔细观察文化社和运动社的照片，他猜想深水江利子和山尾有可能参加了同一个社团。

看到登山社的社团记录时，发现了年轻的山尾。他背着帆布背包，和其他社员合影。根据介绍，虽说是登山社，但并不攀登日本阿尔卑斯山脉那样险峻的山，而是只攀登近郊的山，当日来回。

五代盯着成排的活动记录照片，但没发现疑似深水江利子的身影。

她似乎不是社员。

五代怀疑自己猜错了，正要放弃的时候，目光停驻在了社员名单一隅。那里赫然写着"顾问 藤堂康幸老师"。

运动社的顾问和社员——

找到了藤堂康幸和山尾之间新的交集。事到如今，山尾再辩称与藤堂康幸素不相识、不知道他是母校的老师就说不通了。这位辖区警署的警部补显然是在说谎。至少很明显，他刻意隐瞒了自己与藤堂夫妻的关系。

五代掏出手机，调到拍照模式。但在将镜头对准登山社的社员名单之前，他看向安冈。

"这部分可以拍照吗？"

安冈讶异地看着毕业纪念册。"为什么要拍这种名单？"

"因为藤堂康幸先生是登山社的顾问，我想找当时的那些社员打听情况。"

"可是，上面只有名字吧？如果需要提供每个人的联系方式，我们无法满足要求。"

"是没有记录吗?"

"我们保存有毕业名册,看那个也许可以知道,但按规定不能随意查阅。如果确实需要,就要办理相应的手续。"

听这意思,是要提供搜查令。

"明白了。联系方式就不用了,我只拍这张社员名单。"

安冈鼻孔翕张,缓缓吸了口气,回答说:"好吧。"

五代拍照期间,安冈一眼不眨地盯着,似乎在防备他拍其他部分。

之后,五代从头翻看毕业纪念册,寻找深水江利子、山尾阳介以及藤堂康幸的相关信息,但并未找到三人新的交集。他深深叹了口气,合上毕业纪念册。

"结束了吗?"安冈问。

"我想知道藤堂康幸先生在这所学校执教时的情况。"

安冈眼神阴沉下来。

"具体来说,是什么样的事呢?"

"什么事都可以。工作成绩记录……我不知道有没有这个词,不过如果有执教时期工作内容的记录,请务必给我看看。"

"我们这里保存的记录,充其量也就是哪一年上了多少课,当过班主任还是副班主任,担任过什么社团顾问,或是担任过什么职务之类的。"

"那就够了,可以看看吗?"

安冈露出沉思的表情,似乎在回想对外工作的种种规则,慎重考量能否应允这个要求。

"好的。"安冈终于开口了,"请您在刚才的接待处前等候,我会把资料复印后送过来。"

"不，不用特地复印，只要让我看看资料，需要的部分我会记下来的。"

安冈浅浅一笑，摇了摇头。"因为不能让外人看到全部资料。"

就是说，其中有可能包含学校不希望外人看到的内容。

"明白了，那就劳您费心了。"

五代离开资料室，独自回到接待处前。走廊边上摆着一排椅子，他在其中一张椅子上坐下。

还算有一定收获，最重要的是找到了山尾阳介和藤堂康幸的交集，只要调查当时的社员，或许就能弄清楚两人的关系。五代心想，问题在于怎样找到他们，不过有了这份社员名单，总归是有办法的。和山尾同时代的人很可能还在世，其中想必很多人有驾照，通过姓名和出生年份，应该不难查到本人现在的住址。

不过，藤堂江利子——也就是结婚前的深水江利子——与山尾阳介的关系尚未查明。两人在高中时代没有交集，但通过藤堂康幸可能有所联系。

铃声响起，周遭顿时喧闹起来，好像到了午休时间。不知从哪儿冒出来的学生们在走廊上来来往往，大声说话，对五代瞧也没瞧一眼，似乎根本没注意到这个坐在接待处前的中年男人。

彼此生活在截然不同的世界吧，五代暗忖。他们只对同龄人感兴趣，哪里会跟年纪悬殊的人分享信息。

不过也不是他们有什么特别，自己这代人同样如此。五代想起了二十多年前的往事。当时对包括父母、老师在内的所有大人都很排斥，原因就是觉得他们不把自己当回事。霸凌、虐待、家暴这些现象久已存在，之所以没有浮出水面，无非是因为大人不会关注孩子。政治家的眼光只会投向拥有选举权的成年人，尤其是容易笼络的老人，也难怪年轻人会叛逆。

深水江利子和山尾阳介应该也一样。当时还是高中生的他们，很可能怀有某种见不得光的秘密，随着岁月流逝，最终演变成杀人案件。

留意看时，很多学生都拿着手机。禁止将手机带入学校的时代已成为遥远的过去。五代不由得想，虽然方便是方便了，但受束缚的地方恐怕也增多了。年轻人内心的黑暗，也会随着时代不断更新。

正想着这些事，就见安冈从走廊尽头走了过来。五代欠身站起。

"让您久等了。"安冈递给他一个透明文件夹，"我打印了前教师藤堂先生的工作记录。不过话说在前头，我只是把相关记录打印出来，并没有确认里面的内容。或许没什么用处，还请见谅。"

"这就够了，耽误您的时间了，不好意思。"五代接过透明文件夹，取出资料。上面印着成排细密的数字，但只是工作天数和休假日的详细记录。

最后一份资料上也只记录了到辞职为止的日程。辞职是在一九八七年，深水江利子和山尾阳介毕业的翌年。

"藤堂先生辞职的理由是什么呢？这上面似乎没有记载具

体的理由。"

"这个我也不得而知。"安冈耸耸肩,"我只是把有记录的情况打印出来罢了。如果您无论如何都想知道,不妨去询问东京都教育委员会。"

"原来如此。好的,我会试试看。"

"我们能提供的资料都在这里了。今后即使您再来,我想也没什么可以帮上忙的了。"眼镜后方的那双眼睛似乎在说,不要再来了。

"感谢您的配合。"说着,五代郑重地鞠了个躬。

13

离开昭岛高中后,五代前往藤堂江利子位于青梅线北侧的老家。

他用地图软件查了一下地址,距离不到两公里,走路有些远。不巧的是没拦到出租车,他只得拿着手机迈开脚步。

藤堂江利子的父母因空难丧生后,她被舅舅舅妈收养。据本庄雅美说,江利子当时还小,直到上初中之前,一直以为他们是亲生父母。她在被收养前的姓氏是上村,也就是改过两次姓,加上双叶这个艺名,一共三次。

收养她的舅舅名叫深水照雄,如果健在的话是八十七岁,但在十二年前去世了。舅妈秀子也已于两年前过世,享年八十三岁。秀子在丈夫死后搬到了市内的养老院,当时将住宅也卖掉了。

按照地图软件指引抵达的地方,位于住宅区的正中央。从文化大街拐进岔路,不远处就是俗称排屋的两层连栋建筑。十二年前,深水夫妻的住宅就位于这片土地上,所以应该是在那之后建成的。

五代环顾四周,目光停留在一栋房子上。那栋房子看上去年头最久,占地面积也大,他猜测应该是这一带的老住户。车库里停着辆银灰色的沃尔沃,从大门到玄关之间有条数米长的过道。

门柱上嵌着刻有"冈谷"字样的名牌,五代按下下方的内线对讲机按钮。

过了片刻,有人回应,是女人的声音。

"突然来访很抱歉,我是警察,能占用您一点时间吗?"

对方似乎一时不知如何回答。这是常有的事,五代也习惯了。如果内线对讲机有摄像头,这时他就会出示警察证,但他没找到。

"请放心,跟府上没有任何关系。"五代诚恳地说,"只是想请教一下附近住户的情况,时间不会太久,希望您能配合。"

最近也有汇款诈骗集团冒充警察的案例,如果是对此有所耳闻的居民,怕是连五代的话都要怀疑。

不过对方似乎没觉得他是在演戏,回了声:"好的。"

五代在门前等着,不久,玄关的门打开了,出来一位穿浅蓝色毛衣的瘦小女性,看上去年纪在七十岁左右。

见老妇人从玄关走过来,五代垂下双手行了一礼,继而从内口袋里拿出警察证。"不好意思,百忙中来打扰。"

"忙倒不忙,不知您有何贵干?"老妇人在栅栏门内侧问道。她的语气柔和,给人感觉颇有气质。

"恕我冒昧,您住在这里有多久了?"

"我吗?我嫁到这里是在四十五年前,不过这栋房子已经建了七十来年了,听说是我公公建的。"

"这么说,他在这一带人头很熟吧?"

老妇人略一沉吟,微微点了点头。

"新搬来的人且不论，只要是老住户基本上都认识。我先生也当过町内会①会长。"

五代有种预感，找这户人家算是找对了。

"那边的排屋，"五代转头向斜后方指了指，"您知道是什么时候建的吗？"

"喔，那栋建筑啊。嗯……是什么时候呢？大概是十年前吧。"说到这里，老妇人轻轻摆了摆手，"抱歉，请不要太指望我，那边住户的情况我不是很了解。"

"不用担心，我想打听的是那栋建筑建成前的事。以前那片土地上有户姓深水的人家，您还记得吗？"

"深水……"老妇人薄薄的嘴唇低喃着，不久开始点头，点头的幅度越来越大，然后望向五代。

"果然是那件事啊。我就说怎么会突然有警察上门，不过也猜到可能跟江利子有关。"

江利子——这个熟稔的称呼让五代心跳加快。

"您知道那个案子吗？"

"当然啦，"老妇人全身都在表达肯定，"电视上都报道过好多次了。自从她不当演员后，我和邻居们就不再谈论她了，不过在那之前，大家经常夸她很厉害，说那个江利子竟然成了演员，还在电视剧里担任主角，人生真是变幻莫测啊。知道她要从演艺界引退的时候，我们也很吃惊。虽然觉得可惜，但听说她要跟议员结婚，那就是没法子的事了。"

---

① 日本的基层居民自治组织，相当于居委会。

"您跟深水家很熟吗？"

"没什么特别的交情，但因为住得近，多少有些来往。我家那口子常去店里，每次都受到热情招待。"

"您说的店，是深水夫妻经营的小酒馆吧？"

"是的。深水先生很会做生意，在市内经营三家店，听说每家生意都很好，我先生也常去。深水太太好像年轻时在新宿的夜总会工作过，所以很擅长这种服务业。"

如果这个消息属实，深水夫妻看来相当富足，收养外甥女应该经济上不成问题。

"江利子女士呢？您对她有印象吗？"

"我嫁过来的时候，她还在念初中，那个时候就已经很让人惊艳了。不过她一点儿都不拿腔作势，见面时总是礼貌地打招呼，真是个好孩子。"

老妇人的语气很自然，想来不是夸张，而是内心的真实想法。

"您知道江利子女士不是深水夫妻的亲生女儿吗？"

如果是第一次听说，应该会相当震惊，但老妇人反应淡漠。

"我知道。不过不是听深水夫妻说的，是我先生告诉我的。"老妇人的表情有些犹豫，扭头看向玄关的方向，"如果您想打听这些事，或许问我先生更合适。我去问问他吧？"

"您先生今天在家吗？"

"在的，您稍等。"老妇人转身沿过道返回，消失在玄关门后。

过了一会儿，门又开了，老妇人过来将栅栏门打开。

"我先生说，如果是深水家的事，还是他自己来说比较好。请进。"

"是吗？谢谢。"

老妇人将五代从玄关引到屋内。那是个铺着榻榻米的房间，但配置了玻璃茶几和藤椅，是当西式房间来用的。

等在那里的，是个穿灰色polo衫、外罩黑色马甲的老人。一头漂亮的白发理得很短，年纪看上去超过八十岁了。

五代自我介绍后，出示了警察证，又递上名片。

"我如今只有这种东西了。"老人也拿出名片。他名叫冈谷祯一，头衔是某市民团体的名誉顾问，实际上多半只是挂名。

据冈谷说，他和妻子有一儿一女，但都早已独立生活了。

"听我太太说，您想了解深水先生的情况？"冈谷老人切入正题。

"听说您经常光顾深水先生经营的店。"

"他有三家店，各有各的特色。一家店相当大，雇了很多女孩，应该算是夜总会，在车站附近的黄金地段。另一家店可以称为小酒馆，只有两三个女孩。最后一家是吧台式酒吧，没有招待客人的女服务生，但提供鸡尾酒和珍贵的酒，一个人去也很自在。我去的主要是那家酒吧。深水先生自己似乎也很喜欢，夜总会和小酒馆都交给太太打理，大部分时间都待在那家酒吧。店名是……叫什么来着？"冈谷抱起胳膊，咬着嘴唇。

"没关系，我想查一下就知道了。"

"不，等我再想想。这也是防止痴呆的办法。"说着，冈谷陡然睁大了眼睛，"我想起来了，是'CURIOUS'，我之前记成'KYURI'了。"

五代在记事本上写下"CURIOUS酒吧"。

"你们在那家店里很熟络吗？"

"我们经常聊天，毕竟是邻居嘛。"

"也会聊到江利子女士吗？"

冈谷斑白的眉毛耷拉下来，那是交织着怀念和悲伤的表情。

"深水先生收养那孩子，是在第一家店开业后的第三年。当时欠了不少债，所以他心里很担忧，但他说不能丢下那么小的孩子不管。因为飞机失事失去父母，确实是莫大的悲剧。江利子是他唯一的骨肉至亲，所以他原本就疼爱得很。他们夫妻自己没有孩子。不过我是很久以后才从他那里听说这件事，在那之前，我也一直以为江利子是他们的亲生女儿。应该是在江利子上初中的时候，他向我透露了她的真实身世。"

五代意识到自己的想法有些偏差——收养江利子的时候，深水夫妻经济并不宽裕。

"是出于什么契机告诉您的呢？"

"说到契机，就是当时深水夫妻在烦恼怎样和江利子相处。上初中的话，也差不多到了叛逆期吧？所以他们觉得是时候说出真相了，就把收养的事告诉了她。但不知道这样做对不对，很烦恼……他大致说的就是这些。之后也常跟我探讨育儿的话题。不过话说回来，我们家也正处于跟两个小孩苦战恶斗的时期。"

"江利子得知自己不是亲生女儿后，出了什么问题吗？"

冈谷歪着头，低声沉吟。

"我想应该没什么问题。只是深水先生说，感觉江利子的态度有些生分了。"

"江利子的高中时代呢？有没有什么令人印象深刻的事？"

"印象深刻啊……"冈谷转向妻子，"有这种事吗？"

"应该是从那时开始，江利子突然像个大人了，也变漂亮了。你说过，看到江利子在酒吧里帮忙。"

"啊，对，是看到过。"冈谷点了两三下头。

"在酒吧帮忙？"

"是啊。我还想说竟然有这么标致的女服务生，就发现原来是江利子。她还化了妆。就算是父母经营的店，未成年人在这种地方打工也不是很合适，但深水先生说，是她自己提出来想要帮忙，如果不同意就去别的店打工，他不得已只能答应。看样子，她是觉得不是亲生女儿还要别人抚养，很过意不去。"

"也就是报恩？"

"嗯，差不多吧。不过对店里来说也不是坏事。没有客人对江利子言行逾矩，但店里的气氛确实变得活跃了。"

"有没有听说江利子女士结交过狐朋狗友？"

"狐朋狗友？"冈谷拧起眉头，"是指不良少年吗？"

"是的。"

"唔……有没有呢？"冈谷问妻子。

"我没听说过这种事。"妻子不假思索地回答。

"嗯，我也不知道，没听深水先生提过。"

"这样啊……"

五代想不通，这与本庄雅美的说法不一致。据她表示，江利子曾说自己在高中时代走过弯路。难道是因为在酒吧工作过而感到自卑？

"恋爱方面怎么样？长得那么漂亮，想必有大把男生追求吧？"

"当然很受欢迎。"冈谷的表情顿时柔和了许多，"也有很多人向她表白。听深水先生说，她跟同一所高中的男生交往过。"

"那个男生的名字是……"

冈谷皱起眉头，摆了摆手。"那就不知道了。"

这也在五代意料之中。

"高中毕业后呢？不管多琐碎的小事都可以，麻烦谈谈您记得的情况。"

"毕业后的事我就不太清楚了，当时她已经不在店里帮忙了。"说着，冈谷又望向妻子，"发生过什么事吗？"

"江利子应该离开家了。"妻子搜索着记忆说，"从那时起就见不到她了。我问了深水太太，印象中她说江利子为了上专科学校，去了市中心生活……"

"啊，是吗？我不大记得了。"

夫妻俩的语气都没什么把握。这也难怪，毕竟是将近四十年前的事了。

"您是什么时候知道她进入演艺界的？"

"应该是她第一次上电视的时候。"妻子回答，"这件事深水先生只字未提，所以我着实吃了一惊。后来碰到深水太太时问起来，她有些不好意思地说，是在街头被星探发掘的。"

"原来是这样。"

看来深水江利子高中毕业到演艺界出道这段时间，对冈谷夫妻来说是空白期。

"感谢你们的配合，很有参考价值。"

郑重地道谢后，五代离开了冈谷家。

他看了眼手表，将近下午两点了，于是决定去吃午饭。他一边往车站走，一边操作手机，发现车站南出口附近有家荞麦面店。

进了店，正等着点的鸭肉荞麦面送上来时，手机响起来电铃声。

是筒井打来的。五代走到店外，接起电话。"喂，我是五代。"

"昭岛高中的调查怎么样？"

"对方态度冷淡得很，只肯给我看毕业纪念册，说想看毕业名册，得拿搜查令来。"

只听筒井呵呵一笑。

"我就猜到会是这样。学校就是这种地方，尤其是公立学校。而且就算取得了搜查令，拿到老早以前的名册，也没多大用处。不过如果是汇款诈骗集团想套资料，就该感谢人家打官腔了。对了，我替你打听到了一个顶好的消息。"

"什么消息？"五代握紧了手机。

"昭岛高中的第三十六届毕业生七年前举办过同学会，有人把当时的情形发到了社交平台上，由此查到了同学会的组织者，正好现在也住在昭岛市。"

"那太好了，请把信息发到我手机上。"

"还用你说，我已经发过去了。其他还有要查的事吗？"

"有的。我查到了山尾警部补高中时代社团伙伴的名字。"

五代告诉筒井，山尾阳介参加的是登山社，顾问正是藤堂康幸。

"这件事很可疑。我这就去申请查询驾照，等查到了立刻发给你。"

"拜托了。对了，你那边有什么进展吗？"

"很遗憾，没有值得一提的成果。"筒井冷淡地回答，"汇过去的三千万元还在，凶手也没再联系过。"

"那件事呢？藤堂平板电脑在警署内启动那天的不在场证明。"

"继署长之后，我们也掌握了副署长和课长等人的日程，可以确定是清白的。但再往下就很难确认了，除非挨个儿问清楚。"

"要分别询问吗？"

"那怎么可能？"筒井立刻否定，"只会让大家都疑神疑鬼。不过，也不能一直瞒着署长他们。今晚系长和管理官会向署长说明情况。"

"署长一定很吃惊吧？"

"怕是会吓得脸都白了。"

"山尾警部补有疑点这件事……"

"目前还不会挑明，即使在警视厅本部，也只上报到搜查一课课长层面。如果发现了决定性的证据，再向刑事部长报告。不过到了那一步，就开弓没有回头箭了，不是一句搞错了、对不起，就能当无事发生的。"

"意思就是，需要确凿无疑的证据？"

"没错。所以说——"筒井顿了一下才说道,"都靠你了。"

五代咽了口唾沫。"别吓唬我。"

"不是吓唬。我也想加派人手协助你,但没法安排。要是说几个人都得了流感,肯定会有人起疑。我知道你很辛苦,我会尽力支持你的,加油。那就等你的好消息了。"说完,筒井自顾自地挂了电话。

五代叹了口气,将登山社社员名单的照片发给筒井。接着查看邮件,是筒井发来的,提供了七年前同学会组织者的姓名和现住址。从"寺内博子"这个名字来看,应该是女性。之前得知此人留在老家,他还以为肯定是男的,所以很意外。

回到店里时,鸭肉荞麦面已经送上来了。五代坐到位子上,伸手拿起一次性筷子。

他一边吃着荞麦面,一边思考着对下一个调查对象的问话策略。

14

离开荞麦面店时,已过了下午两点半。因为不知道寺内博子的联系电话,五代决定直接登门拜访。就算本人不在家,先跟家人打个招呼,下次来访时谈话也会比较顺利。

搭出租车不到十分钟就到了。幽静住宅区的一角,有一栋纯日式的房子。院子里种着漂亮的松树,四方形石头砌成的门柱上安有"寺内"的名牌。

没有院门,踏脚石排成的小径延伸入内,像是在引导访客。五代顺着踏脚石往里走,前方是玄关。拉门旁装了内线对讲机,五代按下按钮,屋内隐约传来铃声。

但是没有反应。五代再按一次,依然如此。

他微微耸了耸肩。看样子家里没人。

怕是得再跑一趟了。就在他准备转身时,有人问:"哪位?"

五代循声望去,房子和围墙之间站着一个女人。她头戴遮阳帽,身穿防风夹克,双手戴着劳保手套。年龄看不太出来,不过应该有五十多岁了。

"您是寺内博子女士吗?"

"是的……"女人露出警惕的眼神。

五代出示警察证,做了自我介绍。

女人顿时面露不安。"那孩子做了什么吗？"

"那孩子？"

"就是贵弘。"

"他是令郎？"

"是的，在读大学三年级……"说到这里，女人讶然看着五代，"难道不是他的事？"

五代苦笑着微微摆手。

"我是来找您的，想问问您在昭岛高中就读时的情况。"

"高中？"寺内博子的表情更惊讶了。

"听说您和前演员双叶江利子是同学。"

双叶江利子……寺内博子低喃着，然后瞪大了眼睛。"莫非是那起夫妻俩被杀、房子被烧的案子？"

五代微微点头，行了一礼。"希望您能配合。"

"这样啊。所以警察才会跑到这种地方来……欸，那您想问什么呢？"

"就是高中时代的事，如果您现在很忙，我改天再来。"

"我没什么好忙的，只是在打理后院，已经结束了。"寺内博子爽利地说着，摘下劳保手套，"如果是这样，就不能站着随便聊两句了。家里有点乱，不嫌弃的话，到里面谈吧？"

"谢谢，那就恭敬不如从命了。"

寺内博子打开玄关的拉门，看来没上锁。

她将五代引到一个西式房间，里面摆放着颇有年代感的皮沙发。

"我去换衣服，麻烦您在这稍等。"

"好的，不着急。"

目送寺内博子离开后，五代在扶手宽大的沙发上坐下，打量着四周。墙上装饰着镶在画框里的油画，下方是一架立式钢琴。五代心想，这是典型的昭和①时代的客厅。与冈谷家相比，另是一种趣致，想必这里也是继承自父母的房子。

不久，寺内博子穿着连帽卫衣出现了。她一只手提着电热水壶，另一只手端着盛有茶壶和茶杯的托盘。

"让您久等了，找新茶叶花了点时间。"

"您不用这么客气。"

"不必在意，我也要喝，因为干完农活会口渴。"寺内博子开始往茶壶里倒热水。

看着她的脸，五代注意到口红涂得很漂亮，皮肤看起来也比刚才有弹性。看来是换衣服时顺便化了妆。说找茶叶花了点时间，应该只是托词。

不管到多大年纪，做女人都很辛苦啊，五代暗想。

"您刚才说到儿子，不知先生在哪里高就？"

"噢，他在大学教书。环境学还是气象学，反正就是这一类。"

"大学老师吗？真了不起。"

听五代这样说，寺内博子皱起眉头，轻轻摆了摆手。

"没什么了不起的，我家那口子是入赘女婿，打年轻时候就是个穷书生。我父母放心不下，说如果我继承寺内家，就同意我们结婚，所以我就乖乖听命了。"

---

① 日本年号（1926—1989）。

据寺内博子说，丈夫的薪水并不高，父母留下的房产是主要收入来源。

"父母都过世了，儿子也离开了家，现在家里就我跟丈夫两个人，每天侍弄侍弄后面的家庭菜园过日子。"

"请用。"说着，寺内博子将茶杯放到五代面前。绿茶的香气扑鼻而来。

"谢谢。"五代说完，啜了一口，就将茶杯放回茶碟上。

"听说您是七年前同学会的组织者？"

"是的，您了解得真清楚。"

"有人在社交平台上提及，所以才知道了您。"

"原来是这样。"寺内博子双手捧着茶杯点头，"网络好可怕啊。"

"您能担任组织工作，人脉应该很广吧。"

"怎么说呢，还算可以喽。"寺内博子露出自得的神情。

"藤堂江利子女士没参加那次同学会吗？"

寺内博子脸色一黯，点了点头。

"我给她发了通知，但她没来。包括我在内，大家原本都很期待，因为自从她进入演艺界后，谁都没再见过她。"

"您和藤堂……不，这种场合应该叫深水女士吧？您和深水江利子女士同过班吗？"

"二年级的时候在一个班。虽然不算好朋友，不过关系还不错。"

"她是个怎样的学生？"

"唔……"寺内博子侧头沉吟。

"她不是那种喜欢呼朋引伴的性格,有种独来独往的感觉,午休的时候也经常一个人看书。"

"有关系特别好的人吗?"

"我也说不上来,没有关系好的人,也没有关系差的人吧。不过男生当中,大概有很多人对她敬而远之。"

"敬而远之?什么意思?"

"该怎么说才好呢?有的女生才上高中,就很有成熟的韵味了,其中深水尤其引人注目。虽然她并不高高在上,目中无人,但对男生来说,总觉得她有种难以接近的氛围。或许是被她的外表给镇住了吧。"

"外表?"

"是啊,总之是个美女。"

五代想起冈谷说过,江利子在酒吧帮过忙。每天跟喝醉的客人周旋,同年级的男生在她看来一定很幼稚。

"这么说,她没有交往过的对象?"

"怎么可能。"寺内博子瞪大了眼睛,连连摇手,"不但有,而且从不空窗。对她敬而远之的男生很多,但喜欢她的男生更多。只是好像都不长久,刚传出跟谁交往,转眼就分手了,不知什么时候又跟别的男生走到一起了,过段时间又分手了。这种事情发生过好几次。所以也有女生背地里说她是蝴蝶,在男生的花丛中飞来飞去。"

也就是风流女郎?从藤堂江利子晚年的风评来看,还真是难以想象。

"深水江利子女士交往过的对象当中,有没有您印象特别深刻的人？"

"有没有这种人啊……"寺内博子眉头紧皱，"硬要说的话，就是三年级时交往的那个男生吧。大家都说他是高才生，肯定能考上东京大学。听说那个高才生和深水在交往时，我着实吃了一惊。而且他自己还向周围的人吹嘘过。我记得当时听说后，还在背后笑话说，能被蝴蝶看中，好像高兴得很呢。"

"那个男生叫什么名字？"

"我想想，印象中姓很特别……"寺内博子抱着胳膊，陷入沉思。

"是姓山尾吗？"

"山尾？"

"山尾阳介，参加过登山社。"

"登山社……不好意思，我不记得了。"

"这样啊。"

五代暗自叹了口气。如果深水江利子和山尾交往过，那就是重大收获了。但看来他猜错了。

"刑警先生，"寺内博子投来窥探的眼神，"那个案子跟我们的高中时代有关系吗？"

很难回答的问题，但五代能理解寺内博子忍不住想问的心情。

"现在还很难说，侦办不太顺利，正在调查动机。为此要寻找所有的可能性，昭岛高中时期作为藤堂夫妻的共同点，也要重新调查。抱歉给您添麻烦了，希望您能理解。"

"麻烦谈不上。"寺内博子摇了摇头，"只要我能帮上忙，问什么都可以。您不用客气，反正我很闲。"

"谢谢,那太好了。可以请教下藤堂康幸先生的事吗?他当时好像是社会科老师。"

寺内博子重重点头。

"藤堂老师我也记得很清楚。他是个好老师,年轻有活力,是所谓热血男儿的类型,很受学生欢迎。我不知道他是政治世家出身,但得知他参选都议员的时候,我去支持他了。说到这里——"她似乎想起了什么,拍了拍手,继续说道,"我给藤堂老师也发了同学会的邀请函,期待他会为了选举考量来参加,可惜他也没来。果然选区不同还是不行啊。"

如果现任都议员和当过演员的夫人联袂参加同学会,那该是何等热闹。五代仿佛看到了寺内博子他们沮丧的样子。

"您是怎么知道藤堂先生和深水江利子女士结婚的?"

"怎么知道的啊……"寺内博子歪着头,"好久以前的事,我记不太清楚了,不过应该是从电视上知道的。听说双叶江利子要和议员结婚,我吃了一惊,等知道那位议员是藤堂老师,就更吃惊了。"

"在校期间,有没有传出过怀疑两人关系的流言蜚语?"

"没有,至少我没听说过。其实同学会上也讨论过这个话题,一个是热血认真的教师,一个是男朋友换不停的女王,我们都说,这两人竟然结了婚,真是大跌眼镜。不过仔细想想,也不是不可能。我刚才也说了,深水是个很有成熟韵味的美女,所以也有老师把她当成异性看待。当时藤堂老师还很年轻,如果有这种心态也不稀奇。"

"但是在校期间,两人之间应该没有瓜葛?"

"是的。"寺内博子点头，"如果那时就有了交往，我觉得会在深水毕业后立刻结婚。"

"确实。"

五代想起了藤堂后援会会长垣内达夫的话。据垣内说，两人重逢是在深水江利子毕业多年后。

"不过话说回来，"寺内博子思量着说，"两人虽然是老师和学生的关系，但首先是男人和女人的关系。就算他们之间真有点什么，也不奇怪就是了。"

这句话让五代悚然一惊。她应该没有什么深意，但在五代听来，感觉触及了这次案件的本质。

寺内博子搁在茶几一角的手机响起音乐，似乎有来电。她拿起手机，道声"失陪一下"，离开了房间。

五代将茶杯送到嘴边，用已不太烫的日本茶润了润喉咙，然后也拿出手机——筒井发来了邮件，里面罗列了登山社社员的驾照信息。与山尾同届的有五人，查到了其中四人的信息，只有"永间和彦"这一栏是空白。

看到四人的住址，五代大失所望——没有人留在昭岛市。非但如此，有三个人的住址在其他县，住在东京都内的只有一个叫"本村健三"的人，而且住在大田区，离这里很远。但不知为何，只有这个人备注了手机号码。

五代打电话给筒井，运气不错，很快就接通了。

"看到邮件了吗？"

"看到了，谢啦。"

"很遗憾，只有一个人住在东京。"

"是啊。"

"那个叫本村的人,四年前发生过交通事故,所以查到了电话号码。"

"原来是这样。但是同届有五个人,只有一个人没有记录,就是那个叫永间和彦的人。"

"数据库里没有,应该是没有驾照吧。保险起见,我们也查了逮捕记录,没有发现此人。本村或许知道他的联系方式吧?"

"好的。等见到本村,我再问问永间的事。"

"嗯,拜托了。"

五代刚打完电话,寺内博子回到了房间。

"感谢您提供的宝贵情况。"五代站起身,"很有参考价值。以后也许还会再来请教,届时还请多关照。"

"嗯,没关系……您刚才提到了永间?"

"是的,我提到了永间和彦先生的名字。莫非您认识?"

寺内博子用力点头。

"认识。刚才我不是说过,深水交往过一个高才生吗?那个男生就是永间。"

15

穿过长长的拱廊商店街，要去的店就在前方。从 JR 蒲田站出发大约四百米。那是公寓大厦底层的商铺之一，招牌上写着"咖啡专门店"。

打开玻璃门之前，五代看了眼手表确认时间。比约定的下午六点半早五分钟左右，他松了口气。

一进门，咖啡的香气立刻刺激了鼻腔。店里很宽敞，沿墙排列着桌子。内饰用的是砖瓦，并不显得过时，倒有种往昔咖啡馆的纯粹意趣。

客人稀稀落落。一位男客在角落的桌子旁玩手机，高个子，大背头，看上去六十岁上下。他抬起头，看向五代，接着视线往下移。五代左手拿着一本团起来的周刊杂志，这是约好的标志。

男人轻轻点头致意。

五代走上前。"您就是本村先生吧？"

"是的。"对方回答，声音和在电话里听到的一样。

"我是五代，不好意思提出不情之请。"

五代递出名片，本村健三也站起来，拿出自己的名片。从名片上看，他就职于大田区的一家电子零件制造商。

"让您久等了吧？"

"没有,我刚到。"

两人面对面坐下,女服务生随即送来了咖啡。这看来是本村点的,五代于是点了杯同样的。

离开寺内博子家后,五代立刻给本村打电话。听说是警察,本村表现出很强的戒心,似乎怀疑是诈骗电话。但当五代提到正在调查藤堂夫妻的命案,他的态度顿时缓和下来。寺内博子同样如此,显然昭岛高中的毕业生们,尤其深水江利子的同届同学对案件都很关心。

"这家店氛围不错。"用女服务生送上的手巾擦着手,五代打量着店里,"您常来吗?"

"休息日来得多。这家店的意面很可口,我喜欢饭后边喝咖啡边看书。"

"那可真是优雅。"

"哪里谈得上优雅。"本村露出苦笑,"在家不得清静罢了,家里有上大学的儿子和读高中的女儿,根本没有父亲的容身之处。"

所以指定在这家店见面啊,五代恍然。看来在家里没法安闲地谈话。

女服务生送来了咖啡。五代倒了点牛奶,用汤匙搅拌。

本村看了眼手表,恢复了严肃的表情。

"差不多该进入正题了,这家店的最后点餐时间是七点半。"

"七点半?那可得抓紧时间了,我知道了。"五代喝了口咖啡就放下,取出记事本和圆珠笔,"您在高中时参加过登山社吧?"

"没错。而且——"本村向周围一瞥，压低声音继续说道，"顾问是藤堂康幸老师。"

见五代面露困惑，本村一脸了然地点头。

"我思考过负责侦办那起案件的警察联系我的理由，首先想到的就是高中登山社的事。您应该是想打听藤堂老师担任顾问时的情况吧。"

"您料得没错，不过我先声明，我并不认为昭岛高中或登山社跟这次的案子有关系。只是上头有交代，被害的藤堂夫妻在昭岛高中时期是师生关系，慎重起见，要掌握当时的情况。"

本村似乎也理解这一点，频频点头。

"就算知道没用，也要逐一调查清楚，这就是警察的做法。我明白的。我认识一个警察，听他说过这样的话。"

"您认识的这位是？"

"我在登山社时的朋友，叫山尾。"

关键人物的名字冷不防冒出来，五代极力掩饰自己的吃惊。

"山尾先生吗……"

"他也是警视厅的，不过您不知道吧？毕竟警察有好几万人。"本村端起杯子，啜了口咖啡，"我觉得藤堂老师是个好老师，对任何学生都一视同仁。我的成绩不算好，尤其不擅长社会科，但他从未因此责怪过我。反倒是在社团活动中脚受伤的时候，被他狠狠骂了一顿，因为是我自己不当心导致的，他就是这样的老师。"

五代想问的是关于山尾的事，本村却自顾把话题扯远了。

不得已，他只好配合。

"高中毕业后,您见过藤堂康幸先生吗?"

"没有,一次也没见过。"

"有没有打过电话、写过信?"

"也没有。新年的时候寄过贺卡,不过只寄了一两次。我听说藤堂老师辞去教职了。"

"这么说,您也不知道他的近况喽?"

"很遗憾,一无所知。"

"您知道谁跟藤堂先生有联系吗?比如登山社的校友。"

"这个嘛……"本村侧着头,"也许是有的,但我不知道。很抱歉,在调查上帮不上忙。"

"不用在意。那关于深水江利子女士呢?高中时代有没有让您印象深刻的事?不管多琐碎的小事都可以。"

"哎呀,这个问题也很难回答啊。"本村露出苦笑,"我跟她不在一个班,所以没说过几句话。我当然知道她的名字,因为她是学校里的头号美女嘛。不过她眼里大概没我这个人,偶尔在街上遇到,连招呼也不会打一声。要说有印象的,就是这些了。"

虽然是带着自嘲意味的玩笑话,不过很真实。

"如您所知,藤堂康幸先生和深水江利子女士结婚了。高中时代有什么预兆吗?"

本村摇了摇头。

"我完全没发现,甚至不记得见过他们在一起。也许彼此心里有意吧,但当时应该没有交集。深水还跟我们社的社员交往过。我觉得大家都喜欢华丽耀眼的女生,不过我就吃不消。"

"他叫什么名字？"

"谁？"

"就是和深水江利子女士交往过的社员。"

"啊……"

不知为何，本村迟疑了一下才回答："他叫永间，跟我们同年级。"

五代低头看了眼记事本，然后抬起头。

"是永间和彦先生？"

"是的。"

看来寺内博子的记忆正确无误。

"您知道他的联系方式吗？"

"联系方式啊……"本村似乎很为难，视线开始游移。

"你们最近联系不多吗？"

五代一问，本村再次露出犹豫的表情，然后下定决心似的开口。

"永间已经过世了。"

这个消息出乎意料，五代不由得"啊"了一声："什么时候？"

"我们高中毕业后不久，当时天气还不是很热，大概是六月前后吧。"本村稍稍探出身，说道，"是自杀。从自家公寓的阳台上跳下来的。"

"原因呢？"

"因为没留下遗书，无法断言，不过据说是因为没考上大学。永间成绩出类拔萃，目标是东京大学，班主任也说绝对没问题，我们也觉得准能考上，还开玩笑说到那时候，登山社可就身价百倍了。后来听说他没考上，都大吃一惊。幸好那时我已经退出了登山社，没机会见到他。如果见了面，真不知道该怎么安慰他才好。听见过他的人说，感觉他憔悴不堪，都不忍心跟他打招呼。我因为去了外地上大学，之后的事情就不太清楚了。直到有一天，通过登山社得知他跳楼自杀的消息，我一时都不敢相信。"

因为考试落榜就自杀吗？五代觉得不对劲，但转念一想，这在大约四十年前是有可能的。听说昭和后期有"考试地狱"这种说法。

"当时他和深水江利子女士的关系怎样了？还在交往吗？"

"没有，早就结束了。听说为了专心准备考试，正月前就分手了，还是永间主动提出的。可见他把所有精力都投入考试了。"

"和永间先生最亲近的是哪位？您吗？"

"不，我跟他没那么熟，除了社团活动之外没有往来。要说关系好，应该是山尾吧。"

五代瞬间屏住了呼吸。"山尾先生……"

"就是刚才提到的那个当了警察的同学。嗯，谁知道他的联系方式呢……"

"不用担心，如果是警察，我们这边可以调查。"

"啊，这样吗？那倒也是。"

五代调匀呼吸后，开口道：

"那位山尾先生和永间先生关系很好，好到什么程度？"

"该怎么说呢,总之两个人经常在一起。登山的时候,有时要两人一组行动,他们也总是搭档。还有……对了,永间死的时候,山尾沮丧得要命。我们都很受打击,但他那样子可非比寻常,好像很懊悔身为朋友,没能阻止永间自杀。我们都安慰他说,这不是你的错。"

听了本村的话,五代颇感意外。现在的山尾表情匮乏,散发着一种捉摸不透的气质,难以想象他有过这样的往事。不过经过漫长的岁月,人的性格发生改变也不足为奇。

"您最近没有联系过山尾先生吗?"

"没有。上一次跟他聊天,是在二十多年前了。我结婚的时候,登山社的朋友来贺喜,那就是我们最后一次见面。所以说不定他已经不当警察了。"

"没关系,即使辞职了也可以查到。"

"那就好。您会去见山尾吗?"

"现在还不好说,也许会吧。"

"如果见到他,请代我向他问好,就说本村要养两个小孩,现在还得干活。"

"我记住了。本村先生,慎重起见,如果您今后和山尾先生有往来,能否暂且不提今天和我见面的事?因为我不希望山尾先生有不必要的成见,那会造成诸多不便。"

"哦,原来是这样啊,我知道了。我应该也不会跟山尾联系,我本来就不知道他的联系方式。"

"是吗?那就好。"

"对了,刑警先生。"本村留意了一下周遭,再次稍稍倾身向前,"实际情况怎么样?那个案子会破案吗?"他的眼里充满好奇。

五代喝了口杯子里的水,顿了顿。

"我们正在全力侦办,争取破案。"

这是这种场合的套话,他知道对方不会满意。果然,本村不悦地撇了撇嘴。

"查出谁是凶手的目标吗?"

"您说的'谁'是……"

"藤堂都议员和双叶江利子,警方认为凶手的目标是谁?"

"这就不太好说……"

本村板起脸,身体往后一靠。

"我都这么积极配合调查了,一个小小疑问总可以告诉我吧?"

"感谢您的配合。被害的是过去的恩师和同学,我知道您不可能不关心,但是对于办案来说,搜集情报很重要,防止情报泄露同样重要。希望您能理解。"

"我不会说出去的。"

"我也相信,但恕我不能破例。"

本村叹了口气,端起咖啡杯。

"我明白了。既然如此,就只能放弃了。"

"很抱歉没能满足您的期待。"

"算了,加油调查吧。"

"谢谢,我会竭尽全力的。"说完,五代行了个礼,伸手拿起桌面上的账单。

出了咖啡店,他一边往车站走,一边给筒井打电话。

"有什么收获吗?"筒井劈头就问。

"不知道算不算收获,不过有件事值得一听。"

五代报告了永间和彦自杀的事。

"那的确令人在意。我知道了,我这边调查一下,再联系你。今天接下来有什么计划?要继续打听吗?"

"还没定。我现在在蒲田,如果要在本部大楼碰头,我这就过去。"

"别说蠢话。因为流感休假的人在本部大楼里晃悠,万一被特别搜查本部的人看到就麻烦了。等调查告一段落你就回家,远程开个会。"

"明白。"

打完电话,五代收起手机,环顾四周。现在还在拱廊商店街上,他看到印着"炸猪排"的门帘。

今天跑了不少路,肚子饿了。他盘算着米饭要不要点大份的,朝那家店迈出脚步。

16

　　姓名　永间和彦（十八岁）一九八六年毕业于都立昭岛高等学校

　　报案时间　一九八六年五月三十日（星期五）　半夜一点二十三分

　　现场　昭岛市玉川町二丁目十号 SUNNY 公寓（六层建筑）东侧停车场

　　报案人　永间广和（公司职员　五十三岁）珠代（妻子　四十五岁）　该公寓503室

　　状况　父母发现儿子从房间里不见了，在周围寻找，在停车场找到了脸朝下倒地的儿子。救护车将其送往医院，但头部骨折，已经死亡。

　　勘查结果　阳台（本人房间外）扶手上有本人指纹，除高坠伤外无其他外伤。

　　遗书　无

"你可能会对缺乏内容的信息感到不满，不过这就是仅存的记录了。"电脑屏幕上的筒井说，"也进行了尸检，但没有检出药物等疑点,作为自杀处理。"

"自杀的动机呢?"

"先听听父母的说法。"筒井低头看手头的资料,"他们哀叹说,儿子没考上大学,情绪低落是事实。不过已经逐渐平复,进入五月后,又开始努力学习了。但他突然间脸色阴沉地陷入沉思,关在房间里不吃饭。我们很担心,不知道他怎么了,结果就出了这种事。"

"从这些描述来看,原因应该不只是考试失利吧?"

"但父母说,除此以外,也想不出别的原因了。如果是初中生,还有可能是被霸凌,但他当时十八岁,而且已经高中毕业,这种可能性就很低了。"

筒井的看法很合理,五代默默点头。

"父母还健在吗?"一直没开口的樱川问。这是包括五代在内,一共只有三人参加的远程会议。五代在自己家里,但照样打着领带,樱川和筒井在警视厅本部大楼的会议室。

"不清楚,如果健在的话,父亲已经九十多岁了,怕是希望不大。"筒井回答,"不过母亲是八十岁出头,很可能还在世。"

"明天我去找找看。"五代说,"但愿地址没变。"

"我刚才确认过了,那栋公寓还在。要再查一下驾照吗?"筒井问。

"拜托了。"五代回答。

"约四十年前的自杀事件啊。"屏幕上的樱川露出深思的表情,"如果和这次的命案有关,那可是重大发现……"

"现在还很难说,"五代说,"不过,考虑到与相关人员的联系，不能错过。高中时代，江利子夫人与永间和彦交往过。永间和山尾警部补是登山社的同伴兼好友。登山社的顾问又是当时还是教师的藤堂康幸。我不觉得这一切可以归结于巧合。"

"这一点我有同感。不过，他们之间的丝线是怎样纠结缠绕，在几十年后演变成杀人事件，我实在无法想象。"

樱川呻吟般说出的话，也是五代的感想。

"我觉得直接去问山尾警部补最简单。"

"要是办得到，就不用这么辛苦了。"筒井一脸倦色。

"刚才我和管理官向署长、副署长他们说明了情况，警署内部可能有案件相关人员。"樱川冷冷地说，"不过还没说根据搜查一课课长的指示，我们正在监视山尾。因为万一署长他们心急之下，擅自有所动作，那就不妙了。要等掌握了山尾涉案的决定性证据，才能打开天窗说亮话。"

"真够谨慎的。"

"那当然。一旦调查在职警察，肯定会闹得沸沸扬扬。为了避免'对自己人网开一面'的指责，必须做好准备，确保届时能拿到逮捕令，所以要绝对避免走漏风声。可是署长那慌乱的样子，像是马上就要确认警署所有人员的不在场证明。这么一来，万一被守在特别搜查本部的记者们探出内情，那就全完了。我跟署长说，再着急也没有意义，只会让侦查员们人心惶惶，还是稍微忍耐一下。好歹把他劝住了。"

"看样子，形势相当紧迫啊。"

"没错。留给我们的时间不多了。我这边会尽全力支援，要把山尾和藤堂夫妻的关系彻底查清楚。"

"我知道了。明天先去调查永间和彦相关的人。"

"好的，拜托了。"

樱川说完这句话，三个人的远程会议就结束了。五代合上笔记本电脑，呼地吐出一口气。现在是晚上十点多，真是漫长的一天。但明天可能感觉更漫长。

正要起身去喝冰箱里的罐装啤酒时，手机有来电。一看屏幕，五代吃了一惊。是山尾打来的。

他接起电话："喂？"

"我是山尾。你现在没事吧？"山尾压低声音问。

"嗯，没事。"

"这么晚打扰，不好意思。听说你得了流感，我有点担心。你身体怎么样了？"

"问题不大。倒是在大家都忙得要命的时候生病，感觉很过意不去。"

"哎呀，再怎么当心，该得流感的时候也跑不掉。你不用在意，安心休养好了。"

"真的很抱歉，希望没给你添麻烦。"

"这种担心没必要。我本来就是配合你工作的，你一休息，我也就处于歇业状态了。虽然没人说闲话，不过也不能什么都不做，所以我就打个电话，想看看能不能多少帮点忙。五代先生，有什么我能做的吗？不用客气，尽管开口。"山尾的语气很爽朗，甚至听起来干劲十足。

"谢谢。一时还想不出来，不过说不定什么时候就要劳烦你。"

"好，我随时等候指示。这下我也放心了。之前听说你突然病倒，我很担心，不过听你的声音，状态似乎还不错。"

"发过烧，不过不算太难受。其实我不想休息，但医生说要静养三天，避免与人接触。"

"我明白。以你的性格，一定早就坐不住了吧？所以不耐烦闷在家里，出门调剂一下心情。"

"啊，出门？"

"你是在外面吧？我刚才听到汽车的喇叭声。"

五代一时语塞。刚才有喇叭声吗？

"没有，我在自己家里。"

"那就是开着窗，听得到外面的声音？"

"窗子是关着的……"

"是吗？可能是我听错了。不好意思，说了些不着调的话。在你休息的时候打扰了，虽说状态不错，不过也不能掉以轻心。在完全康复之前，不要太勉强自己。"

"听你这么说，我心里也轻松了些。我会尽快回去上班的，到时多关照啊。"

"也请你多关照，那我挂电话了，你多保重。"

"谢谢。"说完，五代收了线。他拿着手机，望向阳台。窗户关得严严实实。

这里离主干道有一定距离，即使有汽车按喇叭，声音会传到房间里吗？至少他没有留意过。

山尾会不会是对他请病假有所怀疑，所以故意套话，想证实他其实不在家？

五代觉得这种可能性很大，此人比想象中更狡猾，而且恐怕很难对付。

17

翌日早晨，五代搭乘八点四十二分从新宿出发的快速电车。与特快相比，快速电车停的站多，但无须中途换乘。虽然是上班高峰时段，但很多乘客在新宿下车，站得很宽松，还可以期待等一会儿有空位。

这个愿望实现了，快到下一站时，坐在前面的身材高大的年轻人站了起来。五代看看四周，没有老人和身体不适的乘客，就老实不客气地坐下了。

昭岛还很遥远。

五代微微抱起胳膊，追溯着调查之初的记忆。

他想起第一次侦查会议结束后，山尾来跟他打招呼。决定侦查员分工的是筒井等主任级别的人，但也会跟辖区警署的系长、刑事课长商量。筒井说过，提议让山尾加入人际排查组的是刑事课长相泽，理由不得而知。但现在没法问相泽，会让他察觉到山尾被怀疑。

五代暗忖，说不定是山尾主动提出来的。山尾是生活安全课的警部补，相当于系长级别。他很可能是在被征询是否加入特别搜查本部时，不着痕迹地提出要求。

如果是这样的话，他为什么想加入人际排查组呢？倘若只是为了掌握侦查的进展情况，别的组也同样可以。想来还是因为被害人夫妻与自己有关系，想要确认他们的人际关系和过去被揭露的情况吧。

问题在于，他隐瞒了被害人夫妻与自己的关系，连对搭档的五代也绝口不提。

唯一的可能，就是他与案件有某种关联。

那么，是怎样的关联呢？

最简单的答案，就是山尾是真凶。他杀害了藤堂夫妻，并纵火焚烧宅邸——

动机是什么呢？还是要追溯到高中时代吗？将近四十年前的萌芽，时至今日结出了罪恶的果实？

永间和彦的名字浮现在五代脑海。高中时代好友的自杀，与此次案件有关的可能性有多大？当然，这无法用具体的数字来量化，但即使可以量化，以常识来说，可能性也很低。他也有几个高中时代很要好的朋友，但现在几乎不联系了。一旦进入社会，很多人的人际关系就会以工作为中心，相比之下，和老友的交往就要往后排了，结婚生子后更是如此。

当然，不能妄下定论，山尾也许是为数不多的例外。

根据警视厅招聘中心保存的山尾简历，他从昭岛高中毕业后，进入东京都内的私立大学，就读于工学院金属工程系。在进入警察学校前没有学习柔道、剑道的经验，大学参加过户外运动社。

山尾进入警视厅后的履历也已查明。先是辗转于几个警署的地域课，从事派出所工作和机动巡逻工作，之后被调到警视厅本部的保安课，又去了辖区警署的生活安全课。调到现在的警署是在九年前，此后没再调动过。

他家中只有父母，都已亡故。十年前和四年前分别请过丧假，母亲先去世，六年后父亲去世。

五代正想着这些事，内口袋里的手机有了反应。他留意着周围的眼光，拿出手机查看，是筒井发来的邮件。

"驾照资料库中没有永间和彦母亲（珠代）的记录，但查到了给父亲（广和）寄送驾照更新联络书的记录。是在距今五年前，没有因地址不明而被退回，但当时并未办理更新驾照的手续，所以很可能已经去世。"

看到给出的地址，五代不由得眨了眨眼睛。"昭岛市玉川町二丁目十号 SUNNY 公寓503室"，正是永间和彦自杀的公寓。也就是说，五年前永间广和驾照上登记的地址，自一九八六年以来没有变过。

将近九点半时，快速电车抵达中神站。这是昭岛站的前一站。从车站的南出口出站后，狭窄的路旁小商店林立。从招牌来看，以居酒屋、小酒馆之类的餐饮店居多。在第一个路口拐弯后，路面开阔了些，在装潢雅致的邮局前面有家知名快餐店，快餐店的对面是柏青哥店。看来这一带是当地人的休闲场所。

来到主干道上，五代向东前进。走了片刻，斜前方出现一排排公寓，都不是很高，至多五六层。

五代边走边用地图软件确认当前的位置，目的地是昭岛市玉川町二丁目十号。

据筒井说，SUNNY 公寓至今还在。

拐进岔路后，转悠了一会儿就找到了。那是栋外墙是米色瓷砖的建筑，虽然楼龄已逾四十年，却并不显得老旧。不过走近一看，脏污和老化的痕迹还是很醒目。

从正面玄关进去，左侧是管理员室，里面坐着一个穿灰色工作服的男人，年纪在六十五岁左右。他抬头看了眼五代，旋即失去兴趣似的垂下视线。

玄关前方是一扇公用门，旁边装了一个老式的内线对讲机。五代按下5、0、3的按钮，然后按下呼叫键。

等了片刻，没有回应。他又呼叫了一次，依旧如此。看来没人在家。

五代望向管理员室。管理员戴着夹鼻式老花眼镜，看着手头。

"打扰一下。"他走过去搭话，管理员没摘下眼镜，讶然抬起头。

"503室是永间家吗？"

管理员板着脸挥挥手。"我不能回答这种问题。"

五代从内口袋里取出警察证，亮给他看。"抱歉打扰您工作了，希望您能配合。"

管理员表情为之一变。"永间家的人怎么了？"

"我有事要确认，所以前来拜访，但好像家里没人。您有什么线索吗？"

"应该是外出了吧，我不知道去哪儿了。"管理员的语气很生硬。

"您知道联系方式吗？比如手机号码。"

"手机号码吗……"管理员一脸困惑。

"考虑到房间有可能会漏水，我想你们应该存有住户的联系方式。"

"噢，那倒是采集过。不过，未经本人同意，我不能告诉……"

"不用告诉我。能麻烦您打个电话吗？就说警察来了，好像有事要问。"

"现在就打吗？"

"拜托了。"五代礼貌地低头行礼。

管理员略一犹豫，从旁边的小书架上抽出档案夹，翻开内页，拿起固定电话的听筒。他调整了一下老花眼镜，按下按键。

不久，从他的表情可以看出，电话接通了。

"喂，永间太太吗？我是SUNNY公寓的管理员……哪里，我才是承您关照。嗯，是这样，现在来了个警察，说是有事想向您打听……不，详细情况我没问，他就让我打个电话。"

五代打开记事本，用圆珠笔写下"事务性信息"，递给管理员看。

"嗯，他说是事务性信息……这样啊，您稍等。"管理员把脸从听筒上移开，看向五代，"她现在在文化馆，说如果你可以等，她这就回来。"

"当然可以等。"

管理员点点头，将听筒贴到耳边。

"他会等……好的。"他搁下听筒，"她说十分钟左右回来。"

"谢谢，给您添麻烦了——对了，"五代将记事本放回口袋，"永间太太是独自生活吗？没有人同住？"

"自从丈夫去世后，她一直一个人过，偶尔会有女性来访，但应该没有同住。"

看来丈夫果然已经亡故，妻子是名叫珠代吗？

"那万一永间太太出了什么事，你们会联系谁呢？还是说，你们没有紧急联系人？"

"如果是出租房，会找房屋中介或房东。如果是自有住房，入住时可以自愿提交紧急联系人。"

"永间太太是哪种情况？"

"永间太太是自有住房……"管理员再次打开档案夹，"紧急联系人是丈夫的哥哥。不过，这个人说不定已经过世了。"

丈夫如果健在的话，已经九十多岁了，他的哥哥应该年近百岁了吧，在世的可能性确实很低。

"联系人没有更新过？"

"好像是。"

管理员漫不经心地说，但这并不是什么好笑的事。独居在自有公寓住房的人死亡后，一直无人发现，持续拖欠管理费，这样的事例在日本不断增多。

"您是什么时候来这里工作的？"

"我吗？嗯，大概八年前吧。"

从年纪来看，可能是他退休后谋的差事。

"那时永间先生还在世吗？"

"是的，不过身体不算好。他生了病，经常跑医院，好像是得了什么癌症。最后进了护理机构，没多久就去世了。当时永间太太来跟我说过，那是约六年前的事了。"

"您常跟永间太太聊天吗？"

"不算经常,不过偶尔会说几句话,因为搬大件物品的时候我会帮忙。永间太太很有礼貌,之后总会带些点心或水果过来,真是个好人。"

"关于她的孩子,您有没有听说过什么?"

"孩子吗?"管理员神色有些为难,摸了摸胡子拉碴的下巴,"有件事不知道该不该说……"

"什么事?"

"管理公司交代过不要告诉外人,不过这件事跟永间太太的孩子有关……"

"是她儿子去世的事吗?"五代压低声音问。

"什么嘛,你早就知道了?"管理员发出失望的声音,"不过也是,你是警察,当然知道喽。"

"那是很久以前的事了,您听说的情况是怎样的?"

"怎样的……就是事实那样啊。听说永间太太的儿子从家里的阳台跳楼身亡,当时还在念高中,实在可怜。"

确切来说,是高中刚毕业,不过没必要纠正。

"您跟永间太太谈过这件事吗?"

管理员嘴角一撇,摆了摆手。"怎么可能提这茬啊。"

"现在的住户当中,有人知道当时的情况吗?"

"一直住在这里没搬走的人应该是知道的。不过,我不能透露那些人的名字。"

"我知道,这是个人信息。"

"没错。"管理员将档案夹放回书架,然后转向五代,稍稍探出身,"虽然不能指名道姓,不过那些人里,也有人看不惯永间太太。"

"为什么？"

"这是因为，"管理员挺起胸膛，"他们觉得资产价值降低了。泡沫经济时期，这一带的不动产都在疯涨，但只有这栋公寓的房价比周围便宜一些。他们将原因归咎于永间家孩子的跳楼自杀。"

"啊，原来如此……"

"不过，也不都是这样的人。也有人说，永间太太没有搬走，一方面是因为出事的房子不好卖，另一方面，也是觉得留下流言蜚语独自逃走，很过意不去。"

什么样的人都有——管理员总结道，脸上浮现出看惯住户众生相的人特有的淡漠神色。

他将脸转向玄关。"啊，永间太太回来了。"

五代一看，一个身材娇小的老妇人走了进来，毛衣外罩着薄外套。她先看了看管理员，旋又望向五代，眼神不安地游移，显然很吃惊，不知道警察为何找上门。

五代脸上堆出笑容，上前说道："您是永间珠代女士吧？"

"是的……"

"突然来访很抱歉。我是警视厅的五代，有事想请教您，能否占用您一点时间？"说着，五代递上名片。

"可以啊，不过是什么事呢？我听管理员说，是打听事务性信息。"

"这里不太方便。"五代瞥了一眼管理员室说道。

正饶有兴味看着两人的管理员，闻言尴尬地扭过头去。

"是要去家里吗？"老妇人将手探进提包。

"没问题，其他地方也行。如果附近有可以安静谈话的咖啡馆……"

"不用了，就来家里吧。我上了年纪，出门次数多了很累。"

"好的，那就叨扰府上了。"

"家里又小又乱，不好意思。"永间珠代从包里取出钥匙，打开公用门。

SUNNY公寓的503室是边间，厨房和客厅、餐厅一体的空间略显局促，摆放着小巧的餐桌椅和沙发，不过只是一张双人沙发。

"这边请。"永间珠代请五代坐到餐椅上。

五代落座后，她在吧台式厨房里泡茶。五代正想说不用客气时，听到脚边传来嘎吱嘎吱的声音。循声望去，一只浅咖啡色的猫正在吃东西，颈上戴着蓝色的项圈。

"您养了猫？"

"朋友送的。听说她养的猫生了小猫，我就去看看，可爱得不得了。"永间珠代一边用茶壶斟茶，一边耸了耸肩，"其实这栋公寓禁止养宠物。"

"它几岁了？"

"快六岁了，但以人类来说已经是中年，真叫人失落。"

据管理员所述，她丈夫永间广和在六年前去世，想来是为了排解独居的寂寞，所以开始养猫。

永间珠代用托盘端着两只茶杯，来到餐桌前。她说声"请用"，将其中一只茶杯放到五代面前。

"有劳了。"五代低头致谢。

"你要打听什么事?"永间珠代落座后问道。

五代啜了一口茶,搁下茶杯,挺直脊背。

"我想问问关于令郎的事。"

老妇人的脸瞬间紧绷,旋即恢复正常。与此同时,她的表情消失了。

"和彦吗?"

"是的。"

永间珠代叹了一大口气。"都是四十年前的事了,你现在想问什么呢?"

"首先是动机,据说是因为没考上大学,您作为妈妈,也持这种看法吗?"

"妈妈……"永间珠代低喃着,微微露出笑意。

"多少年没听过这个称呼了,上一次还是在十三周年忌日的时候……"

"对不起。虽然知道回忆往事会很伤痛,还是要问您。"

"五代先生——没错吧?为什么现在还来问这个问题?"永间珠代像少女似的歪着头。

五代凝视着老妇人埋在细密皱纹里的眼睛。

"我正在参与某个案子的侦办,在侦办过程中,查到了永间和彦的自杀。目前还不清楚与案件有无关系,或许没有关系,但对办案来说,确认无关也是必要的,请您理解。"他再次低下头。

永间珠代不住眨眼。

"在侦办最近发生的案子的时候,查到了我儿子的自杀?

是怎么查到的？我说过好几遍了，那都是四十年前的事了。"

"抱歉，这个问题我不能回答，因为这是侦查上的机密。"

重要参考人①是你儿子的好友，这话是说不得的。

永间珠代叹了口气，就像是信号似的，地板上的猫轻快地跳到她腿上。老妇人浅浅一笑，抚摸起猫的后背。

"为什么我儿子会做出那种事……"她薄薄的嘴唇翕动起来，"坦白说，我到现在也不明白。我跟丈夫也讨论过好多次，还是找不到答案。因为没考上大学，他确实很受打击，但我觉得他已经想开了。不过，也许只是我们这么以为，其实他自己一直深陷痛苦之中。如果真是这样，没能及时察觉他的情绪，实在令人痛心。"

"根据当时的记录，你们反映和彦在自杀前，突然间脸色阴沉地陷入沉思，关在房间里不吃饭，除了考试失利外，还能想到别的原因吗？比如人际关系方面的烦恼。"

永间珠代抚摸着猫，露出望向远方的眼神。

"他才十八岁，很多事，大人可以想通或者调整心情，那孩子却会一个人纠结烦恼很久，而且很少向父母倾诉。如你所说，当时他的状态确实有些反常，我也想过是不是发生了什么事，但又觉得不应该过度干涉，就假装没注意到，结果却……我到现在都在后悔，当时为什么没有追问。"

"也就是说，就你们所了解的范围，并没有与他人发生纠

----

① 重要参考人多指尚无确切证据的涉嫌者，是侦查过程中认为某人涉嫌但证据还不充分，不便直接称其为嫌犯时的代用语。

纷或争执的迹象？"

"完全没有察觉，我这个做母亲的太失职了。"她低声呢喃着，听来像是在感叹自己的无能为力。

"听说令郎在高中时代有交往的女生。"

听五代这样说，永间珠代嘴角有了一抹笑意，但表情还是很冷淡。

"你是说双叶江利子？现在还有人记得那么久远的往事。"说完，她倏地一惊，瞪大眼睛望向五代，"我想起来了，她被杀了吧？前不久我看过新闻，她和丈夫一起遇害了。莫非你正在调查的就是这个案子？"

看来她反应过来了。五代觉得在这个问题上糊弄也没用，于是答道："没错。"

"原来是这样，所以你来找我……"永间珠代恍然点头，随后又开始摇头，"不过，我觉得和彦的自杀与案件无关。"

"我也有同感，但刚才也说了，需要确认一下。"

永间珠代凝视着五代的脸。"刑警还真是辛苦啊。"

听起来不是挖苦，而是坦率地表达感想。

"哪里。"

老妇人腿上的猫换了个姿势，越发蜷成一团，舒服地闭上眼睛。

"当知道那个人……深水以演员身份出道时，老实说，我很受刺激。"永间珠代再次开口了，"和彦落得那样的结局，她却在华丽的世界里闪闪发光，我恨老天太不公平。当然我也很清楚，我是在迁怒。"

"两人是怎样开始交往的呢？"

"应该是和彦提出的。高中三年级马上面临升学考试，这个时候谈恋爱，我心里不免犯嘀咕，但看他那么高兴，就没有提醒他，他也答应会好好学习。和彦带深水来过家里，能交到这么漂亮的女朋友，也难怪他心花怒放。"

"交往期间，有没有您印象深刻的事？"

永间珠代低声沉吟。

"说实话，我不是很清楚两人交往的情况。好像一起看过电影，逛过游乐园，但儿子没跟我们细说。不过，他们的交往应该不是很深，至少没有越界。"

言下之意，似乎是说两人没有偷尝禁果。

"您的意思是？"

永间珠代停下抚摸猫的手，投来窥探似的目光。

"如果我说是母亲的直觉，你会笑话吗？"

"不会。"五代立刻回答，"这是很常见的事。"

"和彦应该没有性经验。如果他和深水发生过什么，以他们那个年纪，绝不会只有一次，必定一发不可收。要是到了那种程度，旁人一眼就能看出来。"

虽说是基于直觉，但这是合乎逻辑的冷静分析，很有说服力。

"而且，说是母亲的直觉，其实也是女人的直觉，我感觉深水对我儿子并不是很上心。"

"这样吗？"五代稍稍探出身，这个看法让他颇感兴趣。

"她对和彦是有好感的，不过恐怕也仅止于此了。两人经常通电话，但几乎都是和彦打给她，约会也都是和彦主动提出，她从未开口邀约。我记得跟丈夫感叹过，看来是我家儿子一头热。后来听说他们分手了，我觉得在意料之中。"

"听说是令郎提出分手的……"

"和彦也是这么说的。不过老实说，这事有点蹊跷。我觉得那孩子真的很喜欢深水，想跟她交往下去。除非深水委婉地暗示想结束这段关系，于是儿子决定分手——充其量也就是这样了，毕竟他是个自尊心相当强的孩子。"

这同样是很冷静的分析。如果永间和彦九泉之下听到，一定会感叹母亲对孩子的洞察力真是可怕。

总之，从目前了解到的情况来看，永间和彦的自杀不太可能和他与深水江利子交往、分手有关。

"和彦高中时参加了登山社吧？"五代换了个话题，"听说顾问是藤堂康幸老师。"

"没错。我儿子很崇拜藤堂老师，他原本不是很擅长运动，高中也没打算加入运动社团，所以听说他加入登山社时，我有些吃惊。我儿子说，是藤堂老师极力劝他，学习成绩再好，如果缺乏体力，也没法在应试竞争中胜出。"

五代心想，这是昭和时代的教育理念。但在当时，这句话却打动了年轻人的心。

"除了登山社的活动外，和彦和藤堂老师有交流吗？"

"我不太清楚，不过应该是有的。他曾经说过，和社员同伴一起去老师的住处，老师请他们吃拉面，想必是找老师商量一些事情吧。"

从这个细节可以窥见运动社顾问和社员之间的良好关系，

难以想象此时已经埋下了命案的伏笔。

"令郎自杀后，藤堂老师联系过你们吗？"

"应该没有。葬礼仅限亲属参加，所以外人也没有上香的机会。"

担任顾问的社团里，有成员在毕业后自杀了。换了自己的话，这种情况会怎样处理呢？五代思忖着。如果收到葬礼的通知，多半会参加；但如果没有，可能就会犹豫要不要主动联络，然后就此逐渐疏远。

"您刚才提到社员同伴，其中有特别要好的朋友吗？"

"噢，要说关系好，那就是山尾了。"永间珠代不假思索地说出一个重要的名字，"是叫山尾……阳介吧？两人经常一起玩，山尾也来过家里好几次。"

"那是个怎样的年轻人？"

"山尾是个好孩子，擅长交际，待人亲切，跟我们说话也很爽朗。和彦虽然不算内向，但不善于跟初次见面的人打交道，所以多亏了山尾，他的世界才变得更广阔。"

五代想起山尾的脸。他为人谦逊，谈吐也不差。原以为那只是他隐藏狡猾的假象，看来多少也是天生的性格。

"和彦自杀几天后，山尾来过。但他没有来家里，是我偶然发现他站在停车场的入口。"

"停车场？"

"警察把我儿子跳楼后倒下的地方围了起来，禁止入内，他就呆呆地望着那里。我跟他打招呼，他想逃走，我就说，可以的话请来上炷香。山尾迟疑了一下，还是来家里上了香。"

"当时他表现如何？"

永间珠代望向远方，叹了口气。

"他显得很悲伤，望着和彦的遗照簌簌落泪。所以我忍不住问他：'山尾，你知道和彦自杀的原因吗？'"

"山尾怎么说？"

"他一直说不知道，什么都不知道。当时我以为他只是因为儿子的死而悲痛，很久以后我才想到，他可能知道些什么。"

"您没有向山尾确认过吗？"

"我刚才说了，我是很久以后才想到的。那时他已经离开了这里，也失去了联系。而且我也感到害怕。"

"害怕什么？"

"害怕真相大白。说不定儿子有个天大的秘密，因为不堪忍受这种状况而走上绝路——想到这里，我就宁愿什么都不知道。尽管如此，我还是至今都耿耿于怀，期待有人能帮我查出真相。"永间珠代露出苦笑，"真是矛盾啊……"

"您的心情我很理解。"五代由衷地说。对父母来说，自杀的真相只会带来痛苦，却又不甘心永远蒙在鼓里。为人父母的心情就是如此复杂。

在老妇人腿上惬意地蜷成一团的猫，轻捷地跳到地板上，伸展四肢后，移动到了小沙发上。永间珠代温柔地望着它的身影。

五代看了眼手表确认时间。

"感谢您提供的宝贵信息。就如我最初所说，令郎的死与当前调查的案件是否有关联，尚无定论，还请您对今天的谈话内容保密。"

"嗯，我知道。我不会泄露的。"

五代将茶杯里的余茶一饮而尽，欠身站起，一边走向玄关，一边环顾室内。

这栋公寓楼龄已逾四十年，内部装修的老化显而易见，壁纸已经明显变色。

"您没考虑过搬家吗？"

永间珠代皱起眉头。

"哪有那么多钱啊。我也想过把房子卖了，但因为儿子出事，买家都以此为由压价，最后就不了了之了。我死后，打算把房子留给侄女，她住在附近，常来看我。不过光是管理费也是不小的开销，她可能会放弃继承。"

管理员说得没错，这房子果然被当成凶宅。

五代穿上鞋，再次转向老妇人。"那我就告辞了。"

"五代先生，"永间珠代迟疑着说，"要看看我儿子的房间吗？"

五代瞪大了眼睛。"房间还保留着？"

"想着早晚要处理遗物，结果一拖就是将近四十年。一方面始终没有合适的契机，另一方面我们老两口也用不上那么多房间。你要看吗？虽然可能对调查没什么帮助。"

"请让我看看。"五代再度脱了鞋。

永间和彦的房间是个六叠大的西式房间，摆着书桌、书架和床，典型的书房布局。房间打扫得很干净，除了床上没有被褥和床单，看上去就像至今仍有人居住。

玻璃门外是一个小阳台。看着银色的栏杆，五代想象着年轻人从那里一跃而下的情景。

"没有遗书吧?"

"是的。"永间珠代颔首,"我们到处找过,但没找到。"

"这样啊。"五代端详着书桌和书架,感受到约四十年前一个平凡高中生的日常生活。

"如果有在意的地方,尽管查看。"永间珠代说,"抽屉和柜子都可以打开。"

"不,不用了。我看看就够了。"

五代不认为现在还能在这里找到什么重要线索。

他再次走到玄关,穿上鞋,礼貌地道谢后,离开了SUNNY公寓的503室。

走向车站的路上,他回想着和永间珠代的对话。

虽然打听到了很多,但不知道能不能算是收获。不过,山尾可能知道永间和彦自杀的原因——这句话还是让他很在意。但若说因此在四十年后引发命案,也太匪夷所思了。

五代看了眼手表,快到中午了。他打算边吃午饭边考虑下一个走访对象,正在对着招牌物色餐饮店时,手机响了,是筒井打来的。

"我是五代。"

"我是筒井。现在方便说话吗?"

"你稍等。"五代确认四周无人后,站到一家卷帘门紧闭的商店雨棚下方,"好了,请讲。"

"我先问你,你那边有紧急情况要报告吗?"

"没有。"

"好。凶手有动作了，榎并夫妻汇过去的款项被取走了一部分。"

五代屏住呼吸。"什么时候？"

"约莫一个小时前，是上野车站旁一家便利店的 ATM 机，金额是二十万元。取款人的影像已经传过来了，虽然戴着口罩，看不清长相，但可以确定服装等特征。目前正在调取周边的监控录像。"

"凶手为什么突然行动了？"

"这是我想问你的。总之鉴于这种情况，系长指示，你也回特别搜查本部。"

"今天回去合适吗？之前说是得了流感……"

"只要说医生同意了，谁都不会起疑吧？重点是山尾警部补，要监视他的行动，还是得你才成。"

听这意思，回来是负责监视。

"我知道了，这就回来。"

打完电话，五代收起手机，再次看向周边的餐饮店。遗憾的是，没时间悠哉地吃午饭了。看到拉面馆的招牌，他快步走去。

18

走在走廊上时，特别搜查本部的忙碌已传入五代耳中。不是单纯的嘈杂，而是伴随着紧张感的纷繁说话声。

进入室内，眼前的情景一如想象。众多侦查员来来往往，其中尤其引人注目的，是盯着多个屏幕的一群人。那是以警视厅侦查支援分析中心的人员为核心的影像分析组，应该正在从周边的监控录像中寻找在便利店 ATM 机上取款的人的行踪。

五代迅速扫了一眼，没找到山尾。

樱川正对几名侦查员下达指令，声音比平时更响亮有力，证明他感受到了进展，干劲很足。

筒井在稍远处，正对着笔记本电脑。似乎察觉到五代过来，他抬起头，沉默地点了点头。

"系长杀气腾腾啊。"

"后来又有动作了。"筒井压低声音说，"就在刚才，新桥的便利店有人取款，这次也是二十万元。从影像来看，和在上野车站附近取款的是同一人。凶手连续行动，估计是料定我们不会出手。多亏这样，我们得以获取到更多的监控录像。影像分析组的人正在用擅长的追踪方式追查，说不定会比预想中更快锁定取款人的身份。"

单日的取款限额是五十万元，而ATM机一次最多只能取二十万元。这样看来，取现仔打算今天把剩下的十万元也取走吗？

"五代。"有人叫他。樱川正向他微微招手示意。

五代快步上前，樱川抬起头问："身体还好吗？"这应该是做给周围人看的姿态。

"没问题。"五代回答，"医生已经同意我回来上班了。"

"那就好。筒井跟你说了钱被取走的事吧？"

"说了。"

"凶手终于有动作了，接下来该你们出场了。你们去榎并夫妻那里说明情况，毕竟被取走的是他们夫妻的钱。另外转告他们，警方正在全力通过监控录像追查取现仔，一旦锁定就有可能逮捕，也要告知相关的风险。"

"是指平板电脑的信息泄露吗？"

"没错。虽然他们已经表示接受，还是有必要再确认一次。"

"明白了，还有其他指示吗？"

樱川一听，神色变得凝重起来，勾了勾手指示意他靠近些。五代隔着桌子探过身。

"跟以前一样，你和山尾警部补一起去。"樱川压低声音说，"保持平常的态度就行，不用想太多。不过，尽量不要让他离开你的视线。以后就用'那位'来代指他。"

五代察觉了上司的意图。向榎并夫妻通报案情不过是个幌子，真正的目的是监视山尾的行动。

"说曹操曹操到。"樱川保持视线不动，低声说道，"'那位'

从门口出现了。他好像发现你了,正往你这边看。等等,别回头,会引起怀疑的。那就拜托了。"

"好的。"

五代从樱川面前离开,一边往筒井那边走,一边悠哉地环视四周。

和山尾视线交会时,他停下脚步,满面春风地走过去。

"哎呀,抱歉,给你添麻烦了。"

"五代先生,你没事了?昨天电话里不是说还要观察两三天吗?"

"是啊。不过今天早上起来,感觉全身轻松,也不发烧了,就去看了医生。医生说我已经基本痊愈,不会传染给别人,所以同意我回来上班了。真是万幸。"

"那就好。不过,真不愧是精英啊,时下有些年轻警察,拿到医生的诊断书就当成尚方宝剑,恨不得休息到最后一刻,哪里会马上返回岗位。"说完,山尾皱起眉,敲了敲额头,"对不起,不该拿搜查一课的精英和那些庸才相提并论。"

"你过奖了。听说有重大进展,我就坐不住了。"

"是啊,那笔钱终于有人来取了。"山尾的语气毫无紧张感,仿佛事不关己。

"我现在要去向榎并夫妻报告,你能一起去吗?"

"当然可以,我很乐意陪同。"山尾眯起眼睛,眼里却感受不到暖意。

去榎并家前,五代先打电话联系。电话很快接通,是榎并健人接的。五代告知现在想去拜访,他答说会尽快赶回。

两人决定搭电车去榎并家。去车站的路上，山尾频频问起他得流感的情况，诸如吃了什么药，有什么症状等等。直到五代解释说就诊时其实已在恢复期，山尾才终于停止了追问，却仍是意犹未尽的表情。

电车上，五代和山尾都保持沉默，公共场合是禁止谈论案情的。

五代回想着在昭岛了解到的情况。对他来说，山尾如今已成为最关键的人物，想问的问题太多，但眼下还开不得口。

山尾抓着吊环，微微闭着眼睛。或许他其实也有很多想问五代的事，也可能是在绞尽脑汁，揣度五代他们的意图。

五代想起了将棋里的千日手，因为轻举妄动会陷入不利，双方都不断重复同样的棋步。现在的局面同样如此，暂时只能继续比拼耐心。

到站下车后，步行不到五分钟就抵达了榎并夫妻的公寓大厦。

在门厅按下内线对讲机，回应的是榎并健人，想必接到电话就从医院赶回来了。

榎并家里只有夫妻两人，五代他们刚在客厅的气派沙发上落座，榎并香织便端来了咖啡，两人连忙道谢。

"你们刑警每天都很辛苦，这只是一点心意，请不要客气。"香织说。她的气色比之前好了许多，似乎已经从失去父母的打击中恢复过来。

"今天来是有什么事吗？"榎并健人问道。

五代挺直腰杆转向他。

"有重大进展,有人取款了。"

旁边的香织表情瞬间紧绷。"取了多少?"

"先是在上野的便利店取了二十万元,之后在新桥的便利店又取了二十万元。"

听了五代的话,榎并不解地皱起眉头。

"凶手是打算这么一点一点把三千万元全部取出来?"

"应该是这个打算,不过我们当然不会袖手旁观。监控摄像头拍到了取款人的样子,目前正在收集周边所有的监控录像,追查该人从哪里来,往哪里去,乃至更远的行踪。这种侦查手法叫作追踪方式,有可能查到下一个取款地点或藏身处。"

"查到就逮捕吗?"

"首先监视行动,等对方下次在 ATM 机取款时,就可以实施抓捕了。"

"原来如此。"榎并点了点头。

"那个……"香织开口了,"取款的人不是杀害我父母的凶手吧?"

"现在还不能下结论,但应该不是。"

"那……是共犯吗?"

五代略微思索后,摇了摇头。

"这种可能性也很低。此人应该完全没有参与杀害您父母,只是凶手为了取出现金,雇来打黑工的。"

"这是汇款诈骗常用的手法。"榎并说,"那就算逮捕了这种小角色,也没有意义啊,他就是个背锅的……"

"汇款诈骗是有组织的行为,的确如您所说,很难查出主谋。但这次的案子里，雇人的就是凶手自己，所以应该能查到某种联系。即使凶手隐藏了真实身份，但他们是在哪里认识的，取出的钱怎样交给凶手，光是这些信息就有望成为重要线索。"

榎并若有所悟，轻轻点头。

"现在要向两位确认的是，"五代交替看向夫妻俩，"如果逮捕了负责取款的人，凶手得知后，预计会采取报复行动。"

"报复……"榎并低喃着，旁边的香织脸色有些苍白。

"最有可能的是将藤堂康幸先生平板电脑里的信息泄露到网上，其中可能包含个人信息。太太之前说过，虽然信息泄露令人不快，但应该没有见不得光的东西。现在您依然是这种看法吗？"

香织脸上掠过一丝不安，她和丈夫对视了一眼，似乎在确认什么，然后露出下定决心的表情，看向五代。

"是的，我已经做好心理准备了。"她的语气沉稳而坚定。

"好的，我这就向上级报告。"

五代道声"失陪一下"，站起身来。他没有看山尾，径直走向门口。

来到走廊上，五代打电话给筒井，告知榎并夫妻同意承担信息泄露的风险。

"知道了，我会转告系长。刚好影像分析组发现了取款男子露出脸孔的图像，是吸烟区的监控摄像头拍到的，可以相当清晰地辨认长相。我把图片发给你，你给榎并夫妻看看。虽然他们多半会说不认识，不过慎重起见，还是让他们确认一下。"

"好的。"

"到时要留意'那位'的反应。"

听到暗号,五代不由得一凛。

"明白,我会仔细观察。"

"那就拜托了。"筒井说完,挂了电话。

五代在原地等了片刻,手机收到邮件,附了一张图片。那是个穿黑色连帽衫的年轻男子,口罩拉到下巴,叼着香烟,显然没注意到吸烟区有监控摄像头。

他回到客厅。榎并夫妻神色凝重,沉默不语,山尾则在看着记事本。

"有样东西想请两位看看。"五代将显示着图片的手机放到茶几上,"我拿到了取款人的大头照,你们对这个男人有印象吗?"

夫妻俩凑近屏幕,凝神细看。

榎并当即摇头。"我不认识这个人。"

"我也不认识。"

"果然是这样。"五代伸手拿回手机。

夫妻俩看图片的时候,山尾看上去很平静,全然不见慌乱。如果他涉案,取款人的长相曝光了,内心应该会焦急不已。五代拿不准这种冷静是真正的态度,还是老奸巨猾的演技。

完成既定任务后,五代决定告辞。他们向榎并夫妻道了谢,离开了公寓。

"那女人真是不简单。"刚走出几步,山尾便开口说道。

"你是说香织夫人?"

"对。"山尾答道,"个人信息有泄漏的风险,她内心应该相当不安。即便如此,依然表现出那样毅然决然的态度,说明她内心异常坚强。不简单啊,不愧是她的女儿。"

"她?"五代停下脚步,"你是说藤堂江利子女士吧?"

"当然。"

"我记得你之前说过,对她不太了解。"

"哦,有这回事吗?那真是抱歉了,可能随口一说没多想吧。其实双叶江利子时代我是她的粉丝,虽然活跃的时间很短,但她是个出色的演员。"

事到如今还厚着脸皮说出这种话,五代一时无言以对。但山尾笑嘻嘻的,也不知心里在想什么。他是单纯的心情好,还是以捉弄自己为乐,五代也猜不透。

"怎么了?早点回本部吧。"山尾轻快地迈出脚步,五代怀着复杂的心情跟上。

回到特别搜查本部,气氛与离开时截然不同。侦查员们分成几组正在讨论,所有人脸上都透着紧迫感。

"好像有情况啊。"山尾说。

"我去问问。"五代走向筒井那边。

筒井卷着衬衫袖子,一边盯着笔记本电脑的屏幕,一边向年轻刑警下达指示。告一段落后,他看向五代。"哦,辛苦了。"

"有进展吗?"

筒井将笔记本电脑转过来,屏幕上显示着男子的大头照。那不是驾照的照片,像是从犯罪记录数据库里调取的。姓名是"西田宽太",年龄是二十八岁。

"通过人脸识别,基本可以确定就是这个男人。我们正在锁定他目前的住处，查到只是时间问题。"

"有什么前科？"

"都是小打小闹。黄牛党行为、非法持有刀具、持有迷幻蘑菇——是那种靠干轻微违法勾当赚零花钱的人。"

五代疑惑地歪着头。

"但是肯打黑工的，通常都是想轻松赚大钱的人……"

"那要看工作的内容。那种人接的是偷窃抢劫的活，如果是当ATM取现仔，接活的人自然就不一样了。"筒井瞥了一眼远处，再次看向五代，"'那位'的情况怎样？有焦急的表现吗？"

"说不好。倒是有些反常的高兴，让人心里发毛，还突然说曾是双叶江利子的粉丝。"

"搞什么嘛。"筒井皱起眉头，"对了，你今天早上还在昭岛调查吧？"

"我去见了自杀的永间和彦的母亲，听说了一些令人在意的事。不过那都是陈年旧事了，很难判断是否与这次的案件有关。"

"知道了，晚点再说。你先把和榎并夫妻的谈话写成报告，写完就可以回家了。"

"啊？"五代看着筒井，"这就可以回家了？"

"系长交代过，病刚好的人不能太劳累。"筒井环顾四周，凑近说道，"我稍后再联系你，你做好远程会议的准备。"

原来如此，五代明白了——在这里的确很难进行涉及机密的谈话。

"好的。系长人呢？"

"在署长办公室。提款人身份查明后,署长似乎沉不住气了。如果真有警署内部人员涉案,他们无论如何也要亲手抓住,查明真相。但如果现在轻举妄动,让凶手察觉后逃走,那就完蛋了。"

"所以系长正在极力安抚情绪冲动的署长?"

"没错。"筒井将笔记本电脑转向自己。

五代从筒井那里离开,寻找山尾,发现他正和辖区刑警站着闲谈。看到五代后,他结束话题,走了过来。

"听说取款人的身份已经确认了?"

"嗯,好像有前科。"

"那逮捕只是时间问题了,关键在于能否查出雇用的人。五代先生,你怎么看?"山尾投来探问的眼神。

"不好说……"五代沉吟着,"最近打黑工大多用Telegram这种不会留下信息痕迹的特殊通信软件联系,常规的手段恐怕行不通。"

"是啊。虽说解析技术大有进步,Telegram还是很棘手。"

"只能等好消息了。"五代看了眼手表,"不好意思,我得去写报告了。"

"啊,是我耽误你了。我也被要求提交奇怪的报告。"

"奇怪的报告?"

"要求把从特别搜查本部成立到今天的工作内容,包括时间和地点等尽量详细地记录下来,以便今后发生类似的案件时参考。好像是副署长的提议,这么忙的时候还来火上浇油。"

五代意识到,这是为了确认警署人员的不在场证明,多半是署长提出来的。

"彼此都很辛苦啊。"五代说。

"可不是嘛。"山尾耸了耸肩离开了。望着他泰然自若的背影,五代甚至觉得怀疑此人涉案只是毫无根据的妄想。

19

晚上八点,笔记本电脑的屏幕上显示出三个画面。五代、樱川和筒井照例开始了远程会议。

"先通报一件事。"樱川率先开口,"西田宽太的住处已经查明,是位于江户川区西葛西的公寓。在新桥取完钱后,西田搭乘了出租车,影像分析组追踪那辆出租车,通过下车地点附近的监控录像查到了他的住处。另外已经确认,他在回公寓途中去便利店取了十万元。现在侦查员正在轮班监视。"

"公寓是西田本人租的吗?"五代问。

"不知道。我已经命令现场监视的人员不要多打听,以免打草惊蛇。关键是下次取款的时机。"

听他的意思,一旦在取款时当场抓获,就会直接带到警署。

"我这边的情况通报完毕。没有其他问题的话,说说在昭岛的收获吧。听说你去见了自杀者的母亲?"

"是的,我向永间和彦的母亲珠代女士打听了当时的情况。"

五代看着自己的记事本,尽可能准确地向上司们报告了永间珠代提供的情况,其间两人几乎没插话。

"以上就是向永间珠代女士了解到的全部内容。"五代总结道。

屏幕上的樱川低头沉思片刻，神情严肃地抬起头。

"山尾可能知道永间和彦自杀的原因，这一点确实令人在意。这种时候母亲的直觉可不容小觑。"

"我有同感。"五代回答。

"但是四十年的时间跨度，总觉得说不过去。对十几岁的少年来说，好友自杀是件大事，但很难想象五十多岁依然耿耿于怀，至少不可能成为杀人动机吧？"

"这一点我也……有同感。"

"如果有可能，除非当年是山尾警部补把永间和彦逼到自杀的。"筒井说。

"什么意思？"

"我也说不好，但假设是山尾警部补导致了永间和彦的自杀，他绝对不希望任何人知道这件事。然而时隔近四十年，有人发现了这个秘密。"

"你是指藤堂夫妻？"

"这样推测会不会有点牵强？"

樱川沉思片刻后，看向摄像头。"五代，你怎么看？"

五代顿了一下，低头沉吟。

"我觉得有这种可能，因为秘密的价值判断和重要性是因人而异的。"

"的确如此。"樱川再次垂下眼。

就在这时，五代放在桌子上的手机响了，有电话打过来。看到来电显示，他吃了一惊。是与山尾同期参加登山社的本村健三。

"稍等一下,是之前走访过的人来电话。"五代对着屏幕解释后,拿起手机,"您好,我是五代。"

"啊,我是昨天跟您见过面的本村……"

"我当然记得。感谢您在百忙之中配合调查。"

"哪里,嗯……您现在方便接电话吗?"

"可以的,有什么事?"

"是这样,昨天提到的山尾……"

"他怎么了?"

"昨天很晚……晚上十点左右吧,山尾给我打了电话。"

"什么……"五代感到全身瞬间发热,"然后呢?"

"他问是否有警察来找过我。我很惊讶,不知道该怎么回答,他说对方可能要求我保密,但现在已经没有这个必要了,希望我坦率回答。既然说到这份上,我也不好意思说谎了,就把跟您见面的事说了。我想这件事应该通知您一声,所以给您打个电话。"

"这样啊……"

"没什么问题吧?"

"没关系。嗯,然后山尾先生怎么说?"

"他说果然如此。得知藤堂老师和双叶江利子被杀时,他就预料到警方可能会调查昭岛高中时代的熟人,还说迟早刑警也会来找自己。"

"他还说了些什么?"

"差不多就这些了。他说这是辖区外的案子,自己不太了解情况。"

"是吗……我知道了。谢谢您特地打电话通知。"

五代挂断电话后,向樱川和筒井说明了与本村的对话,两人神色越发凝重。

"山尾这是察觉到自己被怀疑了?"樱川眉头紧皱。

"刚才没来得及说,昨晚山尾警部补给我打过电话。"五代说,"内容是关心我的身体状况,但总感觉是在打探什么,之后应该又给本村打了电话。"

"他为什么会察觉?"筒井歪着头,"难道你表露出了对他的怀疑?"

"我没有这个印象,但要说是否无意中露出破绽,我也没法断然否认。毕竟我确实在怀疑他。"

"就凭无意识的举动就能察觉?那大叔看着不像这么敏锐啊……"

"不,如果山尾涉案,必定会瞪大眼睛,警惕自己何时会被怀疑。"樱川语气沉重地说,"得知五代因流感请假,他可能就意识到不妙了。如果是这样,倒是我们有些轻率了……"

"系长,"五代问道,"指使西田取款的是山尾警部补吗?"

"有这种可能。"

"已经给登山社时代的朋友打了电话,知道搜查一课在怀疑自己,还指使西田行动……"筒井喃喃着,"为什么要这样做?"

"我不知道。五代,你今天和山尾在一起吧?印象如何?"

五代低吟着,侧头思索。

"我跟筒井主任也说过,实在让人费解。取款人的身份即将查明,他却毫不慌乱,甚至显得很兴奋。"

五代讲述了山尾突然坦白自己是双叶江利子粉丝的事，樱川也露出错愕的表情。"那家伙到底在想什么啊……"

"山尾警部补今晚住在署里吗？"

"应该是的。为防万一，我派了木原和川村监视。"

两人都是樱川的部下，也即五代的同事。

"跟他们说了怀疑山尾警部补涉案吗？"

"没有细说，只说他有泄密的嫌疑。不过，他们也不傻，说不定早就察觉了。他们应该也猜得到，你的流感只是离开特别搜查本部的借口。"

"明天我该怎么行动？"

"照常上班参加侦查会议。根据西田的动向，随机应变。"

"那还要继续和山尾警部补搭档吗？"

"当然，这是你的工作。"电脑里传出的樱川的声音并不大，听来却格外沉重。

20

翌日早晨，五代遵照樱川的指示，如常来到特别搜查本部。侦查员们大多住在这里，已经开始了各自的工作。五代扫视了一圈，没看到山尾，倒是和筒井对上了视线。筒井勾了勾手指，示意他过来。

"你在找'那位'吧？"筒井小声说。

"是啊，不过没找到。"

"他昨晚回家了。"

"昨晚？"

"说是发烧了，怀疑得了流感，要回家观察。"筒井撇嘴冷笑，"八成是效仿你装病。"

"还在监视吗？"

"当然，他回到自家公寓后就没动静了。"

木原和川村可真是辛苦了，五代不禁心生同情。他们应该是在房门外轮流监视，如果在公寓外面，山尾从后门溜走就无法察觉了。

"他为什么要回家呢？"

"谁知道。"筒井正歪头思索着，不远处的一群人突然喧哗起来，几个人匆匆冲了出去。

"看来西田有动作了。"筒井起身走了过去。

和负责该组的警部补交流了几句后,筒井返回。

"果然是这样。西田离开公寓,进了附近的咖啡馆。不过不是一个人,而是带着女人。公寓房间好像是那个女人租的。"

"西田是吃软饭的?"

"很有可能。如果有正经工作,也不会打黑工当取现仔了。"

不久,樱川和刑事课长相泽等人一起从外面进来,径直走向追踪西田宽太动向的小组。樱川站着听部下汇报,目光锐利。

这时不知从哪来了消息,气氛越发紧张,连旁观者也能感受得到。五代隐约听到"便利店"这个词。

"筒井!"樱川叫道。筒井跑了过去,樱川在他耳边说了些什么。

筒井点点头,回到五代这里。

"跟我来一下。"说着,他没有停下脚步,继续走向门口。五代紧随其后。

来到走廊上,筒井沿旁边的楼梯上楼,在转角平台站定,回过头。

"系长指示,你现在给山尾警部补打个电话,问问他的身体状况,看他有什么反应。"

五代明白了指示的用意,如果是山尾操控西田行动,这个时候打电话应该会让他感到碍事。

他取出手机,拨打电话。原本担心山尾可能不接,但电话很快接通了。

"喂,我是山尾。"手机里传来悠闲的声音。

"我是五代。听说你发烧了,身体怎么样?"

"哎呀,真是惭愧。之前还担心你,这回倒轮到我了。"

"去医院了吗?"

"还没有,不过吃了退烧药后,感觉好多了,应该不是流感。"

筒井双手比了个拉长的动作,意思是让他尽量拖延通话时间。

"自己随便判断恐怕不太好,还是去医院看看吧。附近有没有能立即看诊的医院或诊所?"

"有间小医院,不过我没去过。毕竟健康是我唯一的优点,感冒这种小毛病向来不会去看医生。稍微休息一下应该没事了。"

"可万一是流感就麻烦了,还是先去看看医生吧?如果没确定不是流感,也很难回到现场工作。"

呵呵,电话那头传来一声哧笑。

"倒是叫你格外费心了,不过我这种辖区的老家伙,应该无关紧要。"

"没那回事,如果是我的流感传染了你,我觉得很抱歉。"

"不必担心。再说五代先生,你不是很忙吗?跟我这种闲人通话纯属浪费时间。当然,我是很乐意奉陪的。"

五代心头一凛。听他的口气,分明已经看穿了这通电话的目的。

"发烧的时候不该打太久电话,是我疏忽了。我这就挂了,请多保重。"

"谢谢你的关心。"

五代挂了电话,忍不住深深叹了口气。

"他的反应如何？"

"很冷静，甚至感觉游刃有余，可能已经给西田下达过指示了……"

"但如果是他在幕后操纵，应该会很关注西田的取款是否顺利。通话的时候，他有没有因为心不在焉而反应慢半拍？"

"完全没有。"

"这样啊。"

筒井苦着脸偏头思索后，转身下楼。

回到特别搜查本部，气氛比刚才更加紧张。追踪西田动向的小组已经解散，各自忙碌地奔走往来。

五代和筒井一起赶到樱川处。樱川正脱了外套，卷起衬衫袖子。

"系长，有新动向？"筒井问。

"西田在便利店的ATM机取了款。"樱川飞快地说，"我已经指示跟踪的人，确认现金卡的持卡人姓名后以现行犯逮捕，很快就会押送过来了。"

"他会供出雇用的人吗？"

"如果知道雇主的身份，应该会招供吧，毕竟没有隐瞒的理由。不过这个指望不上，还是要查西田的手机。对了——"樱川向周遭一瞥后看向五代，"'那位'情况如何？"

"这个嘛……"五代报告了与山尾的对话。

樱川不解地摩挲着下巴。

"游刃有余吗？汇款诈骗这类案子，通常都会监视打黑工的人有没有顺利完成任务……"

"我没有这种感觉。"

"这样啊,知道了。"指挥官怏怏地点了点头。

不久,西田宽太被带到警署。他的手机被没收,送到分析组。

但从结果来看,分析组没有出场的必要。因为随后的侦讯表明,西田宽太并非通过地下网站受雇,雇主是直接打电话给他。

五代等人听到的西田的供述,整理后内容如下:

十月十九日傍晚,西田的手机接到一个陌生来电。接听后,对方认识西田,说:"你可能不记得了,我以前雇过你打工,还想再找你干点活计,能不能见个面?"那是个声音低沉的男人,自称阿部。

西田以前打过好几次黑工,虽然对"阿部"这个名字毫无印象,但估摸着肯定是假名。

西田问是什么活计,阿部回答说"保管现金"。有一个存有巨款的银行账户,只要将取出的现金保管一段时间,就能获得酬劳。

他觉得这活计透着蹊跷。如果是普通的取现仔,取出现金后就要立即交给别人,这活却不是这样。

当时他正手头缺钱,借住在在夜店上班的露水情人家里,于是决定先见个面,要是有危险就推掉。

那天晚上,他在东京塔下的公园见到了阿部。阿部身穿黑色夹克,戴着口罩和毛线帽,手上还戴着手套。

交给他的现金卡是三经东洋银行的,持有人是"横山一俊"。

"取款的时机由我通知,到时告诉你密码。取款的地点不限,十天后再联系你,这期间你能取多少就取多少,酬劳是取款金额的20%。"阿部语气平淡地说。

这买卖不亏。每天取五十万元，十天能取五百万元，20%的酬劳就是一百万元。

关键是阿部这个人的真实身份。但西田直觉没问题，因为他的声音很耳熟。虽然记不起长相，但对方说以前雇他打过工，这事应该不假。

到了昨天早上，阿部联系了他，指示从今天开始取款，并告知了现金卡的密码。西田半信半疑地来到上野，走进车站附近的便利店，战战兢兢地将卡放进ATM机进行操作，顺利取出了二十万元现金。看到屏幕上显示的余额，他差点叫出声——账户里竟有近三千万元！

他提心吊胆地走在路上，生怕有人盯梢，或者警察突然杀到。但一切平静如常。

不知不觉已经穿过日本桥和银座，来到新桥附近。他索性又找了家便利店如法炮制，再次顺利取出现金。账户未被冻结，说明银行也没发现。

西田松了一口气，胆子突然变大了。加上走得太累，他叫了辆出租车。

回露水情人公寓的途中，他又去了一家便利店，取出当日限额内剩余的十万元。今天总共取出了五十万元，意味着十万元的酬劳已经到手。

不过，这笔钱到底是什么来路？三千万元是一笔巨款，自己取出五百万元后，剩下的钱会流向何方？这个疑问一直挥之不去。

西田宽太被带到警署约八小时后,五代来到京王线笹塚站附近。他站在甲州街道旁,用手机拨打电话。

"喂,我是山尾。"熟悉的声音传来。

"我是五代,你现在感觉怎么样?"

"托你的福,我已经好多了,差不多可以回到岗位了。给你添麻烦了,真是不好意思。"

"那就好。是这样,我现在正在笹塚站附近。"

"啊?"山尾的声音听来很困惑,"你怎么会在那里?"

"找到了新的参考人,我奉命去问话。对方住在涩谷区笹塚,听说离你家很近,我想如果你身体无碍了,不妨一起去,所以联系了你。"

"新的参考人……是什么样的人?"

"具体情况我不清楚,不过传闻与藤堂夫妻不和。怎么样?如果你身体状况不太好,也不用勉强。"

山尾没有立即回答,显然起了戒心。五代已经做好了被婉拒的心理准备。

"明白了。"山尾终于开口了,"既然是工作,我一定陪同。不过能等十分钟吗?我收拾一下。"

"当然可以。我现在的位置是——"五代报出附近十字路口的名字,上方有一座高架桥。

挂断电话后,五代望向二十米开外的投币式停车场。那里停着一辆厢型车,他知道车内其实有人。

不多时,山尾出现在十字路口的前方。他穿着西装,但没系领带，也没有特别加快脚步，而是慢悠悠地走过来。看到五代，他轻轻挥了挥手，五代也点头回应。

紧接着，五代的手机振动起来。他一看屏幕，上面显示一条信息"要求到警署配合调查"。

信号灯变绿，山尾穿过十字路口走来，脸上挂着笑容。"让你久等了。"

"打扰你休息，实在抱歉。"

"哪里。对方是在笹塚的什么地方？这附近的话，不用地图我也大致有数。"

"计划临时有变，要劳烦你去别的地方。"

山尾眼里闪过幽微的光芒。"什么意思？"

"关于'都议员夫妻被害及纵火案'，想请你到警署配合调查。当然你可以拒绝，但如果没有正当理由，我们将采取其他手段。"

山尾的表情消失了。在他身后，那辆厢型车已驶出投币式停车场，正缓缓靠近。

21

五代敲电脑键盘的动作很迟钝。跟大多数警察一样,他也不擅长写报告。但今晚连写个简单的例行公文都费劲,却是另有缘由。他根本集中不了精神。

在特别搜查本部的角落里工作时,他隔三岔五就停下来看看手表。现在是晚上九点十二分。

对山尾阳介的侦讯已进行两个多小时了。负责侦讯的是樱川,辖区警署的刑事课长相泽也在场,署长、副署长、管理官他们则在另一个房间看监控。

特别搜查本部二十四小时运转,但今晚已经下达指示,要求所有人员——特别是一直驻守的侦查员们尽早回家。然而几乎没有人离开。原因显而易见,大家都和五代一样,急切地想知道审讯的结果。

但没有人提及这个话题。当下的氛围根本不容轻松地讨论,毕竟至今为止一起办案的同事有可能是案件的重要嫌疑人,视审讯的结果,甚至不排除成为动摇整个警界的大问题。就算上头有人担责,底下人也逃不过余波。谁也无法单纯为真相即将大白而欣喜。

关于这件事已经下了封口令。昨天还在参与侦办的人,现在作为参考人接受讯问,这个消息一旦泄露,媒体势必大哗。

不过,没想到那个人果然涉案——五代试图集中精力写报告,思绪却飘向了别处。

"那个人"当然是指山尾。

西田宽太的供述中最重要的一点,就是那个自称阿部的雇主的真实身份。

根据西田手机的来电记录,查到了阿部的电话号码。经向通信运营商查询,机主的住址是千叶县内某公寓某房,但那是个空置的房屋,机主的名字也是假名。

由此推测,此人使用的是利用近年来日益流行的手段制作的匿名手机。首先物色合适的空置房屋,伪造该地址的驾照,再加上非法获取的他人信用卡信息,与廉价通信运营商签约后申领SIM卡,待快递公司将SIM卡配送至空置房屋后,再潜入回收。将如此获得的虚拟SIM卡插入通过网络渠道购买的二手手机中,这台手机就即刻成为匿名手机。这种SIM卡和匿名手机在地下网站流通交易,主要买方是专业诈骗集团,但也有很多人需要能完美隐藏使用者身份的手机,阿部看来就是其中之一。换句话说,不可能通过电话号码和信用卡信息查到他的真实身份了。

那么,还有其他能查到他身份的渠道吗?

西田被逮捕时,只知道阿部是过去雇用过自己的人,除此之外一无所知。虽然觉得他的声音和说话方式很耳熟,却想不起在何时何地见过。

不料,在意想不到的地方获得了线索。

据西田说，这次被逮捕后，面对态度强硬的审讯官的瞬间，记忆突然难以置信地复苏了。他想起的情况过于离奇，令审讯官也为之愕然。

西田称，阿部不是过去雇用过他的人，而是以前审讯过他的警察。

审讯官警告他别胡扯，但他正色坚称既不是说谎，也不是开玩笑。

根据西田的供述，那是约十年前的事了。当时认识的女高中生托他物色有钱又懦弱的男人，计划由他引诱这个男人买春，最终敲诈钱财。他在谈妥分成后答应了。没想到搭讪的对象刚好是辖区的警察，作为现行犯被当场逮捕。在警署接受侦讯时，当时的审讯官声音、眉眼与阿部一模一样。

这番话听来虽然荒诞，但不像是说谎或玩笑，西田没有理由编这种故事。

警方立即调阅当年案件的卷宗，查到了负责审讯西田的警察姓名。

此人正是山尾阳介。当时他隶属于该警署的生活安全课，级别是巡查部长。

得知这一事实后，特别搜查本部的干部们召开了紧急会议，警视厅除了管理官，搜查一课课长也前来研究对策。署长此前已经知道有警署人员涉案，管理官和搜查一课课长也通过樱川的报告记住了山尾。干部们达成共识，对西田的供词不能等闲视之。

会议得出结论，让山尾到警署配合调查，作为参考人接受讯问。但有一个条件，先由西田宽太当面指认，确定山尾是否就是阿部。西田在审讯中曾表示："虽然阿部戴着口罩，但只要看到他的脸，我就能认出是不是山尾本人。"

于是五代接到指示：到山尾家附近，找个借口让他外出。

山尾的公寓附近停着载有西田的厢型车，看到从公寓走出来的山尾，他当即断定"就是阿部没错"。五代随即收到新的指示，要求山尾到警署配合调查。

五代想起了当时的情景。

尽管事态急转直下，五代却看得出山尾并不慌乱。他的脸上依旧没有表情，只淡淡地答了声"知道了"，就跟着从停在旁边的厢型车上下来的侦查员们，毫不抵抗地上了车。自始至终，他一次也没有回头看五代。

莫非山尾在接到五代那通不自然地邀他外出的电话时，就预料到自己会被带走？不仅如此，可能还做好了从配合调查转为逮捕的心理准备。从这个角度，也可以理解他为何难得地没系领带了。因为被看守所收押时，为了防止自杀，领带会被没收。虽然穿着西装，但他很可能没系皮带，皮带也会基于同样的理由被没收。

五代看了一眼手表。晚上九点二十五分。距离刚才只过去了十来分钟。

面对山尾，樱川会怎样进行审讯呢？要说直接涉案的证据，还是他与西田的联系。樱川想必会以这一点为突破口。

但山尾不会轻易承认的，即便告知西田当面指认的结果，他也有可能一口咬定只是刚好长相相似。

不过，如果山尾的确涉案，总会留下蛛丝马迹。

比如，分析手机的数据，可以获得很多信息。定位信息就是其中之一，由此可以确认他与西田的接触轨迹。难道山尾很有把握，即便如此也无法证明他涉案？

樱川应该还会追问他与藤堂夫妻的私人关系。山尾有很多疑点，但最令五代费解的是，他绝口不提自己与两人的渊源。丈夫藤堂康幸是高中的恩师，妻子江利子是同学——诸如"忘了""觉得与破案无关"之类的辩解根本站不住脚。

正想到这里，有人从外面进来了，是筒井。他环视室内后，沉着脸走到五代身边。

"跟我来。"他小声说，语气却很尖锐。

眼下显然不适合发问，五代应了一声，站起身来。

快步走在走廊上时，筒井也保持沉默。虽然很想知道山尾的审讯情况，五代还是按捺住没开口，他预感到即使不问，稍后也会被告知。

筒井在会议室前停下脚步，敲了敲门。

"请进。"里面传来声音。

看到在室内等待的众人，五代顿觉体温微微上升。在座的有搜查一课课长、管理官、鉴识课长、署长、副署长等高层，樱川坐在最前面。每个人都面色凝重。

"坐吧。"樱川说。旁边有张折叠椅，五代道声"打扰了"，坐了下来。

"你先看看这个。"樱川将笔记本电脑的屏幕转向五代。

屏幕上，樱川和山尾在一个小房间里相对而坐，看来是侦讯过程的录像。

"我先声明,这份录像不会给其他侦查员看,也就是不得泄露。明白了吧？"

"明白。"五代回答的声音略带沙哑。

"好。"樱川说完,敲了敲键盘,开始播放。

"上个月十九日晚上,你在什么地方？"画面中的樱川问。十九日是西田和阿部见面的日子。

"这个嘛……"山尾歪着头,"最近经常和五代刑警一起行动。"

"据五代说,那天走访结束回来是晚上七点前,之后你们就分头行动了。他在写报告,所以不知道你在哪里。还是说,是五代记错了？"

"不,既然五代刑警这么说,应该不会错。嗯,我想想,那个时间段,我大概是出去吃晚饭了。"

"是哪家店呢？如果需要看手机回忆,不必客气,尽管用。"

"不用,没这个必要。嗯,是去哪儿了呢？"山尾手抵着额头,状似沉思,然后砰地一拍桌子,"对了,我想起来了。当时转了一圈找吃饭的店,最后发现没有食欲,就回署里了。"

"什么都没吃？"

"是的。最近胃不太舒服。"山尾淡淡一笑,仿佛在说,不吃晚饭又不犯法。

樱川微微点头。

"好吧。关于这一点,稍后我再详细询问。对了,你老家是昭岛市吧？"

"是的。"山尾的表情似乎严肃了几分。

"这次案件的被害人藤堂江利子高中毕业前也住在昭岛市，你知道吗？"

山尾沉默片刻，轻轻点头。"嗯，知道。"

"你是什么时候知道的？这次办案过程中知道的吗？"

"不是。"山尾否认了，"以前就知道，因为她是我高中同学。"

五代吃了一惊，一直以来隐瞒的事情，他终于主动坦白了。

"这件事你向特别搜查本部的人提过吗？"

"没有，我没说。"

"为什么？"

"我觉得没这个必要，办案不应该掺杂私人感情。"

"但被害人的成长环境和为人是很重要的情报。即使不确定对办案是否有帮助，也应该先报告吧？"

"我们只是读过同一所高中，对她并不是特别了解。不过擅自判断没必要报告，可能有些轻率了。"

"你刚才说'对她'，"樱川稍稍提高了音量，"那对藤堂康幸呢？没有任何私人关系吗？"

山尾抿着嘴唇，冷淡地望向樱川。看他的表情，似乎在反复思量，寻找最合适的回答。

"那位——"山尾说，"是我高中时参加的登山社的顾问。"

"那位？能说出他的姓名吗？"

"藤堂康幸。"

"你说参加过登山社，那你和藤堂一起登过山吗？"

"有过几次。"

"他是个怎样的老师？"

山尾视线略微低垂，叹了口气后开口了。

"很可靠，也会照顾人，是位值得信赖的老师。包括我在内，很多社员都很仰慕他。"

"原来如此。"樱川颔首，"既然如此了解被害人，为什么隐瞒自己与他的关系？你似乎对五代都没透露过。"

"这个……就是下意识地不想说。"

"下意识？"

"我自己也不太清楚，就是莫名地不想提起。"

樱川低吟着抱起胳膊。"你觉得这样的供述有说服力吗？"

"大概没有，但没办法，事实就是如此。"

"事实啊……"

樱川吁了一口气，低头看向手边的资料，然后松开交抱的双臂，稍稍倾身向前。

"我们继续刚才的话题吧，关于十九日的事。你说外出吃晚饭，结果没进任何一家店就返回警署。但距离警署几十米外的监控摄像头拍到疑似你的人坐上出租车，对此你怎么解释？"

山尾的视线投向空中。

"出租车吗？我没印象。"

"当然，拍到的只是一个很像你的人，并没有确定是你，但今后完全有可能锁定身份。只要查到出租车公司，就能获取车内的监控录像。请考虑到这点再慎重回答：那天晚上你乘坐出租车了吗？"

山尾摇了摇头。"不知道，不记得了。"

樱川定定地看着山尾，然后从手边拿出一张照片。"你认识这个人吗？"

山尾瞥了一眼照片，抬起头。

"这次被雇来当取现仔的男人，好像叫……西田？"

"见过他吗？"

"我？没有，没见过。"

"是吗？但你见过西田。十一年前，你在前工作单位时，审讯过参与'仙人跳'的西田。"

山尾的胸口剧烈起伏。在五代看来，他是在调整呼吸的同时，尽力平复情绪。

"记不太清了……"山尾缓缓说道，"不过既然你这么说，可能确实见过。因为职业关系，我见过的人很多，向被害人了解过情况，也审讯过嫌疑人。如果说西田是其中之一，我只能回答'啊，是吗'。"

"你最近见过西田吗？"

"没有。"

"那就怪了，跟西田的说法不一致。"

"西田怎么说？"

"这个问题我无法回答，你再看看这个。"樱川将另一张纸放在山尾面前，同样是打印的彩色图片，"西田与阿部见面的公园周边也设置了几个监控摄像头，这是其中一处拍到的影像，拍的是刚与西田分手的阿部。我就直截了当地问了，这个人是不是你？"

山尾扫了眼图片，摇了摇头。"不是，完全没印象。"

"是吗？不用我多说，这只是视频截图，实际的影像可以清楚地看到阿部走路的姿态。专家的意见是，完全达到了通过步态识别系统进行分析需要的清晰度。"樱川平静地说。

人的走路姿态有个体特征，利用电脑对影像进行解析，即可精确地识别身份。这种解析程序被称为步态识别系统，也应用在警方的侦查工作中。

"听说从其他监控录像中也找到了能确认阿部容貌的影像，有可能通过人脸识别进行比对。"樱川慢悠悠地说道，"山尾先生，我再问一次，这里拍到的是你吗？"

山尾冷冷地盯着图片，看不出一丝慌乱和焦躁。

"西田——"他说，"你们安排西田当面指认了吗？"

樱川单肘支在桌上，稍稍探出身。"你很在意这件事吗？"

"从刚才的图片来看，那个叫阿部的男人戴着口罩，还戴了毛线帽，即使让西田当面指认，恐怕也认不出来吧？"

樱川微微耸了耸肩。

"新冠疫情期间，所有日本人应该都已经认识到，即使戴着口罩也能分辨人脸。"

山尾哼了一声："当面指认的结果，西田怎么说？"

"你想知道吗？"

"当然。"

"本来是不能透露的，不过算了。西田表示，就是你没错。"

"原来如此。"山尾放松嘴角，露出笑容。

"这张图片上的人是你吧？"樱川再次问道。

山尾阖上眼帘，一动不动。但樱川并未催促，或许感觉到这是决胜时刻。那姿态就像将棋高手在静候对方落子。

漫长的沉默过后，山尾缓缓睁开眼。他叹了口气，而后点点头，低声回答："是的。"

五代不禁愕然，刚才山尾确实给出了肯定的答复。

"我再确认一次，"樱川的语气也不免略带紧张，"你承认这张图片上的人是你，对吧？"

"看来只能承认了。"山尾反倒回答得波澜不惊。

"你还记得那天的事吗？"

"嗯，记得。"

"那么，能否说出这张图片的时间和地点？"

"上个月十九日晚上八点左右，地点是东京塔下面的公园，正式名称我不知道。"

"为什么去那里？"

"去见西田宽太。"

"见面后做了什么？"

山尾稍作停顿后回答："我把现金卡交给西田，委托他取款。"

"你是该卡的所有人吗？"

"不是。"

"那所有人是谁？请回答全名。"

"横山一俊。"

视频到此为止，因为樱川按下了暂停键，画面定格在山尾略显疲惫的静止影像。

"你怎么看？"樱川问。

五代舔了舔干燥的嘴唇，这才开口说道："太震惊了。"

"我们也一样。不过你是最早对山尾警部补起疑的,比起震惊,更多的还是'果然如此'的感觉吧?"

"的确,我一直不信任山尾警部补,怀疑他以某种形式涉案,但没想到牵涉得如此直接。我以为只是利用警察的身份,向凶手泄露侦查信息而已。当然,这也已经是严重的渎职行为了……"

"还有其他发现吗?"

"谈不上发现,不过他这么干脆地招供,真是出乎意料。"

"你以为他会坚持不认?"

"我是这么想的。"

"理由呢?"

"要求他到警署配合调查时,我感觉他很从容。在此之前,他似乎也察觉到自己被怀疑了,却丝毫没有表现出焦灼和慌乱。所以我认为无论审讯时如何穷追猛打,他都有把握应对。"

"没想过他是虚张声势,或者破罐子破摔吗?"

"我觉得他不是那种人。"

"你们共事时间不长,你倒是很了解山尾警部补的秉性?"

"我可没这么说……"

"那个家伙啊,"署长插嘴道,"就是这样的人。摸不透他在想什么,但他有种异样的沉稳。被带走的时候感觉很从容,内心怕是已经做好最坏打算了。干脆地招供,是因为樱川警部的审问技巧高超,不想无谓挣扎丢人现眼罢了。就是这么简单。"略显生硬地说完这通话后,署长把脸转向搜查一课课长。"事已至此,应该尽快采取下一步措施。"

但搜查一课课长没有回应,眉头紧皱,神色严峻地盯着空中。

署长自是担忧自己的乌纱帽，他想必也在思量今后的对策。

"五代，"樱川说，"关于山尾警部补的供述，你还有其他发现吗？例如与此前言行的矛盾之处，或者反而能解释得通的地方？"

"没有，不过他承认与藤堂夫妻的关系让我很意外，其实完全可以保持沉默的。"

"说明他死心了。"署长又小声说道。

樱川点点头，看向五代。

"知道了。你辛苦了，可以走了。"

意思是正事说完就出去吧。五代站起来，向干部们行了一礼，说声"告辞了"，转身离去。

从会议室出来，正要迈步走开时，有人拍了拍他的肩膀。回头看时，是神色严肃的筒井。

"辛苦啦。"

五代全然忘了一起来的筒井。"谢谢。"他微微点头。

"事情闹大了，那些大人物今晚怕是要失眠了。"筒井边走边小声说，"估计消息已经传到了刑事部长那里，说不定连警视总监也知道了。要是公开的话，媒体肯定会炸开锅。"

"侦查方面，接下来会怎样进行呢？"五代也留意着周遭回应道。

"既然已经承认利用西田提取现金，应该首先以盗窃罪逮捕山尾，移送检方并羁押后，再追查他是否参与杀人，大致就是这样的流程。"

刚才的视频只播放到山尾承认雇用西田当取现仔，估计当时已经制作了供述笔录并让他签字。因为有了这份供词,就可以申请逮捕令了。

"明天是关键。"

听五代这样说,筒井颔首。

"在侦讯山尾的同时,我们肯定要忙着核实证据,还会被派去搜查住处。跟那些大人物相反,你还是做好心理准备,也就今晚能睡个安稳觉了。"

筒井的话令五代心情复杂,其他刑警姑且不论,他自己怕是今晚就别想睡好了。

22

正如筒井所预料的,翌日一早就搜查山尾的住所。因为熟悉山尾的近况,五代也奉命参加。他和其他侦查员一起,抱着大量瓦楞纸箱进入房间。

房间的格局是 1LDK[①],除了餐桌、椅子、床和书架外没有别的家具。但室内并不杂乱,日用品都整齐地收纳在壁橱里。

很难想象这是一个五十多岁的男人独居多年的住处,简单朴素得仿佛刚做过断舍离。五代一边将看到的物品收进纸箱里,一边暗忖,山尾是不是早就预料到会被搜查住所呢?

搜索的目的自不必说,是寻找与案件有关的物证。具体而言,包括藤堂康幸的平板电脑、用于制作寄给藤堂事务所文件的电脑、打印机等。但从初步搜索的结果来看,并未发现这些物品。电脑和打印机且不提,平板电脑作为关键证据,很可能被藏匿在别处,没有找到并不令人意外。

但在壁橱里发现了可疑的物品——手持式角磨机,这是种

---

① LDK 是日本房屋设计中的一个概念,代表 Living Room(客厅)、Dining Room(餐厅)和 Kitchen(厨房)所构成的一体空间,LDK 前面的数字代表独立卧室的数量。1LDK 指的就是一个卧室加一个包含了客厅、餐厅、厨房功能的大开间。

用于金属切割打磨的机器，看上去还很新。

如果是爱好在周末做木工的人，拥有这种工具也不稀奇，但在山尾的住处并未找到其他木工工具。

山尾用角磨机做了什么呢？上面安装的切割砂轮片有使用过的痕迹，粘有金属粉末，但具体成分还不得而知。

带队搜查住所的是负责调查物证的浅利警部补，他当然也很在意角磨机，向五代征求意见："你觉得为什么会有这种工具？"

"可能是用来毁灭证据吧。"

"比如说？"

"藤堂的那台平板电脑，用角磨机粉碎处理掉。"

浅利瞪大了眼睛。"不会吧？"

"我也觉得不可能，所以只是假设。"

浅利环顾室内。"有没有听说山尾有制作模型的爱好？"

"没有，也没听说会在周末做木工。"

"可是外行能轻松使用角磨机吗？"

"山尾不是外行。"

"什么？"

"他在大学学的是金属工程，应该很熟悉金属加工。"

"原来如此。"浅利撇了撇嘴。

没过多久，搜查厨房的侦查员呼叫浅利，说发现了可疑的垃圾袋。

浅利探头查看袋内后，向五代招手。"你来看看。"

垃圾袋里装着细小的金属片和树脂碎片，掺杂着玻璃碴，还有明显是电子零件的东西。

"就是这个。"五代说,"应该是用角磨机切碎的。"

"原本是那台平板电脑吧?"

"有可能,也有可能是匿名手机。"

"匿名手机?"

"山尾是使用匿名手机联系西田的,破坏是为了防止里面的数据被解析——应该没错吧?"

浅利重重地咂了下嘴。

"也就是完美地毁灭了证据?现在只能先送鉴识课了,不过碎成这样,怕是连科搜研也恢复不了。"

五代确信,山尾早料到自己会被带走。他之所以假装发烧回家,就是为了毁灭证据,以防日后住所被搜查。

山尾一直处在监视之中,回到公寓后,盯梢的刑警也始终监视着房门口。为了毁灭证据,只有破坏手机,不可能刚好有手持式角磨机,应该是为防万一,事先购置的。

将扣押的物品装箱完毕,侦查员们撤离了现场。乘坐厢型车返回辖区警署的途中,五代的手机响了,是筒井打来的。

"喂,我是五代。"

"住所搜查得怎样了?"

"已经结束了,正在回警署路上。"

"有收获吗?"

"还不好说……"五代含糊其词。

"这样啊。"筒井似乎听出成果寥寥,声音低沉下来,"系长联系过我了,今后由刑事部长指挥侦查。"

"刑事部长……"

"等检方将山尾移交回来,会在警视厅本部进行审讯。我正在过去的路上,扣押物品的整理告一段落后,你也来本部大楼。"

"好的。"

挂断电话后,五代将手机收回内口袋。同车的侦查员们都屏息静气,显然听到了刚才的对话。

当下五代告知他们,山尾的审讯将在警视厅本部进行。

侦查员们纷纷叹息。

"看来上层已经以山尾是凶手为前提推进调查了。"

"这也难怪。他既然指使西田取款,不可能与案件无关。"

"在职警察是杀人犯吗?这件事一旦被报道出来,势必引起轩然大波。"

"最近警界没出什么丑闻,舆论压力也小了不少,这下又要如坐针毡了。"

每说一句话,车内的氛围就越发沉重,五代没有开口。

抵达警署后,众人将装满扣押物品的纸箱运到特别搜查本部,分头检查是否与案件有关。五代负责纸质文件,不只是信件和笔记本,书籍、杂志、名片乃至广告传单,山尾住处所有的纸张都要检查,因为随手写的便条或涂鸦也有可能成为线索。

但五代工作的时候,觉得多半也是白忙一场。山尾为了毁灭证据不惜使用角磨机,自然不可能留下文字证据,此人准备之周密超乎想象。

正因如此,他对山尾的轻易供认深感不解。樱川的审讯技巧固然高明，但也未尝没有辩解的余地。还是说，他没料到自己会被监控摄像头拍到？

"五代。"有人叫他，是浅利在向他微微举手，旁边是一位女鉴识课员。五代起身走向两人。

"那个垃圾袋里不是藤堂的平板电脑。"浅利说，"虽然已经粉碎，但可以推测出物品原有的尺寸。鉴识课说，不是平板电脑，应该是手机，而且是两部。"

"两部？"五代不由得拧起眉头。

女鉴识课员将打印了图片的纸展示给五代，上面拍的是垃圾袋里的碎片。

"外壳——也就是手机的机身有两种，一种是红色，另一种是银色。也确认了两个电源接口，显然是破坏了两部手机。"女鉴识课员说。

"也就是说，山尾有两部匿名手机？"五代看向浅利。

"是不是匿名手机不清楚，不过说明他有两部手机要销毁。"

五代又望向女鉴识课员。"能确定机型吗？"

"需要些时间，但应该可以。不过，是否能成为线索就不知道了，因为数据无法恢复，SIM 卡也被破坏了。"

"哦，这样啊……"

即便知道了手机型号，没有数据和 SIM 卡也毫无价值。裸机的话，可以在网上随意购买喜欢的机型。

不过，为什么有两部呢？既然有获得匿名手机的渠道，多买几部想必也不成问题，所以是为应对突发状况购买的备用机？

正要离开浅利等人返回座位时，五代的手机响了，又是筒井打来的。他隐隐有些不安。

　　"喂，我是五代。"

　　"我是筒井。你不用过来了，在那边待命。"筒井的声音透着紧张。

　　"出什么事了吗？"

　　被五代一问，筒井顿了顿才回答。

　　"情况有变，山尾供认了。"

　　"供认？不是已经——"

　　"不是盗窃，是杀人。山尾承认杀害了藤堂夫妻。"

23

晚上八时许,刑事部长在警视厅本部大楼召开记者招待会。面对蜂拥而至的记者,刑事部长全程神色严峻地宣布:"关于上月十五日发生的'都议员夫妻被害及纵火案',今天以涉嫌杀人及纵火逮捕了警视厅警部补山尾阳介。在职警察犯下如此凶残的大案令人震惊,这严重动摇了警察整体的信誉,作为治安负责人之一,我深表惭愧。"说罢,他和同席的搜查一课课长一起深深鞠躬致歉。地位仅次于警视总监和副总监的高层官员,亲自就特定刑事案件说明逮捕理由,这种应对方式堪称打破常规。

无数闪光灯一通狂闪后,刑事部长和搜查一课课长开始接受记者提问。

当被问及是否有警察杀害多人后参与该案侦办的先例时,两人都回答就自己所知范围内没有,过去应该从未有过这种先例。

但关于逮捕的决定性证据,他们仅表示"在对已经移送检方的盗窃案进行审讯时,当事人承认涉及本案,因而实施了逮捕",并以"调查还在进行中,细节不便透露"回避了具体的说明。

五代和筒井、其他同事们在警视厅本部搜查一课的电视机前观看了这场记者招待会。直到记者招待会结束后,半晌没人说话。

"你们进出特别搜查本部的时候都当心点。"最先开口的是筒井,"已经有媒体在那里蹲守了,不管他们问什么,绝对不要搭理。只要说一句话,立刻就会登上新闻。"

听了这番严肃的告诫,五代等人默默点头。其实不用筒井提醒,他们也能轻易预见到被渴求信息的媒体记者们围追堵截的场景,如果是熟识的记者就更棘手。五代的手机已经不断接到这类人的来电,其他刑警想必也一样。

不过即使没有被要求保持沉默,五代觉得也没有刑警能回答记者的问题。毕竟就连五代自己,也对山尾招供的来龙去脉一无所知。

接到筒井通知山尾已经供认的电话后不久,搜查一课的刑警们被召集到警视厅本部。说是要传达今后的侦查方针,却迟迟未见具体指示。只有五代被单独叫到刑事部长的办公室。在那里等待的不仅有刑事部长,还有搜查一课课长、理事官、管理官以及樱川。

"关于山尾警部补,有几个问题要问你。"搜查一课课长率先开口,"你只需回答被问到的问题,不接受你的提问。明白吗?"

"明白了。"五代回答。

搜查一课课长颔首,低头看向手头的文件。

"'都议员夫妻被害及纵火案'调查开始后,你就和山尾阳介一起行动,此前见过这位警部补吗?"

"没有,我们是在特别搜查本部第一次见面。"

"见面时印象如何?"

"……没什么特别的。听说他是生活安全课的资深警官,只觉得应该很熟悉当地的治安情况。"

"根据报告,最早对山尾产生怀疑的人是你。请说明依据。"

"说是依据,其实都是琐碎小事引发的疑心。"

五代陈述了山尾在声称不了解女演员双叶江利子后,与榎并夫妻见面时却出现矛盾说辞,以及对藤堂康幸政治活动的掌握程度,也令他感觉不自然。

"加上他似乎刻意隐瞒藤堂先生沉迷位置信息游戏的事实,考虑到平板电脑曾在警署内被启动,我就向樱川系长反映了他的可疑之处。"

高层们对五代的说明反应平淡,显然早已知晓。

"你产生怀疑的时候,为什么不立即询问山尾本人?"搜查一课课长问,"见过榎并夫妻后,应该可以直接问的。"

"因为觉得可能不是什么大事,只是我多虑了……"

"但如果你当时追问,山尾应该会有所回应,从而发现更多端倪。"

"也许吧,不过……"

"山尾的言行原本就有其他不自然的地方吧?既然见的是自己所涉命案的遗属,怎么可能心平气和?你有没有发现他的异常表现,比如格外心神不宁,或者出奇地兴奋?"搜查一课课长的语气冰冷生硬。

"完全没发现。当时我一心想着能否从榎并夫妻那里获得重要证词，根本无暇留意搭档山尾警部补的态度。我做梦也没想到他竟会涉案……"五代看着搜查一课课长，继续说道，"请问，山尾警部补真的供认了吗？是他杀害了藤堂夫妻？"

所有人一齐望向五代，射过来的眼神锐利而阴郁。

"我一开始就说过，不接受你的提问，你忘了吗？"搜查一课课长压低了嗓音。

"对不起。"五代低头致歉。

后续的提问性质类似，看来警视厅高层想要确认的，是有没有更早察觉山尾涉案的机会。在职警察涉嫌命案固然事关重大，此人身在特别搜查本部却未被立即识破，这一点同样不容忽视。

终于结束了问话，脱身回到座位后，五代依旧忐忑不安。自己和系长会不会被追究责任？——他咀嚼着和干部们的对话，越想越忧心忡忡。

正思忖间，来电铃声响起，是筒井接到电话。简短通话后，他挂了电话，环视众人。

"系长指示，全体人员转移地方。地点是——"他报出会议室名称。

气氛越发沉重，每个人都沉默地开始移动。五代真切地感受到，警视厅已经陷入非同寻常的事态。

在会议室等了一会儿，樱川进来了，脸上明显透着疲惫之色。

"现在说明后续的方针。"樱川站着说道，"如各位所知，已经向'都议员夫妻被害及纵火案'的嫌疑人签发了逮捕令，当前的调查重点是核实供词。物证组和影像分析组正在整理信息，完成后就会明确职责分工并下达具体指示。在正式决定起诉之前，我们将进行彻底的调查，所以各位的工作量也会相应增加，你们各自心里有个数。"

言下之意，要做好比以往更忙碌的心理准备。

"不过，"樱川话锋一转，"特别搜查本部仍设在辖区警署，但起诉的准备工作和信息管理由刑事部长下辖的搜查一课主导。也就是说，实际的对策本部设在警视厅本部内。今后，所有情报先向各位主任或我报告。虽然还会和辖区的侦查员一起行动，但无须和他们共享情报。"

樱川的语气平淡，内容却很冷酷。看来上层的全副心思都在如何平息这桩前所未闻的警察丑闻上了。

"我知道你们都很累了，不过还是要先回特别搜查本部。浅利正在汇整物证和资料，今晚就要转移到这里。有什么问题吗？"

没有人应答。

"没有就解散。筒井和五代留下。"

五代目送同事们络绎离开会议室。

一直站着的樱川松开领带，跌坐在椅子上。

"唉，真是受够了，要命的一天。"

"辛苦了。"

听五代这样说，樱川撇了撇嘴，报以苦笑。

"你也够累的吧，刚才辛苦你了，连日被高层找去问话，真是无妄之灾。"

"那倒无所谓……"五代欲言又止。

"你好像有话想说？"

"倒不是有话想说，坦白讲，我是搞不清楚状况，很困惑。听说山尾警部补供认了罪行，但细节完全没有透露。"

"基层人员还是少打听不该知道的事。"旁边的筒井插话道，"是这样吧，系长？"

樱川面露苦涩，摩挲着下巴。

"接下来要说的事，绝对不能外传。"

五代和筒井对视一眼后，应了声"是"。

樱川叹了口气，神情严峻地望向两人。

"山尾确实承认了杀害藤堂夫妻。但那是否能称为供认，很难判断。"

筒井皱起眉头。"什么意思？"

"检方将山尾移交回来后，是我负责审讯的。我料想不会那么顺利，打算先深挖已经承认的盗窃罪细节，比如是怎样获得他人的现金卡和匿名手机。但山尾拒绝回答这种问题，说不想牵连无关的人。到这里都还好，在我意料之中。毕竟现金卡和匿名手机的来源本就难查，就算查明也无法成为本案的直接证据。于是我转而追问现金卡关联的银行账户。那个横山一俊的账户，与榎井香织收到的邮件中提供的汇款账户完全一致，我问他这一点作何解释。"

"山尾怎么说？"筒井问。

"他说——任由想象。"

"任由想象……"五代也感到困惑。

"所以我就说，我们想象是你利用藤堂康幸的平板电脑给榎并香织发送邮件,这样也可以吗?结果他居然说,没办法,想象是自由的,而且一副满不在乎的样子。我有种被轻视的感觉,就威胁他说,如果与事实不符请否认,否则后果将无可挽回。他的回答是:不,我不否认——"

筒井忍不住低吟:"他到底打的什么算盘?"

"真是个捉摸不透的怪胎。"樱川叹着气喃喃道。

之后的交锋如下。

樱川问山尾,如果是你给榎并香织发邮件,说明藤堂的平板电脑就在你手上,你是什么时候、怎样拿到的?对此山尾的回答和之前一样——任由想象。

根据定位信息,已经确认案发当晚平板电脑在藤堂家,因此持有者必然是涉案人员。樱川指出这一点后,山尾却事不关己似的回答:"你说得没错。"

樱川随即触及核心,问他是否承认与藤堂夫妻被害案有关。

山尾的回答是,我不否认。

当樱川追问是怎样相关时,山尾依旧回答:任由想象。

"就像拳头打到棉花上,根本摸不透他的真实心思。于是我决定更进一步:我们怀疑你杀害了藤堂夫妻,既然任由我们想象,我们会制作一份你供认罪行的笔录。你会在上面签字吗?你们猜这家伙怎么说?"

五代和筒井对视后,摇了摇头。"猜不到。"

"他说——如果你希望的话。"

"不会吧?"五代脱口而出。

"我再次确认:你真的想好了吗?同为警察你应该知道,

一旦在供述笔录上签了字,就很难再推翻,法庭也会将其采信为事实。这样也没问题吗?"

"山尾警部补回答'没问题'?"

"对。"樱川面色凝重地点头,"我要求他详细供述犯罪经过,结果他还是那句'任由想象',说只要把我们想象的内容写成供述笔录,他就会二话不说在上面签字。"

"怎么会有这种人!"筒井说。

"完全搞不懂他在想什么。但形式上已经承认犯罪,我和管理官商议后,通过搜查一课课长向刑事部长报告。之后刑事部长很快作出决定,指示立即以杀人罪申请逮捕令。"

"原来如此。"五代恍然。

"不过,"筒井侧头沉思,"从刚才的描述来看,他并没有交代任何细节吧?而且目前也没找到物证。"

"没错。所以坦白说,我和管理官都不主张申请逮捕令,搜查一课课长也认为不必操之过急。但刑事部长担心日后证据浮出水面时,会被舆论指责'本人都已经认罪,为何不及时逮捕'。只要稍有延误,就会被抨击包庇下属。"

"跟检方沟通过了吗?"五代问。

"你说到重点了。"樱川说,"就如筒井所说,没有确凿的证据,不排除庭审时突然翻供的可能。检方虽然顾及刑事部长的面子同意逮捕,但认为现阶段应该视同不认罪案件处理。"

"不认罪案件吗……"

"因此,补充调查和收集物证成为当务之急。如果过不了这一关,检方恐怕不会起诉。将对策本部设在这里,也是基于这一考量。不过，这样是不是就能查明案件真相，我是存有疑问的。"

"什么意思？"筒井问。

"检方也会进行审讯，但看这架势，山尾恐怕不会主动吐露半个字，估计又要故技重施，把'任由想象'挂在嘴边。最关键的是——"

樱川卖关子似的顿了一下，才继续说道："动机问题。在和山尾接触的过程中，我感觉到他在刻意隐瞒什么。那是比自身是否被捕更重要的事，我确信必然和犯罪动机有关。"

"我也很想知道动机。"五代说。

"听说辖区警署正在署长的组织下，对以生活安全课为首的所有警署人员展开关于山尾的询问调查，重点核查是否存在金钱纠纷或男女关系等问题。但那些方面再怎么调查，我都不觉得会跟本案有关。如果真有关联，之前的调查早该发现了。"

"我也有同感。"五代回答，旁边的筒井也点头。

"现在轮到你们上场了。"樱川瞪视着两人，"固定证据和补充调查交给其他人就行了，你们去重新彻查山尾和藤堂夫妻的关系，必要时我会增派人手支援。说不定——不，绝对会有意想不到的发现。"

24

那家店从麻布十番站步行数分钟可到，位于离热闹商店街有一段距离的小路上，入口处是仿古风格，透着静谧的氛围。没有显眼的招牌，若不事先确认位置，很容易错过。

时间刚过下午四点，还没到营业时间。入口的拉门上连"准备中"的牌子都没挂，看这样子，像是要杜绝生客登门。

五代打开拉门，前方是条狭窄的通道，左侧是一排包厢。他朝里面喊了声："有人在吗？"

很快，一位身穿深蓝色料理服的娇小女性出现了。五代向她出示了警察证，又递上名片，做了自我介绍："刚才我给您打过电话。"

女人是这家店的老板娘。她郑重地用双手接过五代的名片。

"已经准备好地方了，请随我来。"老板娘露出殷勤的笑容，打开拉门。看来她口中的地方不在店内。五代躬身行礼后，走了出去。

老板娘带他去的是隔壁大楼的二楼，那里排列着吧台和沙发，像是间酒吧。但墙架上没有摆放洋酒瓶，也没有招牌。

"这是为用完餐后想换个氛围喝酒的客人准备的房间。"老板娘说，"也可以用作餐前碰头的地方。"

也就是说，这是不愿与平民百姓接触的阶层专用的空间。网上的信息显示，人均最低消费也要三万元。五代暗想，自己恐怕一辈子都跟这种店无缘。

　　"听说藤堂康幸都议员常来光顾？"

　　五代这么一问，老板娘略带悲伤地点头。

　　"他有时会来。"

　　"聚餐对象主要是工作相关人士吧？"

　　"应该是这样。"

　　"也会用于私人性质的餐叙吗？"

　　老板娘面露苦笑。

　　"那就恕我无法作答了。客人之间的关系，不是我们能揣测的。"

　　五代取出手机，操作后将屏幕转向老板娘。

　　"这个男人有没有和藤堂都议员一起来过？"

　　屏幕上是山尾的脸孔。老板娘凝神细看后，点了点头。"来过好几次。"

　　"第一次来是什么时候？"

　　"很久以前，将近十年前吧。"

　　"最近一次呢？"

　　"好像是去年秋天。"

　　"他和藤堂都议员两人一起用餐？"

　　"是的。"

　　"每次都这样？没有其他人参与吗？"

　　"我想没有，如果有的话，我应该会有印象。"

五代暗忖，以这位老板娘的性格，想必说的是实情。她虽然不会干涉客人，但也不可能漠不关心。

　　"两人谈了些什么？能否回忆一下，片言只语也没关系。"

　　"这个嘛……"老板娘露出沉思的表情，"他们是在包厢里，上菜的时候我也不会留意去听。不过印象中两人说话都很平和，感觉对藤堂先生来说，他是很重要的人。"

　　"重要的人？您是从什么地方感觉到的？"

　　"每次都是藤堂先生买单，更重要的是，预约也是他亲自出面。平时都是望月秘书给我打电话，所以他第一次自己预约的时候，我很惊讶。"

　　"藤堂都议员自己预约？其他时候没有过吗？"

　　"没有，只有和那位客人见面的时候才这样。所以我们也有些好奇他和藤堂先生是什么关系。"

　　"藤堂都议员解释过吗？"

　　"他只说是老交情。既然他这么说了，我也就不便再问。"

　　"这样吗？我明白了。抱歉在百忙之中打扰您，感谢您的配合。"五代站起身来。

　　"呃，"老板娘扬了扬下巴，"能不能透露下那个男人的情况？"

　　"不好意思，"五代皱起眉头，"这是侦查上的机密。"

　　"也是喔，是我冒昧了。"老板娘恭敬地鞠躬。

　　离开大楼后，走向麻布十番站的路上，五代反复思量。藤堂康幸和山尾在那家店谈了些什么呢？从老板娘的描述来看，饭局是由藤堂康幸安排的。究竟有什么事？

无论如何，两人的确私下见过面。这一点山尾没有说谎。

移送检方后，山尾的态度出乎所有人的预料。樱川原以为检方审讯时山尾也会保持沉默，结果完全相反。据传来的消息，他非但开了口，还很积极地回答承办检察官的提问。

甚至连作案动机也交代了，但内容令五代目瞪口呆。山尾表示，"简单来说就是嫉妒"。

"我再过不久就要退休了。没有兄弟姐妹，父母也去世了。从未结过婚，当然也没有子女，就是当今社会孤独中年男人的典型结局。这样活下去，总有一天会像很多独居老人那样，在孤独中死去。前些日子，我每天晚上都在想这些事，想着想着，空虚感就涌上心头。自己究竟是为了什么而活？这样的人生岂非毫无意义？我时常没来由地想要嘶吼。就在那个晚上，我忽然想起了藤堂夫妻，不由得怒从心头起。和自己相比，那两个人何其顺遂，何其幸福。这念头一旦萌生便无法遏制，只想立刻摧毁他们的生活。后来的事我不太记得了，回过神时已经出了家门。要问我杀了两人后有什么打算，我也答不上来。因为我自己也不清楚，只能说当时状态不对头，应该是一时精神失常了吧。我和藤堂夫妻有四十年交情，其间发生了很多事。有美好的回忆，也有糟糕的回忆，时而怀有深切的好感，时而又会滋生憎恨。种种复杂的情绪搅在一起，最终导致了这次的案件。希望你能这样理解。"

承办检察官当然不接受这种供述，责令山尾详细交代四十年来交往的情况，和藤堂夫妻何时何地见过面，说过什么话、发生过什么事，都要逐一说明。

山尾说记不清了，检察官就要求他说明最近见面时的情形，抑或没见过面却萌生了杀意？

这时山尾终于说出了具体的内容，称曾与藤堂康幸见过面，一起吃饭叙旧，地点就是刚才那家位于麻布十番的高级料亭①。

获得这个情报后，五代遂前去调查核实。和承办检察官一样，五代也对山尾的作案动机感到费解——完全缺乏真实感，更像是为了隐瞒重大事实编造的谎言。从这个角度来说，樱川的判断是正确的。只有找到真正的动机，才能查明真相。

藤堂康幸和山尾有什么事要私下晤谈？令人在意的是，每次都是两人单独见面。藤堂江利子为何不在？如果是高中时代的恩师和学生重温旧谊，通常应该一起出席才对。

五代带着诸多疑问搭上地铁。从麻布十番到樱田门约需十五分钟。特别搜查本部仍设在辖区警署，但就如樱川前几天所说，起诉山尾的补充调查工作由设在警视厅本部大楼内的对策本部主导。

来到对策本部所在的会议室，樱川正和筒井、浅利等警部补级别的主管讨论。

"五代，情况如何？"樱川问。

"与山尾的供述一致。他的确在那家料亭和藤堂都议员见过面。"

五代报告了向老板娘了解到的情况。

---

① 高级的传统日本料理餐厅，价格昂贵，注重隐私，服务对象多为政商名流。

"那家料亭相当高级,只是和以前的学生叙旧的话,感觉未免太奢侈了些。不过,若说这就是政治家的做派,倒也无法反驳。"

"所以两人有可能有要事商谈?但不知道谈话内容也无济于事啊。"樱川懊恼地咬着嘴唇,"你辛苦了。继续调查山尾和藤堂夫妻的关系,其他人按照刚才商量的结果行动。证据会藏在哪里是意想不到的,所以务必摈弃成见,不放过任何蛛丝马迹。"

部下们齐声应是,然后散会。

筒井跟其他人一样神色闷闷不乐。与五代对上视线时,他撇着嘴,耸了耸肩。

"很遗憾,毫无进展。"

"没有值得一提的成果吗?"

"简直就像在追逐幽灵。"

"幽灵?"

筒井将手中的文件递向五代。"看看吧。"

五代接过文件,低头细看,上面印的是山尾的供词,而且是关于犯罪内容的部分。

"十四日晚上,我离开笹塚的公寓前往藤堂家。我先搭电车,再从车站步行过去。路上尽量避人耳目,但具体路线记不清了。抵达藤堂家是在晚上十一点出头,按下内线对讲机后,回应的是江利子夫人。我表明想见藤堂先生,她当即开了门。夫人的穿着我不记得了。藤堂先生还没回来,我坐在客厅沙发上和夫人闲谈。当时是否已经决心杀害两人,我自己也无法确定。我已经说过多次,我对那两人既有好感,也有憎恨。如果当晚谈话的走向不同,或许根本无事发生。然而夫人的某句话让我深受刺激,具体内容我想不起来了,只知道极大伤害了我的自尊心。回过神时,我已经勒住了夫人的脖颈。用什么东西勒的不记得了,不是事先准备好的,应该是附近的绳子。也可能不是绳子,而是电线。之后我将夫人的遗体搬到浴室,用晾衣绳伪装成吊颈自杀。虽然很可能被一眼识破,但我想着说不定能蒙混过关。完成这一切回到客厅时,刚好撞上回家的藤堂先生。我不顾一切地扑了过去,跟杀害夫人时一样,用手头的绳子勒住他脖子。藤堂先生虽然体力不错,但面对突发状况似乎来不及反应,很快就确认断气。我担心就此离开会留下证据,决定放火烧掉房子。因为发现了装有煤油的塑料桶,我便将藤堂先生的遗体放到沙发上,然后泼洒煤油。塑料桶的位置记不清了,好像是在厨房。点火棒也是在厨房找到的。我拿着点火棒去了浴室,沾取夫人的指纹后返回客厅,随后点火,从后门逃离。事先找到了钥匙,所以离开时锁了门。烧毁藤堂夫妻的手机,是因为担心留下证据。藤堂先生的平板电脑是在公文包里发现的。以前和他聊天时,偶然听到了密码,觉得或许有用就带走了。因为担心留下定位信息,我当场将其关机。"

五代看完抬起头,筒井问:"你怎么看?"

"坦白说,感觉难以置信。他真是这么供述的?"

"供述笔录上有山尾本人的签名。"

"即便如此,也未必就是真相。太多不自然的地方了,比如不记得用什么东西勒颈,觉得伪装成上吊自杀或许会成功。"

"但还称不上矛盾。"

"那倒也是……"

"其他供述也类似。虽然时有记忆模糊的部分，但考虑到是在精神恍惚的状态下行动，有这种情况反而比较自然。关于细节的陈述也都符合逻辑，跟现场勘查的结论也没有明显矛盾。"

"可是，每一样都算不上说出保密信息——也就是只有凶手才知道的情况。"

"问题就在这里。作为负责办案的人员，即使不是凶手，那些信息也理所当然会知道。因为都写在侦查资料上。"

"也就是说，无法作为审判的证据。"

"没错。"筒井叹了口气，环顾四周后压低声音说道，"听说影像分析组也很伤脑筋。"

"为什么？"

"关于山尾的行踪，无法确认其供词的真实性。已经调取了从笹塚到藤堂家所有路线上的监控录像进行分析，至今还没发现山尾的身影。而且手机的定位信息显示，案发当晚没有离开笹塚的公寓。根据山尾的供述，为了避免留下定位信息，他将手机留在家中。"

"这个解释倒也合理。"

"所以才麻烦。影像分析组伤脑筋也可以理解，毕竟确认行踪是审判的重要证据。"

五代再次看向文件。

"山尾承认带走了平板电脑，但没交代下落？"

"说是丢掉了。"

"丢掉了？"

"他说利用角磨机粉碎后，丢在甲州街道的路旁。"

"但是没找到……是吧？"

"山尾还是那句话，记忆很模糊，不记得确切地点了。为此甚至动员了交通课去找，但看来也是白忙一场。"

五代越听越体会到事态的复杂。

"刚才你说好像在追逐幽灵，指的就是这种状况？"

"是的。我的意思是，就像在寻找根本不存在的东西，有种空虚的感觉。"筒井又朝樱川瞥了一眼，压低声音继续说道，"有时甚至会想，我们是不是被虚构的凶手耍得团团转？"

"虚构的凶手……"

"当然，这话可不能公开说。"筒井将食指抵在嘴唇上。

25

液晶屏上显示出一栋西式风格的宅邸,是以前看过的藤堂家的CG复原图,依然如同实拍般逼真。

"厉害,比之前看到的完成度更高了。"樱川感叹道。

"后来又做了一些修改,因为新拿到了这栋宅邸建成时拍摄的照片。"解说的依旧是鉴识课的广濑。

警视厅本部大楼内的小会议室里,樱川和他的几名部下在场。

樱川点点头,看向五代。

"山尾说是从正门进入的吧?这里有什么要确认的吗?"

五代低头看手边的资料,上面整理了山尾到目前为止供述的内容。

"根据供述笔录,他按了内线对讲机。供述里没有提及当时戴了手套,所以应该是直接按的按键。"说着,他指了指屏幕上藤堂家的玄关。

樱川转脸望向广濑。"对讲机按键上的指纹呢?"

"没找到。"广濑看着手头的平板电脑,干脆地答道。"不确定是被擦掉了,还是灭火时被破坏。"

樱川低低哼了一声。

"慎重起见,我再确认一次,室内同样没有找到任何山尾的指纹吧?"

"是的。"广濑用干涩的声音回答,"几乎所有的地方都烧焦了,不只是山尾的指纹,指纹本身就残存无几。唯一没有严重损毁的浴室里,同样没有发现山尾的指纹。需要补充的是,DNA和毛发的情况也一样。"

樱川看着部下们。

"你们都听清楚了吧?从现在开始,把山尾的指纹、DNA、毛发通通忘掉。五代,你继续。"

"是。"五代应了一声,再次看向资料。

"山尾按下内线对讲机后,回应的是江利子夫人。他说有事想见藤堂先生,对方就爽快地开了门。"

一名刑警举起手。

"这明显不自然吧?如果是白天也就罢了,晚上十一点多,就算是过去的同学,女主人独自在家时会轻易把男客人请进来?通常应该说'不知道丈夫什么时候回家,请改日再来'才对。"

"这一点我也存疑。"樱川回应道,"不过,他在不合常理的时间来访,或许会让夫人以为他有急事。在夫人和山尾的关系没有厘清前,切忌先入为主。"

提问的刑警若有所悟,答道:"明白了。"

"还有其他意见吗?"

确认没有人发言后,樱川示意五代继续。

"山尾被请到客厅,坐在沙发上和夫人闲谈。"

广濑配合五代的说明操作键盘,屏幕上的图像切换,显示出藤堂家的客厅,摆放着茶几和沙发。

"山尾说不记得夫人的穿着。"

樱川看向广濑。"发现遗体时夫人的穿着是?"

"银灰色衬衫搭配黑色西裤。"广濑回答,将平板电脑的屏幕转向樱川,"就是这样。也穿了贴身衣物。此外,在餐椅处发现了与西裤同样材质的烧剩布料,这件看似是外套。换言之,夫人穿的是一套西装。"

"那天夫人有聚餐安排,所以穿正装,回家后只脱了外套吗?衬衫配黑色西裤……山尾没印象倒也不算反常。"樱川抚着下巴沉思,"之后就是实施犯罪了吧?"

"夫人的某句话让我深受刺激,具体内容我想不起来了,只知道极大伤害了我的自尊心。回过神时,我已经勒住了夫人的脖颈。用什么东西勒的不记得了,不是事先准备好的,应该是附近的绳子。也可能不是绳子,而是电线——"读完手头的资料,五代抬起头,"就是这些了。"

"附近的绳子吗?"樱川皱起眉头,看着画面,"现场没有遗留绳子或电线吧?"

"没找到。"广濑回答,"唯一能确认的,就是缠在藤堂康幸颈部的绳状物。"

"现在还不知道是什么绳子吗?"

"已经查明是用长约一米的棉布拧成绳状。布是平纹织法,虽然不能断定,但应该是手巾类织物。"

"手巾啊……"樱川叹了口气,"如果是厨房还可以理解,客厅会有这种东西吗?偏偏山尾连用什么勒的都说不记得了。"

"恐怕不是不记得,是根本不知情吧?"筒井喃喃道。

樱川瞪了筒井一眼。"不要轻易下结论。"

"但这是唯一的可能了。"

"我不是说了切忌先入为主吗?在发现明显的矛盾前,要以山尾的供述属实为前提进行思考。"

筒井缩了缩脖子,小声应了声"是"。

樱川沉着脸望向画面,默不作声,侧脸浮现出焦躁的神色。

距离逮捕山尾已近一周,办案人员仍未掌握他是凶手的决定性证据。虽然供述内容吻合,但山尾从案发之初就参与侦办,无法排除他是根据侦查资料编造供词的可能性,难以断言属于说出保密信息。此外,他声称已经毁坏丢弃的藤堂康幸的平板电脑至今没有找到,调查了从笹塚的公寓到藤堂家所有路线的监控录像,也没发现山尾的身影。

拘留期限即将届满,虽然可以申请延长,但办案人员越来越倾向于认为,这样下去检方将会放弃起诉。目前称得上证据的,只有山尾指使西田宽太取款这一事实。但检方认为仅凭这点不够扎实,因为没有绝对的证据证明,将现金卡交给西田的人就是山尾。虽然西田在指认时坚称就是山尾,但如果辩护方反驳说有误认的可能,以目前的情况也无法对抗。调查了山尾手机的定位信息记录,那天晚上没有离开警署。看来和杀害藤堂夫妻时一样,他刻意没带手机出门。

通过步态识别系统分析与西田见面男子的影像,显示与山尾的匹配率很高,但在庭审时只能作为参考资料。因为没找到清晰度符合要求的影像,人脸识别无法进行。此外,虽然查到了当晚山尾乘坐的出租车，但车内的监控录像已过了保存期。

没有物证固然棘手，更令检方担忧的还是动机问题。

四十年来复杂情感交织的结果——这种说辞过于含糊，缺乏真实感。

随之浮现的疑问，是山尾的供述属实吗？供述笔录里是否隐藏着谎言？

为此，决定利用CG复原图像与山尾供述内容进行比对。

樱川又叹了口气，看向五代。"好了，继续吧。"

"在那之前，我能先提个问题吗？"

"什么问题？"

"如果真的是江利子夫人请山尾进来的，应该会提供饮料吧？"

"饮料？"樱川皱起眉头。

"咖啡或茶，关系再熟稔一点的话，也有可能是酒水。等待丈夫回家的期间，妻子会连饮料都不给来客准备吗？"

樱川看了眼画面。"茶几上只有藤堂夫妻的手机吗……"

"现场没发现喝饮料的杯子。"广濑补充道。

"关于这一点，山尾怎么说？"樱川问五代。

"供述笔录里只字未提饮料的事。"

樱川陷入沉思。

"为了防止因唾液或指纹泄露身份，行凶后收拾了吗……供述笔录里没有提及，也许纯粹只是忘记了。如果是这样的话，就有向山尾确认的价值，因为有可能暴露出只有凶手才知道的秘密。"

"但如何核实供述呢?"筒井问,"假设山尾说,江利子夫人泡了茶,行凶后收拾了用过的茶杯,怎样确认他说的是事实?"

"现场会不会留下什么痕迹?"五代指着画面,"记得水槽里有餐具吧?"

"只有一个玻璃杯。"广濑看着平板电脑回答,"虽然模糊,但检测到了藤堂康幸的指纹。"

"收拾用过的餐具,应该是放进碗橱吧?"筒井说,"或者放回那个豪华的餐具柜?"

"不,我觉得不可能。"五代当即反驳,"那可是别人家啊。筒井先生,你知道用过的餐具该收在哪里吗?我反正是搞不清楚。"

"要这么说的话,我也不知道。那换了你会怎么做?"

被筒井一问,五代望向广濑。

"我记得上次说过有洗碗机?"

"是的,确实有洗碗机。"

"里面放了什么餐具?"

"稍等。"广濑操作着平板电脑,"有两个茶杯。"

"还有别的吗?"

"和茶杯配套的托碟两个,汤匙两把。就这些了。"

"指纹呢?"

广濑摇了摇头。"好像没有检测到。"

五代转向樱川。"或许就是那两个茶杯吧?"

樱川一脸无法释怀的表情,微微点了点头。

"明白了。我会向山尾确认藤堂家有没有提供饮料。如果茶杯是山尾收到洗碗机里的,总不至于毫无印象吧?"

五代心想,总算前进了一步。

之后,图像和供述的比对继续进行。关于将藤堂江利子的遗体搬到浴室,伪装成吊颈自杀的部分,刑警们也提出了若干疑问。

"一个在警署工作多年的人,就算再怎么慌乱,也不可能认为这种拙劣的伪装能蒙混过关吧?"

"反过来说,如果真是处于极端混乱的状态,应该会留下一两枚指纹才对。"

"为什么特意搬到浴室?要是想销毁证据,放在容易燃烧的地方不是更好吗?"

五代觉得无论哪个疑问都很合理,但都无法成为山尾供述有假的铁证,搔不着痒处的焦躁感在不断累积。

讨论到杀害藤堂康幸的环节时,也是同样的状况。

"即便是出其不意,袭击体力充沛的藤堂也绝非易事,况且不是用绳子,而是用拧成绳状的手巾,还在脖子上绕了两道以上,仓促之间办得到吗?"

"特地在点火棒上留下江利子夫人的指纹,明明处于疯狂的状态,唯独这时却格外冷静,实在不自然。"

疑问层出不穷,但也都称不上是矛盾。

不过,有人指出了一个明显不合理的地方——关于装煤油的塑料桶。山尾供称:"塑料桶的位置记不清了,好像是在厨房。"这种易燃物会放在经常使用明火的厨房吗?

"煤油原本是做什么用的？藤堂家有煤油暖炉吗？"樱川问广濑。

"一楼的储藏室有燃油取暖器，应该是冬天用的。"

"储藏室在什么位置？"

"后门附近。"广濑操作着键盘，画面开始移动，从客厅到餐厅，再穿过厨房来到走廊。往浴室的反方向前进，尽头就是后门，靠近后门的地方有扇门。"就是这里。"广濑用箭头光标指示，"里面的物品几乎都烧光了，但确认有没完全烧毁的取暖器。"

"在这间储藏室里吗……"

"以常理来说，塑料桶也更有可能放在这里吧？"筒井说，"现在还没到用取暖器的季节，何况根本没理由放在厨房。"

有几个人点头赞同他的意见，五代也持相同看法。

"也有可能只是山尾记错了。"樱川很谨慎，"他自己也说记不清了。"

"这么重要的事也会记错吗？"筒井歪着头嘀咕了一句。樱川应该听到了这句话，但什么都没说。

最终，这次的验证到此为止。散会后，五代走到正在收拾东西的广濑身边。"有茶杯的图片吗？"

茶杯——广濑重复了一遍，随即露出恍然的神情。

"洗碗机里的茶杯吧？应该有的。"他操作着平板电脑，然后将屏幕转向五代，"就是这个。"

屏幕上显示的是两套茶杯和托碟。白底上绘有碎花图案，边缘是雅致的金色。

"看着像是高级货。"

听了五代直率的感想,广濑附和道:"我想也是。"

"这张图片能发给我吗?"

"嗯,可以。"

用手机接收图片后,五代道了谢,离开了广濑。

刚走出会议室,筒井就凑了过来,似乎一直在等他。

"要是山尾供述说纵火前把茶杯放进了洗碗机,那就万事大吉了。"

"你是想说这种可能性很低吧?"

"我不会这么说,不过你最好有期待落空的心理准备。山尾的供述绝对有隐情。"

五代环顾四周,确认没有人在听他们说话。

"你还是觉得山尾不是凶手吗?"

"我认为他与案件有关,但不是行凶者。系长应该也倾向于这种判断,所以才没有轻易表态。"

"既然如此,山尾为什么要认罪?"

"这就是关键了,通常来说,应该是在包庇真凶……"

"也就是顶罪吗?但这可是杀人罪,而且杀害了两人,一旦判决有罪,有可能被判死刑。会替人扛下这样的重罪,意味着山尾有不惜性命也要保护的人。"

"你是想说如果有这种人,应该早就进入侦查人员的视线了?关于这一点,的确没有反驳的余地……"

"还有一个疑问。"五代竖起食指,"如果山尾是替人顶罪,那他当然知道真凶。若是没有听此人说过整个作案过程,那反倒奇怪了。但你不觉得他的供述中有太多含糊的地方吗？比如勒死藤堂夫妻所用的凶器，应该能回答得更详细才对。"

筒井仰头望天后，缓缓摇了摇头。

"被你这么一说，我也给不出有说服力的答案。那么，山尾就是真凶吗？可是有那么多可疑之处。"

"我也不认为那是真相。总有可以揭穿谎言的线索，我一定会找出来。"

"干劲可嘉，但别忘了我们的时间已经不多了。"

"是说拘留期限吧？目前这样无法起诉吗？"

"检方的态度很消极。毕竟万一山尾在庭审时翻供，手上没有对抗的武器。不过藤堂家族与检方和警界高层交情深厚，也不能轻易做出不起诉决定。他们现在渴求物证到了望眼欲穿的程度，所以才会不断向我们施压。如果能找到大逆转的证据，简直能拿表彰状了。"

"表彰状倒不需要，不过我绝对会找到证据的。"五代语气坚定。

两人回到对策本部所在的会议室，只见侦查员们围成一圈，中心是浅利。

"有新情况？"筒井问浅利。

"哦，来得正好，我正要通知你们。"浅利从笔记本电脑前抬起头，"山尾手机的部分分析结果出来了，从被删除的数据里发现了有意思的东西。"

"有意思的东西？"

"是图像数据。"浅利将电脑屏幕转向他们。

看到显示的图片，五代不由得屏住呼吸。图片里是位微笑的年轻女子，年纪在二十六七岁。五官立体鲜明，走在街头也引人注目。那不是别人，正是藤堂江利子年轻时的模样。不，或许该称她为双叶江利子。

"类似的图片还有五张。因为数据并没有完全恢复，可能原本保存了更多。"浅利说，"山尾是双叶江利子的粉丝这件事，看来是真的。"

"单纯只是粉丝吗？"五代说。

筒井和浅利一起看向他。

"什么意思？"筒井问。

"江利子夫人作为女演员活跃的年代很久远了，至今还在手机里保存着当时的照片，恐怕是有特殊的感情吧？"

两位警部补面面相觑，都不置一词，但也没有否定的表情。

"你听说那件事了吗？"浅利说，"山尾调到现在这个警署的由来。"

"没听说，有什么内情？"筒井问。

"据说是藤堂都议员向前任署长请托的，说有个知根知底的人在辖区警署比较安心，希望把他调过来。"

筒井呼吸为之一滞。

"也就是说，山尾在藤堂夫妻的居住地任职并非巧合？"他又问五代，"你怎么看？"

"似乎只能解释为藤堂都议员和山尾之间交情很深了。"

"怎样的交情？只凭高中社团顾问和社员的关系，能结下如此深厚的交情吗？"

五代无法回答筒井的问题。

"你们那边情况如何？是对照藤堂家的 3D 复原图像重新审视供述内容吧？"浅利换了话题，"有什么收获吗？"

"不知道能不能算收获……"筒井怏怏地看向五代。

五代向浅利说明了关于茶杯的推测。

"原来如此，山尾是否供述那个茶杯的事就很关键了。"浅利肃然说道。

"现在应该正在审讯山尾，只能期待会有好结果。"筒井的语气很沉重。

约两个小时后，五代他们得知了审讯的结果。审讯官问山尾去藤堂家当晚，江利子夫人有没有提供饮料，山尾回答说："江利子夫人问过我要不要喝点什么，但我以等藤堂先生回来为由谢绝了。"

26

翌日上午十点过后,五代来到榎并夫妻家时,发现榎并健人也在等候。他的表情比以前更加紧绷而冷峻。

"有件事希望您先说明一下。"五代刚在客厅的沙发上落座,榎并便开口道,"案发后不久,警方派那个叫山尾的刑警过来,是有什么用意吗?"

他的脸颊微微抽搐。

五代缓缓摇头。

"当时我们一无所知。"

"您的意思是,您个人不知情吗?但高层已经有所察觉……"

"不是,搜查本部上下没有一个人想到山尾会涉案。他被逮捕时,最震惊的就是我们,请相信我。"五代抿紧嘴唇,直视着榎并健人。

片刻后,榎并率先移开视线。

"能告诉我进展情况吗?什么时候起诉那个人?我们打算利用被害人参加制度,所以需要提前准备。"

"这是由检方决定的,我们不好说……现在是准备起诉的巩固证据阶段,今天前来也是想听取夫人的意见。"

"这样啊……"榎并看了眼手表,欠身站起,"医院里还有要事,我就失陪了。总之,我们只盼真相早日水落石出,拜托了。"

"完全理解。我们会尽全力查明真相的。"五代站起来,深鞠一躬。榎并健人离开后,他和榎并香织相对而坐。

"有件物品想请太太确认。"五代操作手机,调出茶杯的图片,"您对这个杯子有印象吗?"

香织凝神细看手机屏幕,歪头思索。

"我没见过。如果是家母买的,应该是在我结婚离家之后。"

"您知道是待客用还是平时自用的吗?"

"说不准,估计是待客用吧。自己喝的话应该是用马克杯,茶杯还要配托碟,着实麻烦。"香织的回答在五代预料之中。

"藤堂家有精美的餐具柜,单是茶杯就有好几种,您觉得她招待什么样的客人时会用这款茶杯?"

香织再次凝视屏幕,困惑地歪着头。

"家母确实热衷收集各式茶杯,或许会视不同的对象区别使用,但没听她提过选择的标准。不过这个茶杯是很传统的设计,应该适用于任何客人吧。"

"是吗?"五代点点头,收回手机,看来问不出更多线索了。

关于洗碗机里的茶杯,山尾只字未提,如果采信他的供词,茶杯就与案件无关了。但五代还是很在意。

那两个茶杯是谁使用的呢?一方是藤堂江利子,另一人是谁?如果有来客,是何时到访?

洗碗机里没别的餐具。合理推测是将茶杯、托碟、汤匙放入空置状态的洗碗机，而非清理其他餐具后只留下茶杯等物。

当天藤堂江利子外出赴宴，会不会她出门之前，已经清理了洗碗机内的餐具呢？回家后来了客人，她奉上饮料时用的就是那套茶具？

从这个角度来看，可以解释一件事——藤堂江利子的服装。藤堂江利子遇害时只脱了西装外套，通常赴宴回家后，应该会立刻换上家居服。如果是有客人来访，自然无暇换衣服，这样一想就说得通了。

基于这种推测，五代来找榎并香织征求意见。

"明白了，百忙之中打扰您，不好意思。"

五代道了谢，正欲告辞离去。"啊，对了！"香织似乎想起了什么，拍了拍手，"这方面的问题，您或许可以问问那位。"

"那位？"

"东都百货的外商员，负责本庄女士的业务。"

五代点了点头。

"我在本庄女士府上见过她，是叫……今西小姐吧？"

"她也很关照家母。虽然我没见过，但听说她细心周到，即使琐事也会细致沟通。说不定待客用的茶具也是她帮忙挑选的。"

"原来如此……谢谢您，这很有参考价值。"

五代郑重鞠躬道谢后，离开了公寓大厦。

榎并香织的建议难能可贵，若非她提醒，他还真想不到这层。五代立刻用手机查她的联系方式，找到了登记为"今西美咲"的东都百货外商部员工的电话号码。

他试着打电话过去，转到了语音信箱。五代自报家门，表明有事要联系后，将电话挂断。

今西美咲很快回电，道歉说"对不起，刚才没接到电话"。想必陌生号码她不会轻易接听。

"百忙之中打扰实在抱歉，其实是想请教关于藤堂江利子女士的事……"

五代问能不能简短见个面，今西美咲爽快应允。恰好她现在有空，遂约定一小时后在银座碰面。

正要收起手机时，又有电话打过来。看到来电显示，五代吃了一惊，是永间珠代。他想起那个瘦小的老妇人，连忙接起电话："您好。"

"喂，请问是五代先生的手机吗？"

"我是五代。您是永间太太？感谢您上次协助调查。"

"哪里，我才应该感谢……这么说或许有点怪，不过还蛮怀念的，很久没跟人谈起儿子的事了。"

"没给您添麻烦就好。永间太太，您是有什么事吗？"

"啊，没有，没什么要紧事，只是看到新闻后有些在意。"

"新闻？"

"就是那起案件凶手被捕的新闻，那个山尾阳介，该不会就是当年的山尾同学？"

原来是为这事。也难怪永间珠代有此疑问，五代去见她时，她还不知道山尾后来当了警察。

"因为还在调查中，详情不便透露，不过好像是您所说的那位。"

"果然……是山尾杀了藤堂老师他们？"

"有这个嫌疑。"五代措辞谨慎。

"简直难以置信。怎么会发生这种事呢？和我儿子的事有什么关联吗？"

"抱歉，我刚才也说过了，现在案件还在调查中，不便透露，还请您理解。"

"啊，是喔。对不起，提出这种不情之请……早知道上次您来的时候，我就多跟您请教请教了。"

"等案子告一段落，我去拜访您，到时再向您说明。"

"好的。您这么忙还来打扰，真是不好意思。"

"哪里，那我先挂了。"

挂断电话后，五代看着手机，叹了口气。案子告一段落——要等到什么时候呢？这一天真的会到来吗？

银座的碰头地点是面向中央大道的咖啡厅。五代先到，等了几分钟后，今西美咲出现了。

"劳您特地跑一趟，实在过意不去。"五代起身致歉。

"哪里。"今西美咲小声说着，坐了下来。五代见状也重新落座。

两人叫来女服务生点饮料，都选了咖啡。

"我看报道才知道，事态好像很严重。"今西美咲略显拘谨地说。

"嗯，算是吧。"五代含糊地回应。

"听说被逮捕的是警察？"

"我们也很震惊。坦白说，很受打击。"

"我想也是。那个……是熟人吗?"

"啊?"

"被逮捕的人……五代先生认识吗?"

她在本庄雅美家见过山尾,但似乎不记得了。既然如此,还是少说为妙。

"这个问题恕我无法作答。先入为主对彼此都没有好处。"

"啊,您说的是。对不起。"今西美咲微微低头致歉。

咖啡送来了。咖啡杯是纯白色的。

"陶瓷器分为陶器和瓷器,这个杯子应该是瓷器吧?"五代说。

"好像是。"今西美咲附和道,脸上却露出困惑的神色,显然不明白刑警为何谈起这个话题。

"是这样,有件物品想请您过目。"

五代操作着手机,调出那个茶杯的图片,然后递过去。

"就是这个。"

今西美咲细长的眼睛凝视着画面,眨了几眨。

"这是蒂芙尼。"

"蒂芙尼?这个?"

"对。"今西美咲点头,"不会错的,我经手过好几次。"

"这是在藤堂家找到的,莫非是您……"

"没错,是我负责购置的。"

"果然是这样。"

"这个茶杯有什么问题吗?"

"详情不便透露,不过有件事想确认。您觉得江利子夫人会在什么场合使用?或者说,招待什么客人时使用?"

"什么客人……"今西美咲面露难色,想来是因为问题太过笼统。

"挑选茶杯时,江利子夫人有没有提出过条件?比如,和朋友小聚喝茶用的,或是收藏用的珍品。"

今西美咲似乎终于领会了意图,露出恍然的表情点头。

"条件倒算不上,不过夫人说过,想置办一套招待任何贵客都不失体面的茶具,我就推荐了那套。"

"听她的说法,是用来招待特别的来客吧?"

"这就见仁见智了,不过个人认为不会随意使用,毕竟价格不菲。"

"大约是多少?"

今西美咲微微偏头思索。"两件套的话,记得是八万元不到。"

"八万元!"五代忍不住提高了音量,"那么贵的杯子,哪还能安心喝茶,我用这种就够了。"他端起咖啡杯啜饮。

"太奢华的餐具我也用不惯。"今西美咲也微笑着端起咖啡杯。

看着她纤长的手指,五代想起了一个细节。上次见面时她展示过星形戒指,那是他第一次听说"高级定制刺绣"这个词。她今天也把那枚戒指带在包里吗?

"怎么了?"察觉到他的视线,今西美咲问道。

总不能说对她那美丽的手指看入了迷。

"没什么,我在想,如果我有这么高级的茶具,会在什么场合使用呢?一不小心打碎就太心痛了,可能只会供起来当装饰吧。"

今西美咲莞尔一笑。

"不能随意使用确实难受。刚才提到的蒂芙尼茶杯也有诸多禁忌事项。"

"禁忌事项?比如说?"

"不适用洗碗机。我告知藤堂夫人的时候,她还有些遗憾地说:'啊,是吗?'"

"等等。"五代伸出右手,"不适用洗碗机……也就是说,不能用洗碗机洗?"

"是的,也不能放入微波炉加热。"

五代惊愕不已,脑海中一片混乱,一时间说不出话来。

"我说错什么了吗?"今西美咲惴惴地问。

"我确认一下,您确实把禁忌事项告知江利子夫人了吧?"

"应该是的……"

五代伸手掩住嘴角,脑袋仿佛麻痹了。

"五代先生……"

"抱歉,没什么。"五代拿起咖啡杯喝了一口,却根本尝不出滋味。他旋即放下杯子。

"百忙之中打扰您,真是不好意思。"

"啊,这就结束了吗?"

"已经足够了。您提供的情况很有价值,感谢您的配合。"说完五代抓起账单,霍然起身。

出了店门,走在人流如织的中央大道上,五代开始梳理思绪。

那个茶杯不能用于洗碗机。藤堂江利子既然知道这一点,就不可能将它放入洗碗机里。那么，是谁放的呢？

无论是谁，都不会未经藤堂江利子允许擅自清洗茶具。如果事先向她确认，就会知道不能用洗碗机清洗。换言之，当茶杯被放入洗碗机的时候，藤堂江利子已经遇害了。

以常理推断，将茶杯放入洗碗机的人，极有可能就是真凶。

深夜时分来访，藤堂江利子仍用高级茶杯款待的特别客人——此人究竟是谁？又为何要杀害藤堂夫妻？

毋庸置疑绝非山尾，恐怕他根本不知道当晚曾用茶杯待客。他供认不过是为了包庇真凶，替其顶罪罢了。

回到对策本部时，里面弥漫着凝重的氛围。樱川正和几位警部补商议着什么，筒井也在其中。筒井注意到五代，从人群中抽身走过来。

"出了什么事吗？"

"关于茶杯有重大发现。"

筒井讶异地皱起眉头。"茶杯？"

"就是洗碗机里的茶杯。"

五代讲述了向今西美咲打听到的情况，筒井的神色顿时严峻起来。他说声"稍等"，折返樱川身旁附耳低语。樱川锐利的目光向五代扫过来，起身快步走近，却并未驻足，只微抬下巴示意跟上，径自走向门口。筒井也紧随其后。

众人进入对策本部稍远处的小会议室。刚在折叠椅上坐下，樱川就开口道："说说吧。"

五代将刚才报告筒井的内容重复了一遍。

樱川深吸一口气后，问筒井："你怎么看？"

"我认为这是不容忽视的事实。"筒井答道,"到目前为止,不仅案发当日,连前一天都没查到有人去过藤堂家,专用于招待贵客的茶杯却出现在现场,这件事本身就值得关注。如果将茶具放入洗碗机的人并非江利子夫人,只可能是涉案人员所为,而且此人不是山尾。"

樱川低声沉吟:"检方的判断或许没错……"

"检方怎么说?"五代问。

但樱川没有回答,从椅子上站起来。

"辛苦你了,这件事暂时保密。"说罢他大步出门而去。

筒井叹了口气:"检方向法院申请鉴定留置,好像已经获准了。"

"鉴定留置吗……"

"看来检方认为目前的证据太薄弱,不足以支持起诉。"

所谓鉴定留置[①],是为从医学上判定嫌疑人是否有刑事责任能力采取的措施。虽然和拘留一样,在一定期间内限制人身自由,但不得进行强制审讯。

"法院竟然同意了啊。"

"关键在于犯罪动机。四十年来复杂情感交织的结果,某天突然起意杀人——如果这一供述属实,只能认为他脑子有问题。法院判断有必要进行精神鉴定,也很合理。"

"留置的期限呢?"

[①] 根据日本刑事诉讼程序,侦查机关对犯罪嫌疑人进行精神鉴定时,应当向法官申请将嫌疑人留置在医院或其他适当的场所。留置期间逮捕停止执行。

筒井默默竖起三根手指。

"三个月啊……"

这是鉴定留置的平均时长。

"检方的目的应该不只是进行精神鉴定,他们是打算在这期间收集充分的证据起诉。"

"也就是争取时间?"

听五代这样问,筒井点了点头。

"要是能顺利找到证据,自然最好不过,倘若一无所获,问题可就严重了。等于平白浪费了时间。三个月后如果决定不起诉怎么办?从头再调查吗?开什么玩笑。随着时间的推移,案子只会被渐渐淡忘,根本无法获得目击证言,搞不好会变成悬案。"

五代顿觉寒毛直竖。

"简直不敢细想。"

"不过,现在操这些心也没用,只能先做了再说。话说回来,山尾也真是,既然打定主意要替人顶罪,就该把证据准备得更充分才对,那样我们也不必如此折腾了——开个玩笑啦。"

筒井压低声音说的话,听得五代悚然一惊。

"筒井主任……"

"都说了是开玩笑,别当真。"筒井摆了摆手,"怎么可能让无辜的人坐牢。"

"我不是这个意思,我是想说,你的猜测可能切中了要害。"

"切中要害?怎么说?"

"就是山尾的目的。有没有可能是通过虚假供述让案子陷入死胡同?在职警察一旦认罪,高层必然很焦虑,即使证据不完备也要尽快逮捕。山尾作为参与过侦办的刑警，可以根据侦查资料供述得相当翔实，却绝口不提只有凶手才知道的新的细节。结果检方无法起诉，又不能做出不起诉的决定，于是申请鉴定留置。但这可能也在山尾的算计之中。如果始终找不到证据，最后大概率不起诉。即便重新寻找真凶，因为拖延了三个月，重启调查也将困难重重。山尾不用牺牲自己就能保护真凶。"

筒井用锐利的目光看向五代。

"你这话是认真的？"

"你之前也说过，好像在追逐幽灵，被虚构的凶手耍得团团转。我也有同感。这恐怕是山尾设下的精巧陷阱。破局的唯一办法，就是证明他不是凶手。但要证明幽灵不存在，可比追逐幽灵更困难。"

筒井的脸色变了，但似乎并无怒意。

"你的意思是，山尾是预料到不会被起诉，才故意被逮捕的吗？"

"是的。"五代回答。

"有件事我一直很在意。山尾为什么要指使西田取款？不取款的话，西田就不会被捕，也就不会牵出山尾。"

"关于这一点，山尾本人怎么说？"

"根据供述笔录，他说是为了干扰侦查。"

"干扰吗……结果反而促成自己被捕。但我想说，这可能也是他的算计。"

"我好奇的是，为什么选在那个时候？山尾明显已经察觉自己被怀疑，应该也清楚调查的触角迟早会伸过来。"

"他是觉得横竖已经被怀疑了，不如早点被捕吗？"

"反过来说，逮捕晚了可能会发生不利的事。"

"不利的事？"

五代咬着嘴唇，在脑海中梳理事态。当时对山尾的怀疑确实在加深，但如果西田没有行动，调查将会如何推进？

陡然间，他灵光一闪。

"莫非山尾是想将调查人员的注意力引向自己，避免关键证据被发现？"

"关键证据？"

"山尾曾打电话给高中时的朋友，探问刑警是否来过，次日就指示西田取款，会不会他是得知警方的调查已经触及自己的高中时代，所以先发制人，防止深入追查这条线？"

"也就是说，高中时代是关键？"

五代有种如鲠在喉的感觉。

"说起来……"

"怎么了？"

"刚才永间太太来过电话。"

"永间？那是谁？"

"我跟你说过山尾高中时代的朋友自杀的事吧？永间太太就是那位朋友的母亲。她看到新闻后联系了我……"

"此人有什么问题吗？"

"还不知道。不过说不定……"五代缓缓站起身，"我在那个小镇遗漏了重要的线索。"

"遗漏？那个小镇是哪里？"

"当然是他们相遇的小镇。"

五代拿出手机,查看青梅线的时刻表。

27

SUNNY公寓的管理员似乎还记得五代，看到他后"哦"了一声。五代向他点头致意后，跟上次一样，来到内线对讲机的操作面板前，依次按下5、0、3的数字键，最后按下呼叫键。

他没有提前预约，因为不想让对方有心理准备。如果不在家，改日再来就是。

"哪位？"扬声器里传来声音。这栋老旧的公寓没装摄像头，对方应该看不到来访者。

"突然来访很抱歉，我是警视厅的五代，感谢您之前打电话联系我。"

不出所料，对方没有回应。五代仿佛看到了她困惑的表情，耐心等待着。

自动门终于开启，五代感受着管理员的视线，迈步入内。

来到503室门前，五代按响门铃。这回对方反应很快，开锁声随即响起，门开了，露出永间珠代那张圆圆的小脸。

"突然来访，真是不好意思。"五代行了一礼。

"哪里。"永间珠代轻声说着，用手抵住门往后退。

"打扰了。"五代走了进去。

和上次来访时一样，永间珠代请他坐到餐椅上，也像上次那样站在厨房里准备泡茶。

"饮料就不用了,"五代说,"我是想查看些东西,看完就离开。"

永间珠代神色肃然地从厨房转回,似乎想说什么,还没开口,又低头看向脚边。她弯下腰,起身时怀里已多了只猫。

"你想看什么呢?"永间珠代问。

"令郎的房间。"

老妇人瞪大了眼睛。留意着她的反应,五代继续说道:"上次我已经看过,但感觉遗漏了重要的东西,所以再来拜访。能否让我再看一次?"

永间珠代轻抚猫咪,若有所思地凝视空中。见此光景,五代确信自己的直觉应验了。这位老妇人果然多年来背负着重大秘密。

片刻后,永间珠代露出下定决心的表情。

"好的,这边请。"

永间和彦的房间与上次所见毫无二致。书桌、书架和床井然排列,打扫得一尘不染。

五代看着永间珠代。

"您上次说过,如果有在意的地方,尽管查看,抽屉和柜子都可以打开。今天还是这样吗?"

"是的,请随意查看。"永间珠代眼神认真地回答。

"那我就不客气了。"

五代从上衣内口袋取出手套戴上,再次环顾室内。

这个房间应该藏着什么。具体藏在哪里,永间珠代当然知晓,却不能直接问她。多年来,她无法向任何人吐露,如今也不会轻易回答。所以必须由五代自己找到,想来这也正是她的期望。

五代先拉开书桌抽屉,正面的大抽屉里放了很多文具、便笺本、计算器等小物件,接着逐一检查小抽屉。

要找的东西是什么呢?五代猜想可能是日记、书信之类,却遍寻不获。再检查壁橱和书架,结果也一样。

怪了,难道找错了方向?——五代的信心开始动摇,不经意间向永间珠代一瞥,发现她的视线投向床铺。不,确切地说,是床底。

五代细觑床底,里面塞了一个纸袋,他便拽出来查看。

这是——他一时哑然。

纸袋里赫然是把登山刀。

回到餐桌与永间珠代相对而坐,老妇人膝头卧着猫,她抚摸着猫背开口道:

"那把刀是那天……和彦跳楼那天发现的,原本放在书桌上。我怕被警察发现,就藏起来了。"

"为什么要这样做?"

"因为刀上有血迹。我以为和彦伤了人,甚至可能杀了谁。很可笑吧?儿子都不在人世了,还想着替他隐瞒罪行。"

"有没有想过这把刀与令郎自杀有关?"

"当然想过。所以觉得就算把刀藏起来,被刺伤的人如果报案,迟早也会败露。到时我就坦白一切,把刀交给警方。"

"但始终没有受害者出现,对吧?"

"是的。日子久了,越发难以启齿,连丈夫也无法透露。但我又下不了决心处理掉,就一直藏在床底。"

"没有处理掉,是因为觉得它能揭开令郎自杀的真相?"

"没错。但我不知道该怎么做。就这样过了几十年,前些天你终于来了,我想这可能是最后的机会了。"

"所以您主动让我查看房间,期待我能找到那把刀。没想到这位五代刑警迟钝又无能,丝毫没领会您的用意,别说床底,连书桌抽屉都没检查,想必您当时很焦躁吧?"

永间珠代露出无力的苦笑。

"这也难怪。毕竟时隔多年,任谁都会觉得现在查看房间纯属白费工夫,况且我也不知道和彦的自杀与你们调查的案件是否有关……"

"但得知山尾被捕的消息后,您改变了想法?"

永间珠代停下抚摸猫咪的手,向五代投来真挚的眼光。

"坦白说,这消息让我方寸大乱。想不到山尾竟然是凶手……于是我开始怀疑,和彦的自杀是否真的与案件无关,这才给你打了电话。"

"万幸您打了那通电话,不然我现在还是个迟钝无能的刑警。"

五代看向餐桌。那把刀就装在桌面上的塑料袋里,刀刃上有暗褐色的污渍,正如永间珠代所说,应该是血迹。

"慎重起见,我确认一下,令郎日常不会随身携带刀具吧?"

永间珠代摇了摇头。

"怎么可能,他绝不是那样的孩子。我知道他有这把刀,他说是买来登山社活动时用的，实际上应该也不会为了其他目的带出家门。"

"刀上有血迹，说明他带过刀去袭击某人，并已付诸行动。这个人是谁，您有头绪吗？"

"没有。那孩子会干出持刀伤人的事，本身就难以想象。"

五代颔首，重新端详着登山刀。

"您直接用手碰过这把刀吗？"

"应该没有。总觉得很可怕，所以小心地避免直接触碰。"

"稳妥起见，这个能否交给我们保管？说不定能查到什么。"

"嗯，当然可以。"

指纹估计已经消失了，但血迹的 DNA 或许还能检测。

"关于藤堂夫妻被害案，山尾显然没有说出真正的动机。他的供述内容完全不可信。就如您所担忧的，我们也认为原因可能要追溯到他们的高中时代。令郎自杀前后，有没有什么令您印象深刻的事？比如人际关系上的重大变化。"

"人际关系吗……"

"比如跟谁闹翻了，或者反过来，突然跟以前没有来往的人走得很近。"

"这么说的话，最大的变化就是和深水分了手。"

"其他方面呢？还有没有特别的情况？"

永间珠代陷入沉思。她的表情有些痛苦，看得五代心生不忍——时隔多年旧事重提，怕是没那么容易想起来。

"您之前说过令郎死后，山尾曾经来过对吧？"五代想起上次的对话，"您发现他来了停车场，主动跟他打招呼。"

"是的,他过来上了香。"

"后来山尾来过吗?"

"没有,那是最后一次。"

"除了山尾,还有其他人来过吗?比如登山社的前社员?"

上次已确认过,藤堂康幸没有任何联络。

永间珠代右手撑着脸颊,歪头思索,然后似乎想起了什么,陡然挺直腰杆。

"对了,深水女士来过。"

"深水江利子吗?"

"不,不是江利子,是她的母亲。"

"母亲?"

"不过不是她的亲生母亲。听说江利子是养女。"

意外人物的出现让五代一时茫然。关于江利子的养父——也就是她舅舅,他通过走访当年的邻居有所了解,对这位养母却一无所知。

"什么时候的事?"

"是在冬天,所以应该是和彦去世次年的一月或二月。她说想来上个香,虽然时间很短,但和彦曾经和女儿关系很好,所以得知他过世的消息,一直记挂在心。"

"江利子母亲是独自前来的吧?女儿没有同行。"

"就她一个人,我记得她提过江利子住得很远。"

"令郎五月底过世,她在次年的一二月来访……为什么选在这个时间点?是不是有什么契机?"

"这个嘛……"永间珠代思索着,"可能她说过,但我不记得了。"

"她跟您聊了些什么?"

"主要还是和彦和江利子的事。其实我对两人的交往情形并不是很了解,但对方似乎更不知情,问了许多问题。具体细节我已经忘了,只记得她好像很在意和彦自杀是不是因为与江利子分手,我说应该没关系。"

"还聊了别的吗?"

"别的啊……"永间珠代说着,皱起眉头,"抱歉,毕竟是多年前的事了……"

"是啊。不好意思,让您为难了。除了深水太太,还有其他人为令郎的事来访吗?"

"应该没有,我家本来客人就少。"老妇人露出自嘲的浅笑。

"明白了。感谢您配合调查,这个就先由我们保管。"五代拿起装着刀子的塑料袋,"另外,能否告知令郎的血型?"

"血型?"

"这把刀上的血或许是令郎的,他有可能在决意跳楼自杀前割过腕。"

永间珠代惊愕得不住眨眼。

"我完全没想过这种可能性。"

"令郎的血型是……"

"AB 型。我是 A 型,我丈夫是 B 型。"

"是吗?谢谢。"

"对了,"永间珠代手托着下巴,"那位也问过血型。"

"那位?"

"就是深水太太，江利子的母亲。"

"为什么会聊到这个？"

"不记得了，可能是谈到性格测试的话题？不过她确实问过我：和彦是什么血型？"

28

距离拜岛站南出口约五百米,一栋深褐色的建筑与大小错落的住宅群融为一体。因为是五层楼高,即使靠近也没有压迫感。绿篱环绕的院门内侧,可以看到标有"百合花园昭岛"的入口。

穿过玻璃自动门,左侧就是前台,一位穿白衬衫搭蓝马甲的中年女性正在里面忙着什么。

五代出示警察证并自我介绍后,说道:"有件事想请教您。"

女人紧张地挑起眉:"什么事?"

"关于两年前住在这里的深水秀子女士,有谁了解她的情况吗?"

"深水女士……"女人低声重复后,说了声"请稍等",消失在后方的门内。

五代环顾大厅。天花板很高,白天应该会阳光充足,显得明亮通透。接待用的沙发和茶几也透着洁净感,他不由得想,将年老父母托付于此的家属们想必可以放心。

曾是藤堂江利子养母的深水秀子,到两年前为止一直住在这家养老院。五代电话询问榎并香织得知,江利子不时会去看望。香织自己最后一次见到生前的秀子,是在江利子养父深水照雄的葬礼上,她似乎从未来过这里。

"因为感觉家母不希望我去。她常说,对秀子外婆来说,我是没有血缘关系的外孙女,带我过去彼此都会不自在。其实我倒是想见见的。"

深水秀子的葬礼据说是由江利子操办。香织也参加了,不过那是仅限至亲的非公开葬礼。

前台内侧的门开了,走出一个戴眼镜的男人。他身后是刚才那个女人。

男人自我介绍姓石塚,是这家养老院的院长。

"嗯,您是要了解深水女士的事吗……"石塚问。

"百忙之中打扰您,真是不好意思。如果能告知相关情况,我会很感激。"

"具体想了解什么呢?"

"主要是关于深水女士的家人。听说她女儿常来看望,我想了解那位的情况。"

"喔,"石塚露出恍然的表情,"双叶江利子女士的……"

他果然对这个名字有印象。

"是的。"五代答道。

"这件事该找谁呢?有没有职员跟深水女士聊过私事?"石塚问旁边的女人。

"职员的话一时想不出来,"女人沉吟着说,"与其找职员,小林阿婆不是更合适?"

"小林阿婆啊,确实合适。"石塚拍了拍手。

"小林阿婆是谁?"五代问女人。

"她是住在院里的老人,和深水女士关系亲密,经常看到两人一起在餐厅吃饭。"

"她现在还住在这里?"

"在的,要请她过来吗?"

"麻烦您了。"

女人拿起前台上的电话。那似乎是内线电话。

"是调查那起案子吗?"石塚压低声音问,"听说双叶江利子夫妻俩都遇害了……"

"嗯,算是吧。"五代微微点头。

"果然。"石塚眉头拧成八字形,"看到新闻,我们也很震惊,真是一桩惨案。双叶江利子女士是个好人啊,为人谦和,每次都很客气地跟我们打招呼。"

"她来的时候都是独自一人吗?先生有没有陪同过?"

"这个嘛,就我所知,从未见过她先生。"

女人打完电话,搁下听筒。"小林阿婆说这就过来。"

"太好了。"石塚说,"刑警先生,请在那边稍候。"他指了指大厅的沙发。

"方便的话,最好是个单独的房间……"

"那就用办公室吧,只是地方狭小。"

"没关系。不好意思,给您添麻烦了。"

"哪里的话,我知道您这份工作很辛苦。"

正如石塚所说,办公室确实很局促,但有简易的沙发套组。五代刚坐下等候,门就开了,出现一位清瘦的白发妇人,身穿淡蓝色运动衫。

五代站起身。"您是小林女士吗?"

"是的。"老妇人回答。

"突然打扰很抱歉,还请协助调查。"五代出示警察证后,做了自我介绍。

老妇人自称是小林靖代,在他对面落座。

"听说您想了解双叶江利子的事,但我和她只是点头之交,只能说说秀子跟我提过的情况。"

"这就足够了。比如说,具体都提到些什么?"

"具体啊……大多是感慨政治家的太太不好当。"

"没提到更早的事吗?比如,江利子夫人早年的经历?"

"当演员时候的事说过不少,像为背电视剧的台词剧本不离身,出外景时总会买当地的特产回来,秀子也很期待。"快速说完后,小林靖代皱起眉头,"这些话有用吗?感觉说的都是琐碎的小事。"

"没那回事,是有价值的。不过,当演员之前的事有没有提过?比如高中时代……"

"那么久远的事……"小林靖代露出意外的表情,陷入沉思,"秀子说过什么呢……"

看来这问题确实有些强人所难了。就在五代准备放弃时,老妇人的嘴唇翕动起来。

"秀子常说,那孩子的青春期让她操碎了心。毕竟不是亲生女儿,尤其跟自己没有血缘关系,管教起来很吃力。可能因为自己两口子做的是夜场生意,江利子有时会故意表现得很轻佻,让人头疼。不过托付给姐姐后,就出落成稳重的成熟女性了。"

小林靖代不经意说出的话,让五代心头一震。

"姐姐？谁的姐姐？"

"秀子的姐姐。说是送去学习新娘课程，结果在街头被星探发掘，她得知时很是吃惊。"

"地点在哪？"

"地点？被星探发掘的地点吗？"

"不是，是深水秀子女士的姐姐当时住的地方。"五代难掩兴奋之情，语速不自觉地加快。

"这个嘛……"小林靖代一脸困惑地摇摇头，"对不起，我不记得了，她应该也没提过。"

"没关系，已经足够了。您提供的信息很有参考价值。"

这句话出自真心。五代确信，这正是他们苦寻多时的重要线索。

29

　　早上，五代刚来到本部大楼的对策本部，就和筒井一起被樱川叫了过去。三人走出会议室，在稍远处的空房间里相对而立。樱川没有落座，五代他们便也站着。

　　樱川盯着两人，直接切入主题。听完上司的话，五代不禁愕然。被检察官告知鉴定留置后，山尾当即提出想更正供述笔录。

　　"怎么更正？"筒井问，"难道是要否认……"

　　"不是否认，但也不是肯定。"

　　"什么意思？"

　　"山尾对承办检察官是这样说的：我也觉得有必要进行精神鉴定。越是反复回想，越对记忆失去信心，感觉一切都是自己的妄想，或许精神确实有些异常。我无法接受将这种状态下的供词作为审判的依据，希望予以更正——"

　　五代深吸一口气。这完全出乎意料。

　　"检察官是怎么回应的？"筒井的声音略显尖锐。

　　"答复说等鉴定留置结束后再讨论。山尾好像也同意了。"

　　"山尾为何要这样做……"筒井交抱起双臂。

　　"检方很焦躁。因为缺乏决定性的证据，不得已才申请鉴定留置，结果山尾又来了这出。等留置期满，拘留期限也快到了，如果供述笔录的自白部分含糊不清，绝对无法起诉，因为那可是唯一的筹码。"

说到这里，樱川看向五代。

"你的推测或许没错，山尾从一开始就料到局面会演变成这样。或者说，他是故意供认以促成这种局面。在对他的供述内容进行补充调查的过程中，时间不断流逝，能证明是真凶犯案的线索也逐渐消失。等三个月后鉴定留置结束，不仅目击证言更难获取，各处监控录像也会陆续超过保存期限。"

"这个推测向上层报告了吗？"

"作为一种可能性跟搜查一课课长说过，刑事部长应该也知情。不过估计还没告知检方，毕竟检方对逮捕山尾本来就态度消极。站在警视厅的立场，事到如今，总不能承认中了一介警察的圈套，除非找到新的嫌疑人。"

五代无言以对，筒井也沉默不语。

"那件事进展如何？"樱川交替看向五代和筒井，"江利子夫人高中毕业后，以学习新娘课程的名义寄养在亲戚家。听说找到那户人家了？有什么收获？"

"昨天去当地调查了。"五代拿出记事本，"是练马区的大泉学园，深水秀子的姐姐浜部清美在那里住到二十一年前。她早年丧夫，之后在家中开设补习班，学生主要是附近的孩童。浜部后来去了养老院，离家时将房子也转手了。本人在十二年前去世。"

"已经确认江利子夫人在浜部家住过吗？"

"这个……"五代皱起眉，"毕竟是将近四十年前的事了，附近几乎没有人了解当时的情况。就连她办补习班这件事，也是碰巧找到一个就读过的男人才知道的，但好像没什么名气。"

"那个男人不记得江利子夫人吗？"

"很遗憾，那人现在六十来岁，读补习班是五十多年前的事，所以时间对不上。"

"这样啊。"樱川眉头紧锁，"你打算怎么办？"

"在附近走访，寻找当年上过补习班的人。如果是在江利子夫人寄居期间就读，很可能见过她。"

"五代一个人走访吗？有没有加派人手？"樱川问筒井。

"我打算派川村和木原……"筒井报出两个年轻刑警的名字。

樱川不耐烦地摇头。

"其他人在忙什么？反正都是指望不了成果的补充调查吧？那种事以后再说，把空闲人手都派过去！"

面对樱川充满干劲的指示，筒井也很有气势地回答："明白！"

数小时后，五代和其他侦查员分头走访大泉学园和周边街区的住户，主要问题是："您认识四十年前上过浜部学习教室的人吗？""浜部学习教室"就是浜部清美在家中开办的补习班名称。

人海战术奏效，找到了几个上过补习班的人，但都不是在深水江利子可能寄居的时期。最可惜的是一位一九八八年起就读的女性。据她回忆，在上补习班的两年间，从未见过与浜部清美同住的人。深水江利子一九八六年春天高中毕业，如果一九八八年就已经离开，说明在浜部清美身边生活的时间不到两年。要找到刚好在这么短的时间内上过补习班的人，简直难如登天。

眼见太阳西沉，五代正打算今天先收工时，年轻刑警打电话过来，说找到了一个一九八五年起在浜部学习教室读了三年的人。他是在附近的东大泉走访。

"见到本人了吗？"五代问。

"没有，住在这里的是他哥哥，也在浜部学习教室就读过。我仔细询问后，发现弟弟就读的时期正好吻合。"

"弟弟现在在哪里？"

"在东银座经营关东煮店，家住上野。"

"关东煮店啊，知道店名和联系方式吗？"

"当然，我这就发过去。"

"拜托了。"五代说完挂了电话，这时已过下午六点。

东银座的关东煮店么——他心想，今天的晚饭有着落了。

那家店在大厦的负一层，下了楼梯，透过玻璃门可以看到明亮的店面。五代一进门，男店员很有活力的招呼声就扑面而来。

上座率约七成，大多是上班族。六张四人桌坐了四桌，吧台位坐了两对情侣。

柜台内侧有位穿白色罩衫的高大男人，年纪在五十岁上下。

五代坐在吧台角落，浏览着菜单。除了关东煮，还有刺身、烧烤和炸物，酒的种类也很丰富。

五代向男人微微举手示意，待对方走近后，问道："您是牧山孝雄先生吧？"

男人面色凝重起来。"您是警察？"

"是的。"

"刚才我哥来过电话，说您想问浜部补习班的事。"

"浜部补习班"似乎是当年学生间的俗称。

"不好意思，这么忙的时候打扰您。我等您有空的时候再问，顺便我也吃个饭。"

"好的。"牧山神色放松下来，"您想好点什么了吗？"

"关东煮套餐加可乐饼，还有米饭和乌龙茶。"

"明白了。"牧山微笑着点头。

很快菜就送了上来。五代拿起一次性筷子开始吃饭。关东煮汤汁浓郁，可乐饼也很香。如果不是在工作时间，真想点啤酒。五代吃完后，牧山招呼道："现在可以了，这边请。"

店内深处有个日式包厢，今晚是空着的。牧山请他在榻榻米区域坐下。

"菜的味道如何？"牧山问道。

"很美味。关东煮自不必说，可乐饼更是超过预期。"

"那就好。小时候家附近肉店的可乐饼让我难忘，所以想复刻那个味道。"牧山眯起眼说，旋即正色道，"不好意思，您是要问浜部补习班的事吧？"

"您还记得吗？"

"当然，毕竟上了三年。不过许久不曾想起了，接到哥哥的电话时，感觉很怀念。"

"教室就在浜部清美女士的家中吧？"

"是的。有间宽敞的和室,里面摆了几张像是定制的细长书桌,我们就坐在书桌前的坐垫上学习。一个年级约十名学生。"

"听说浜部清美女士是独自生活,没错吧?"

"是的,她一个人住。虽然当时还很年轻,但听说丈夫早早就亡故了,好像是得了白血病?"牧山思索着说。这样的细节都还记得,看来很可靠。

"您有没有在浜部家见过其他人?应该有人短期借住过。"

"浜部老师以外的人?"牧山皱起眉头,"有这样的人吗?"

"一九八六年到一九八七年之间。"

"八六年啊,我当时十一岁……"牧山搜寻着久远的记忆,陡然"啊"了一声,"想起来了。没错,是有位女性,给我们提供过果汁。"

"果汁?"

"补习班中间有休息时间,浜部老师会给孩子们提供冰麦茶,有时也会发饼干和糖果。但有段时间提供过果汁,还是用榨汁机现榨的新鲜果汁。负责准备果汁的是个年轻姑娘,浜部老师说是她的亲戚,我们都叫她果汁女郎。她离开以后,果汁也没有了,我们都觉得很遗憾。"

"您记得她的名字吗?"

"名字?那就不记得了,不过可能听说过。"

"除了果汁,您对她还有其他印象吗?可以是行为,也可以是外貌特征。"

"长相完全不记得了,不过确实是个年轻姑娘……"说完,牧山猛地一拍大腿,"对了,有件重要的事忘说了。"

"重要的事？"

"那位姑娘挺着大肚子，她怀孕了。"

30

听了五代的报告,樱川抱着胳膊靠到椅背上。

"果然是这样,你的推测完全正确。"

"其实也算不上推测。母亲打听女儿前男友血型的理由,除了女儿怀孕了,想不到别的可能。她是要确认孩子的父亲是谁。"

"江利子夫人——深水江利子自己呢?她会不知道孩子父亲是谁吗?"

"应该不至于。虽然据说交过很多男朋友,但要说私生活混乱到这种程度,也着实难以想象。"

"也就是说,她其实心知肚明,只是闭口不谈?"

"强奸的可能性也很低。"筒井在旁说道,"从五代的描述来看,江利子自己应该接受了怀孕的事实,不像是因为错过堕胎的时期,不得已选择把孩子生下来。"

"说明是爱情的结晶啊。"樱川摩挲着下巴,"那么,对方是谁呢?什么时候、在什么情况下发生的关系?"

"深水秀子拜访永间珠代,是在一九八七年的一二月间,当时询问了永间和彦的血型。"五代说,"这说明孩子是在前不久出生的,因为婴儿要生出来才知道血型。由此倒推时间的话,发现怀孕应该是在高中毕业后不久。"

"也就是说发生关系的时间要更早一点？那就有可能是毕业前了。婴儿的父亲会是永间和彦吗？"

"关键就在这里。永间和彦和深水江利子当时应该已经分手了，就算偷偷复合，母亲珠代也不可能毫无察觉。我倾向于相信母亲的直觉，两人没有发生过肉体关系。更重要的是，如果孩子父亲有可能是和彦，深水秀子应该会再次接触永间家。但她没有这么做，就是因为已经确定不是。"

"所以是血型不符？"

"不，应该不是这个原因。"筒井否定了，"我听说婴儿出生后一年内，是无法准确判定血型的。"

"啊，这样吗？"樱川显得很意外。

"我也听说过。"五代说，"所以多半是江利子自己给了准话——孩子的父亲不是永间和彦。"

樱川低声沉吟。"那父亲是谁？"

"我不知道，不过我很在意那把刀。"

"藏在永间和彦房间里的那把刀吗？"

"是的。刀上有看似血迹的污渍，正如永间珠代所说，合理的推测是和彦袭击了某人。但就目前了解到的情况来看，和彦应该属于温厚认真的性格，这样一个年轻人突然挥刀伤人，一定是发生了很严重的事。能让年轻男人情绪失控的最大动机，说到底还是男女关系。而且不是单纯的失恋，而是存在引发更强烈愤怒的因素，比如被意想不到的人背叛或欺骗。"

"听你的口气，好像已经猜到永间和彦的袭击对象了。"

樱川朝五代瞪起三白眼，"别卖关子了，快说吧，你觉得是谁？"

五代调整呼吸后，开口道："可能是藤堂康幸。"

"什么？"

"我听后援会的垣内会长说过，藤堂辞去教职前不久，左臂缠过绷带。虽然本人解释是卷入了学生之间的纠纷，但垣内会长觉得不像真的。因为当时是四五月份，他猜想藤堂是不是被毕业生袭击了。和彦自杀是在五月三十日，时间正好吻合。"

"你的意思是，当时藤堂和江利子之间已经发生了关系？"

"不可能吗？"

"不，完全有可能。"筒井强烈赞同，"考虑到两人是师生关系，对外隐瞒交往的事实反而符合常理。"

"也就是说，永间和彦袭击了恩师？"樱川低喃道。

"正因为是恩师才更愤怒吧。越是发自内心地仰慕和信赖对方，发现遭到背叛时的怒火就越是猛烈。"

"按刚才的研判，江利子确认怀孕也是在那时候吧？永间和彦得知这件事后袭击了藤堂康幸，是因为认定他就是孩子的父亲？"

"极有可能。"

"江利子都怀孕了，还继续隐瞒和藤堂的关系吗？"

"或许觉得事到如今说不出口吧。"

"藤堂呢？把女学生肚子搞大了也满不在乎？"

"关于这点，藤堂或许并不知情。如果两人当时已经分手，这种可能性就很大了。尤其藤堂次年就辞职去了美国。"

樱川以手支颐，锐利地抬眼看向五代。

"逻辑上说得通，但有几个疑问。养父母把江利子怀孕的事瞒得密不透风，永间和彦是怎么知晓的？又凭什么确信对方是藤堂？"

"很遗憾，关于这些，只能说目前还不得而知。不过破案的关键或许也正藏在其中。"

樱川神色凝重地沉默片刻后，缓缓摸了摸自己的后脑勺。

"那把刀鉴识课怎么说？永间珠代的证词可靠吗？不会是老年人的胡思乱想吧？"

"对表面状态进行了分析，指纹已经完全消失，至少十年内没有裸手触碰过的痕迹。四十年来小心保管的说法应该属实。刀柄部分能否提取到DNA，目前还不清楚，至于沾的血迹，虽然需要相当长时间，但DNA鉴定是可行的。"

"知道了。那就委托他们进行鉴定，看是否与藤堂康幸的DNA一致。不过，还有其他要调查的事。假设江利子偷偷把孩子生了下来，那孩子去哪儿了？当时可没有弃婴岛这种设施。"

"虽说为了避人耳目离开了当地，但既然有浜部清美这位监护人在，按理应该是通过正规流程分娩。但江利子的户籍誊本中并没有相关记录，那就只有一种可能。"

筒井打了个响指。"特别收养制度吗？"

"真是火眼金睛。"五代说，"这制度开始于一九八八年一月，正好是江利子进入演艺界的时间。"

"看来有必要调查一下当时的情况。"樱川舔了舔嘴唇，"不过都是陈年旧账了，有线索吗？"

"有个人可能知情，不过在大洋彼岸。"五代举起手机。

31

液晶屏幕上出现本庄雅美的面容时,比约定的时间晚了一分钟左右。五代挺直脊背,欠身行礼。"早上好,这么早打扰实在抱歉。"

"我倒没什么,您那边是深夜吧?会不会有点困?"

"已经眯了会儿,不碍事。感谢您及时回复这么突然的邮件。"

"因为我觉得应该有很紧急的事。尤其看到写着希望远程通话,更是让我坐不住了,回完邮件就急忙化了妆。"

"真是过意不去。"

屏幕上的本庄雅美确实面容很年轻。虽然有化妆的效果,专用的补光灯似乎也功不可没。

五代此刻在自己家中。时间是凌晨三点,给本庄雅美发邮件是约一小时前。

"听说案子已经破了?网上新闻说凶手是警察,具体情况什么时候公布呢?"本庄雅美露出探询的表情。

听她的口气,似乎没发现那位警察就是来过自己家的刑警。五代判断没必要特意告诉她。

"其实尚未告破。警察被逮捕是事实,但还不能确定他就是凶手。还有诸多疑点没有查明,所以要请您协助。"

"这样啊。"本庄雅美神色黯淡下来,"您想问什么事呢?"

"不好意思,说来是相当久远的事了——关于江利子夫人进入演艺界之前的经历。您可曾听她提过,当时住在什么地方,过着怎样的生活?"

"也就是高中毕业后的事吧?记得她说过寄居在亲戚家……"

"有没有听说那段时间发生过什么大事?"

"大事?"本庄雅美疑惑地歪着头。她的表情不像是在演戏,但也不排除巧妙隐瞒亡友秘密的可能性。毕竟对方是演员出身。

"因为这是未经证实的消息,请务必保密。"五代舔了舔嘴唇,继续说道:"有传闻说,江利子夫人在进入演艺界前生过孩子。"

"生过孩子?"本庄雅美挑起眉,"谁说的?"

"消息的来源不便透露。刚才也说过,真假还不确定,所以才来向您请教。您可曾听她本人提过?"

本庄雅美神色依旧震惊,摇了摇头。"没有,我第一次听说。"

"果然是这样啊。"

"江利竟然生过孩子……"本庄雅美眉头紧皱,目光低垂。

"恕我再啰唆一句,还没确定是事实。"

"嗯,我知道。不过要真是这样,有些事倒是可以理解了。"

"理解?什么样的事?"

"江利特别喜欢孩子。街头购物的时候看到小孩,也会停下脚步盯着看,有时还会跟家长攀谈。我说既然这么喜欢孩子,不如早点结婚自己生,她却说觉得自己当不了母亲。"

"有这种事……"

五代暗忖,或许是因为没能亲手抚养自己的孩子而自责吧。

"我知道您是江利子夫人最亲近的人,如果夫人年轻时生过孩子,您觉得她有可能向谁透露这件事?"五代斟酌着措辞问道。

屏幕里的本庄雅美陷入沉思。

"是否透露过我不知道,不过当时的经纪人或许知情。"

"经纪人?是怎样的人?"

"是位姓楢桥的女性,比我们大五岁左右。因为是同性,我记得很多事情都会找她商量,包括男女关系。"本庄雅美脸色略有缓和。

"她现在还在演艺界吗?"

"没有,早就辞职了。听说结婚后去了丈夫的老家,不过现在也还会互寄贺年卡。"

"那您有联系方式吧?"

"有的,您稍等。"本庄雅美低下头,似乎在操作手机。片刻后,她将手机屏幕转向镜头。

"请看。"

名字是"岛本(楢桥)祐子"。岛本应该是结婚后的姓氏。记载的地址是群马县邑乐郡明和町。

上午九点多,五代租了辆汽车出发了。原本考虑过搭电车,但查过地图后发现,在当地活动离不开汽车。

从首都高速转入东北高速公路，朝馆林交流道前进。

去见岛本祐子的事已经电话报告樱川。上司说"期待你的伴手礼"，但五代心知肚明，他要的并不是群马县的特产。

和岛本祐子本人也联系过了。五代自报家门时，对方似乎怀疑他是不是真警察。如今这世道，多点戒心倒也不是坏事。直到五代说出本庄雅美的名字，她才终于相信了。

从馆林交流道驶出高速后，按导航从国道转入县道。双向两车道的道路笔直向前延伸，放眼望去，四周是大片的农田。若是来对了季节，或许满眼绿色，可惜现在褐色更醒目，零星点缀着塑料大棚。

导航提示已抵达目的地附近。旁边是一栋西式宽敞住宅。道路两旁的农田里，有一个用栅栏围起来的果园，但有枝无果，五代看不出是什么树。

他给岛本祐子打电话，对方立刻接起。描述周边环境后，确认就是这栋房子。岛本祐子告知拐进小路后就是停车区和玄关，五代遂依言把车开过去。

下车后，一位身穿毛衣搭配牛仔裤的女性出现了。看上去六十开外的年纪，身姿挺拔，给人以精力充沛的印象。

"您是岛本女士吗？"五代问。

"是的。"对方回答。

"不好意思，突然提出不情之请。如果您能协助调查，我会感激不尽。"

"我在电话里也说过了，恐怕提供不了什么重要信息，您不介意就好。"

"任何信息都有参考价值的。"

"是吗？那请进。"岛本祐子打开院门。

五代被引到摆放着桌子和藤椅的会客室，透过玻璃门可以看到刚才的果园。

"那是府上的果园吗？"五代问。

"是的。种的是梨树，因为要剪枝，接下来会很忙。"岛本祐子一边说，一边用茶壶往茶杯里斟日本茶。

"听说这里是您先生的故乡？"

"我丈夫出生在邻镇，三十岁前在东京当公司职员，之后为了继承梨园才回来。我那时正和他交往，就顺势结了婚。我觉得在演艺界的工作已经做够了。"

"请用。"说着，她将茶杯放到五代面前。

"您说的工作，主要是双叶江利子她们的经纪事务吧？"

"是的。"岛本祐子略显紧张地点了点头，想必是意识到谈话进入正题了。

"得知这次的案件时，您有何感想？"

"感想啊……"岛本祐子皱起眉头，摇了摇头，"我不敢相信，也不愿相信。虽然很久没联系了，但我时常会想起江利。几乎没有不愉快的回忆，全是快乐时光。"

"从江利子女士进入演艺界开始，一直是您担任经纪人？"

"是的，因为是间小事务所，员工也少，我同时负责好几位艺人。江利子是其中最拔尖的，我的大部分工作都围着她转。"

"据本庄女士说，有时工作以外的事也会找您商量。"

"确实有过。尤其雅美那孩子自由奔放，很容易就跟男艺"

人打得火热，着实让我操心。"岛本祐子的表情稍显柔和。

"双叶江利子女士如何？也有这种情况吗？"

"江利很省心。固然有迅速走红的原因，但也一直洁身自好。她自幼失去父母，是被舅舅舅妈抚养长大的，常说要早日经济独立，所以学习歌舞也很用功。"

"进入演艺界的时候没有男友吗？"

"应该没有。如果有的话，总会有人察觉的，毕竟不像现在有手机。"

当时深水江利子和本庄雅美等人住在宿舍，和男友联系只能使用宿舍电话或公用电话，确实很难避人耳目。

"不过——"岛本祐子歪着头，"我觉得她在进入演艺界前，应该有过深入交往的男性。"

"为什么？"

"这件事还请您不要外传。"岛本祐子有些踌躇地开了口，"江利可能做过人流。"

五代瞬间屏住了呼吸。"……什么意思？"

"有一次，事务所的女艺人被发现怀孕了，当然是未婚先孕。最先发现这件事的是江利，她私下问那女孩是不是怀孕了。我是直到当事人主动坦白时才知道的，最后做了人流。据那女孩说，江利对怀孕和堕胎的知识很丰富，给了她很多建议，她才终于下定决心。所以我想，或许江利有过同样的经历。毕竟当年不像现在，资讯是很匮乏的。不过，我没向江利本人求证过。"

"原来如此，还有这层缘由啊。"

五代暗想，这倒省了问关键问题的工夫。岛本祐子早就知道深水江利子有过怀孕的经历，只是不确定是否生了下来。

"据本庄雅美女士说，江利子女士很喜欢小孩。这和方才那件事有关联吗？"

五代这么一问，岛本祐子若有所悟地点头。

"啊，您这么一说还真是。感觉她对学龄前的小朋友尤其上心，我私下揣测过，或许是想到了自己打掉的孩子……"

"关于孩子的回忆，还有没有您印象比较深的事情呢？比如给孩子买礼物之类的。"

"礼物？这个嘛……"岛本祐子歪头沉思片刻，突然轻呼一声，拍了下膝盖。"虽然与礼物有所不同，但她曾经邀请儿童福利院的孩子观看音乐剧。那是部以孤儿院为背景的作品，江利参与了演出，她提出务必要请同样遭遇的孩子们来观看。"

五代颔首。这件事他有印象。

"那家福利院是不是春实学园？"

岛本祐子啪地一拍手。

"没错没错，就是这个名字。我记得是位于西东京的机构。"

"邀请孩子们是江利子女士提议的吗？"

"是的。邀请哪家福利院应该也是她定的。"

"福利院也是？"五代不由得挺直了脊背，"是江利子女士提议邀请春实学园的孩子们？为什么选择这家福利院呢？"

"原因就……或许有什么渊源吧。对不起，我不记得了。"

"这样啊……"五代望向窗外，梨树在风中摇曳。

32

对策本部里,多名侦查员正对着电脑工作。据筒井说,山尾手机的解析有了进展,恢复了被删除的邮件和信息,正在筛查是否有涉案的线索。

"目前没有任何收获。"筒井说,"蹊跷的是,不仅邮件和信息,连通话记录里都没有与藤堂康幸接触的痕迹。两人既然一起吃过饭,必定有过联系,怎么会这样?"

"说明除了扣押的手机外,另有联系手段?"

"估计是。事实上藤堂的手机同样没有与山尾的通话记录,两人极有可能采用特殊方式联系。"

"特殊方式……"

五代想起先前女鉴识课员展示的手机碎片的图片。她说,里面包含了两部手机的零件。

"莫非两人是用匿名手机联系?"

听了五代的话,筒井张大了嘴,似乎觉得匪夷所思。

"有必要做到这种程度吗?"

"确实令人费解。"

"完全搞不懂。"筒井挠了挠头,"你那边呢?带回什么伴手礼没有?"

"不知道能不能算伴手礼，倒是打听到一些耐人寻味的消息。"

两人挪到房间角落，五代将向岛本祐子了解到的情况报告了筒井。

"人流？有这种可能吗？"

"不能完全排除，但概率很低。如果做了人流，通常不会知道胎儿血型。深水秀子向永间太太打听和彦的血型，应该是因为即使当时还没出生，也预计是会生下来的。"

"是啊。不管怎样，江利子确实在高中毕业不久就发现怀孕了。"

"关于春实学园你怎么看？"

"这件事我也很在意。福利院多的是，为什么特意选择春实学园？合理的推测是存在某种私人渊源，但究竟是什么呢？"

"比如——"五代说，"自己的骨肉就托付在那里？"

筒井鼻孔翕张。

"这是最有可能的情况。不过若是这样，江利子的户籍应该有记录才对。"

"将孩子送到福利院后，如果孩子通过特别收养制度被某个家庭领养，江利子户籍中的子女记录就会被消除。"

"原来如此。"

"不过上次我们去调查的时候，园长对这件事只字未提……"五代说着，摇了摇头，"也是，刑警只是来打听点事，怎么可能轻易透露这样的隐私呢？"

"但现在情况不同了。如果把缘由解释清楚，对方也许会改变态度。"

"我也有同感。我这就去一趟春实学园。"五代握着车钥匙站起身。租来的汽车还停在附近的停车场。

但他刚要走又停下脚步,因为看到了女侦查员盯着的电脑屏幕。画面上是个六岁左右女童的面孔。

"那是谁?"五代问女侦查员。

她轻轻摇头。

"不知道。我们正在重新检查山尾手机里的图片数据,删除的数据都恢复了,但这些是原本就没删掉的。"

恢复的图片数据五代前几天也看过,大多是藤堂江利子演员时期的照片。

五代凑近屏幕细看。这个对着镜头微笑的女童他没有印象,但总觉得哪里不对劲。

"怎么了?"筒井走了过来。

"我在想这女孩是谁,跟山尾是什么关系?"

"不是熟人的孩子,就是亲戚的孩子……不外乎是这类关系吧?"

"还有其他类似的图片吗?"五代问女侦查员。

"没有,女孩的照片就这一张。"

"为什么只有这张照片……"

莫非是藤堂江利子的孩子?五代脑海里闪过这个念头,但旋即打消。照片画质清晰,拍摄时间应该是十年以内,时间完全对不上。

"你想多了吧?如果和案件有关,肯定不会留在手机里,应该跟双叶江利子的照片一样,被山尾删掉了。"

筒井说得在理。五代点点头,说声"那我走了",转身离去。

33

春实学园园内热闹非凡,职员和孩子们正在庭院里忙活着什么。五代向路过的女职员打听,说是在为圣诞节做准备。

"每年我们都会在院子里举办小型派对,邀请平时关照我们的人,也会请附近的住户。"

"真是温馨啊。"

"从这里毕业的孩子也会来参加。"身后传来声音,是平塚园长,"对他们来说,这里就像是老家一样。"

"原来如此。"

"您工作辛苦了。"平塚园长欠身致意,"今天是一个人来吗?"

"嗯,是啊……"

"上次有位姓山尾的警官一起来吧?我听职员说了件奇怪的事,这次案件被逮捕的警察也叫山尾,难道就是当时来的那位刑警?真的是同一个人吗?"

五代本想回避这个话题,但既然对方已经察觉了,便不能搪塞过去。

"关于这件事,我正想跟您解释一下。"他礼貌地回应。

平塚园长似乎深吸了一口气。"明白了,我们去房间谈吧。"

和上次一样，五代被引到园长室。

五代如实相告，被逮捕的正是上次同来的山尾刑警。

"不过，当时特别搜查本部上下谁也没想到他会涉案，我也一样。就结果而言，给您带来了极大不快，对此我深表歉意，还望您能体谅这种特殊情况。"

平塚园长点点头，吁了一口气。

"我猜也是这样。不过，很高兴能得到明确的答复，毕竟之前一直心存疑虑。"

"我应该早点来解释的，实在抱歉。"

"你们当时想必也无暇顾及吧。那么，您今天来有何贵干？案子不是已经解决了吗？"

"没有，还有很多事情要调查。您上次说过，结识藤堂江利子夫人是在约三十年前，起因是受邀观看音乐剧。"

"嗯，我是这么说的。"

"我们调查发现，提议邀请福利院的孩子看剧和选择您这家机构的，都是江利子夫人——也就是当时的双叶江利子小姐。您知道这件事吗？"

"江利子夫人？"平塚园长眨了眨眼，"不，我是头一次听说。原来是这样吗？她自己从没提过。"

"消息来源可靠，应该不会错。也就是说，江利子夫人很可能在那之前就知道这里。关于这一点，您有什么头绪吗？"

"这个嘛……"平塚园长侧头沉吟，"完全想不出来。我一直以为契机是音乐剧。真的是这样吗？如果是这样，为什么不告诉我呢……"

她的表情既困惑又不满,看来确实不知情。

"比如,有没有可能是江利子夫人熟悉的孩子寄养在这里,但因为某些原因不便挑明?"

"什么原因?"

"那就不知道了,因为只是猜测。不过慎重起见,可否调查一下当时在园的儿童?"

"调查儿童的哪方面信息呢?"

"就是是否与江利子夫人有渊源。"

平塚园长眉头紧皱,眼神透着讶异。

"我不太明白。"她语带戒备地说,"这和藤堂夫妻的命案有什么关系呢?我实在想不出来。"

"很抱歉,这涉及侦查上的机密,恕我不便透露。"

五代双手撑在桌上,深深鞠躬:"拜托了。"

"真没办法。"他感觉到平塚园长站起身,"我也盼着案件尽早解决。不过这么久远的资料,找起来需要些时间,您能等吗?"

"当然可以。太感谢了。"五代保持着鞠躬的姿势回答。

听到平塚园长离开房间的声音,他这才直起腰杆,叹了口气,不经意地望向窗外。孩子们正在装饰巨大的圣诞树。

今年只剩一个多月了啊——

回想案发至今的种种,五代只觉头晕目眩。上次来这家福利院时搭档的刑警,现在成了嫌疑人。而且迟迟找不到关键证据,一直被牵着鼻子走。

平塚园长的疑问很合理。即使这家福利院的孩子与藤堂江利子关系密切，与案件又有什么关联呢？实际上，这甚至不算侦查上的秘密。五代自己也参不透个中玄机。

他忽然想起一件事，看向旧桌子。山尾曾说桌脚有用雕刻刀刻的涂鸦，仔细看时，的确有形似文字的刻痕。

当时他只是佩服山尾的观察力，但或许他不是以警察的立场，而是出于个人原因关注这里？换言之，和藤堂江利子一样，这里对山尾也是特别的地方——

门开了，平塚园长走了进来。"让您久等了。"

她身后跟着一名女职员，抱着笔记本电脑和厚厚的档案夹。

"我怕一个人应付不来，就找了人帮忙，没问题吧？"平塚园长问。

"当然。抱歉提出了过分的要求，麻烦两位了。"五代也向女职员致歉。

平塚园长和女职员并排坐了下来。

"我查了一下，受邀观看音乐剧是在一九九一年四月。"女职员看着电脑屏幕说，"次月双叶江利子女士来园访问。"

"当时园里有多少孩子？"五代问。

"共计四十三人。"

"他们的年龄参差不齐吧？有一九八六年和一九八七年出生的孩子吗？"

"八六年和八七年……请稍等。"

女职员翻开厚厚的档案夹。看来并非所有信息都录入了电脑。

看了一会儿档案后，职员回答："有的。八六年出生的孩子有三个，八七年出生的孩子有五个。"

"里面记载了这些孩子的父母姓名和入园经过吗？"

"是的，原则上……"

"能让我看看吗？"

"呃……"女职员瞪大双眼，不安地看向身侧。

"五代先生，这个恕难从命。"平塚园长的语气有些严厉，"来这里的孩子都有各自的苦衷，不能因为是陈年旧事就随意调阅。"

她的反应在预料之中。因为理由正当，五代只能接受。

"明白了。那能否告知这些孩子和相关人员当中，有没有姓深水的？"

如果是深水江利子的孩子，应该曾经登记在她的户籍上。

"深水？"

"深浅的深，雨水的水。"

"怎么样？"平塚园长在女职员旁边觑着档案。她似乎不知道双叶江利子本姓深水。

"没有呢。"女职员小声说。

"好像没有。"平塚园长看着五代说道。

猜错了吗？但也有可能入园时用的是假名。

"那这些孩子中有没有后来通过特别收养制度被领养的？"

两人再次看向档案，旋即双双摇头。

"没有。他们要么回到亲生父母身边，要么在这里待到十八岁。"

"是吗……"

"这样可以了吗？"

五代叹了口气，点点头说："看来只能如此了。"

平塚园长向女职员道了声辛苦。女职员抱着档案夹和笔记本电脑站起身，向五代行了一礼，离开了房间。

"江利子夫人邀请我们园里的孩子看音乐剧，或许并没有什么特别的缘由。"平塚园长说，"虽然是很久以前的事了，但我们园曾经上过电视节目，多半她碰巧看到过，留下了印象。"

"也许吧。"五代附和着，内心却无法释然。

他向平塚园长道了谢，将她留在房间里，独自步出走廊。去门口的路上经过办公室，发现会客区聚集了几个孩子，正在看贴在墙上的照片。照片有二十多张。

刚才那位女职员也在，五代再次向她道谢，然后问："那是什么照片？"

"圣诞节活动的照片。"女职员回答，"从过去十年的照片中精选有特色的贴出来。"

"哦，原来如此。"

五代凑近细看。那不是集体照，而是抓拍。画面里除了圣诞老人，几乎没有成人，全是孩子们的身影。

真是祥和的景象啊——五代这么想着，正要离开时，一张照片映入眼帘。

那是个五岁左右的红衣女孩，从背后被人抱起。腋下被托着的女孩似乎怕痒，笑得脸都皱了起来。一看日期，是十年前。

五代对这张脸有印象。几个小时前刚见过，记忆犹新。

"请问，"他叫住女职员，"这孩子现在还在这里吗？"

女职员看到照片，露出恍然的表情。

"那不是园里的孩子。是她母亲在这里生活过,圣诞节带孩子来玩。"

"母亲……"五代顿觉口干舌燥,"那位女士叫什么名字?"

女职员愣了一下,似乎有些措手不及。"名字吗……"

因为属于个人信息,她显然在犹豫是否能随意透露。

"那我换个问法。那位女士的名字是不是——"五代说出一个名字。

女职员迟疑着点点头。"您怎么会知道?"

五代没有回答,取出手机。他想打给筒井,却因为情绪太激动,指尖发抖,无法顺利操作。

34

十二月二十四日——

五代站在审讯室前，看了眼手表确认日期。他想起春实学园筹备圣诞节活动的场景，那时根本没料到自己会以这种方式迎来平安夜。

他调整呼吸，集中精神，再次梳理思绪。谈话的顺序、打出底牌的时机——容不得半点差池。等在门后的，可是个难缠的对手。

深呼吸后，他握拳捶了一下胸口，打开了门。

坐在桌子对面的山尾表情平和，抬眼看到五代，他眯起眼睛，露出笑容。

"好久不见了。"

五代向负责记录的刑警点头致意，然后缓缓拉开椅子落座，重新打量起山尾。

"你看起来气色不错，我也放心了。不过好像瘦了些。"

山尾晃了晃肩膀。

"当然会瘦了。成年以后头一回这么久没沾酒，何况又是那种牢饭。"

"看守所的生活很难熬吗？"

山尾哧笑一声，摇了摇头。

"已经习惯不自由的日子了，只是闲得发慌。关键的精神鉴定是怎么回事？迟迟没有动静。这样下去，鉴定留置就没有意义了。"他向五代投来挑衅的目光。

五代挺直腰杆。

"感谢你配合这次审讯。这是自愿性质，你随时可以离开。"

"嗯，我知道。"山尾重重点头，"鉴定留置期间，原则上不得审讯。如果不是听说是你的要求，我肯定会拒绝的。"

"为什么同意我的要求？"

"为什么……"山尾歪头思索，然后微微耸肩，"因为我觉得你不会是单纯来叙旧。或者应该说，我有某种预感。"

"预感？这么说你还没听到消息。"

山尾的表情霎时消失了。"有我需要知道的事？"

"是的。"五代点头，"我们逮捕了'都议员夫妻被害及纵火案'的凶手。当然不是指你，是另一个人，本人已经认罪。"

"是谁？"

"不用问你也知道吧。是位女性，我们一起见过。"

山尾闭上眼睛。从胸膛的起伏看得出他在调整呼吸，而内心的波澜想必剧烈数十倍。

他缓缓睁开眼睛。

"不祥的预感成真了啊。不过听说你有事要见我的时候，我就多少有了心理准备。"他的语气突然随意起来，"怎么查到的？"

"我们查出江利子夫人年轻时生过孩子。我猜想那个孩子可能是关键,就尝试从截然不同的角度进行调查。"

山尾重重吐出一口气,抬头望向天花板。

"难怪都说樱川组的五代精明强干。我知道我和藤堂夫妻的关系迟早会暴露,却没想到偏偏是被你看穿。不过你是怎么查出孩子的事的?连当地人都不知道。"

"主要是运气够好。决定性的证据来自你的手机。里面保存着女孩的照片对吧?我正好奇那是谁,却意外地在春实学园有了发现。"

五代从手头的文件夹里取出一张纸,放在山尾面前。那是那张圣诞节活动照片的复印件,穿红衣的女童笑靥如花。

"能告诉我这孩子的名字吗?"

山尾从鼻腔呼出一口气。"你们早就查到了吧?"

"我想听你亲口说出来。"

山尾移开视线,似乎无意回答。

五代指着女童的胸口,那里拍到了大人的手。

"这孩子固然重要,但抱她的人更令我在意。据工作人员说,那是孩子的母亲,在春实学园生活过。请看这只手,戴着很少见的戒指吧?上面有醒目的星形饰品,那是高级定制刺绣。我曾经见过一只一模一样的,你也见过吧?于是我向工作人员确认母亲的姓名,果然是同一个人。她叫今西美咲,是东都百货公司的外商员,负责本庄雅美女士的业务。江利子夫人也是她的客户。"

山尾的表情没有明显变化,或许已经放弃挣扎了。

五代倾身向前,直视着山尾。

"请回答我,为什么今西美咲女儿的照片会保存在你的手机里?"

山尾摇了摇头。

"随你怎么想,我不想解释。"

"但这样一来,你试图隐瞒今西美咲罪行的理由也不得而知了。"

"那是你们的问题,与我无关。"山尾双手放在桌上,"不是说随时可以离开吗?那就容我失陪了。"

"你不想知道吗?"五代说,"今西美咲是怎样被捕的,又是怎样供述的?"

山尾的视线游移,沉默片刻后,开口道:"那就听听吧。"

"说来话长,我去泡杯茶。"五代站了起来。

根据春实学园留存的记录,今西美咲是在一九九〇年入园,当时三岁。其父因涉嫌职务侵占罪被逮捕,父母离异后由母亲抚养,但由于经济困难等因素,最终将她托付给春实学园。母亲似乎患有育儿神经衰弱,原因之一,就是美咲并非亲生女儿,她是一九八八年通过特别收养制度被领养的。

五代确信,今西美咲正是深水江利子秘密生下的孩子。她通过某种途径得知美咲被送到了春实学园,遂以音乐剧为借口接近。

五代向樱川报告了这些情况,但认为直接向今西美咲本人求证还为时过早。目前还不确定她是否知道藤堂江利子是其生母,如果知道,她又为什么要隐瞒呢?

无论如何，今西美咲无疑是个重要人物。山尾手机里存有她女儿照片这点也不容忽视。当下彻查了她的经历。

今西美咲在春实学园度过五年后，被母亲今西好子接回。好子与年长的实业家再婚，在富山县展开新生活。美咲虽然再次成为三口之家的一员，却没有加入继父的户籍，因此依然沿用母亲的旧姓今西。

她在富山县时期的生活状况无从知晓。根据五代等人的调查，其继父两年前已过世，母亲好子独居。

今西美咲住在涩谷区幡谷的出租公寓，与读初中三年级的女儿共同生活。据在附近走访的侦查员反映，女儿名叫真奈美，在邻居中风评欠佳。她常跟不三不四的人厮混，美咲外出时更有年轻男子出入家中。有没有正常上学也很可疑，有人看到她在晚上打扮花哨地外出。当然，美咲并非放任不管，隔壁的住户多次听到母女俩激烈争吵。

听到这样的报告时，五代觉得恍如在听一个全然陌生的故事。他此前见过今西美咲两次，丝毫没感觉到她的私生活如此烦忧。或许她也是天生的女演员。

今西美咲会不会与"都议员夫妻被害及纵火案"有关？如果无关，为了尽早破案，她应该会主动表明自己是江利子的孩子。但也有可能正因为无关，才不想透露多余的信息来干扰侦查。

五代第一次见到今西美咲，是在本庄雅美家。当时问了她十月十四日晚上的不在场证明，她答称和家人在一起，并说是与女儿同住。

今西母女所住的公寓门口安有监控摄像头。经询问管理公司，监控录像的保存期限是三个月。

查看十月十四日的监控录像后，发现今西美咲于晚上九点十二分外出，返回时已是凌晨零点零五分。

推测的作案时间为十四日晚上十一点至十五日半夜两点之间，今西美咲的外出时间正好在这个区间。

随后彻查公寓周边的监控录像，依然是采用追踪方式，通过寻找今西美咲的身影，确定她的行动轨迹。影像分析组没费多少周折就发现，她于十四日晚上九点二十分左右进入幡谷站。

下一次在监控录像中发现她的身影，是在距离藤堂家所在街区最近的车站。已确认晚上九点五十分左右，今西美咲从该车站走出来。影像分析组对照着地图预测路线，并将监控录像显示在液晶屏上。这些数据原本是为了寻找山尾收集的。

今西美咲进入藤堂家所在的住宅区后，追踪工作便告一段落。此前搜寻山尾行踪时已经查明，后续的区域没有有效的监控摄像头。但几乎可以确定，今西美咲去了藤堂家。

五代接到指示，要求今西美咲到警署配合调查。周六下午，他带着几名侦查员前往幡谷的公寓。先前负责监视的侦查员已确认今西美咲在家。

按下内线对讲机后，传来一个女人的声音："哪位？"

"我是警视厅的五代。感谢您上次协助调查，还有些事想跟您谈谈，能否开一下门？"

对方沉默了几秒钟，五代仿佛看到了今西美咲困惑的表情。

"请进。"回答的同时，公用玄关的门开了。

今西美咲家在四楼。五代等人搭电梯抵达后，站在门前按响门铃。很快门开了，露出今西美咲的脸。看到她脸色苍白，五代心头涌起绝望感。

"休息日打扰实在抱歉，能不能现在跟我们去一趟警署？"五代刻意以公事公办的口吻说道。

今西美咲的眼眶迅即泛红，脸颊肌肉明显紧绷。

"请问是什么事呢？"

"到署里会向您说明的，拜托了。"五代行了个礼。

今西美咲的呼吸变得粗重，胸口剧烈起伏数次后，终于开了口。

"好的。我要准备一下，能稍等吗？"

"当然可以，不过还请让女警入内陪同。"

"嗯，没问题。"

同来的女刑警进入室内，房门关闭。这里是四楼，无须担心逃走，但有销毁证据或自杀的风险。

过了一会儿，门开了，今西美咲跟着女刑警走了出来。

"令爱今天在哪？"五代问。

"出门了，说是去见朋友……"

"知道几时回来吗？"

"不好说……那孩子随性得很。"

"明白了，那我们走吧。"

五代决定留两名侦查员在现场。预计随后会搜查住所，在那之前，即便是户主的女儿也不得随意出入。

上车后，今西美咲提出要联系女儿，五代自然应允。

"喂，真奈美？你现在在哪儿？"

"在哪又怎样啦！"电话里传来尖厉的声音，今西美咲用手捂住手机。

"你听好，妈妈现在要去警署，不知道什么时候能回来……具体情况我以后再跟你解释……你尽快回家。啊，不过家里应该有刑警，你要听他们的指示……所以现在还不知道……听清楚了？我要挂电话了……听清楚了吧？明白了吧？我挂了。"今西美咲把手机从耳边移开，向五代道歉，"对不起。"

"听说令爱平时来往的人品行不太端正啊。"

今西美咲垂下头。

"是我这个母亲没用。"她喃喃说道。

警署很快到了。在审讯室里，五代首先问到她的身世。

"你的经历我们已经有一定了解。在此基础上我想问你，你知道自己的亲生母亲是谁吗？"

今西美咲低着头，睫毛微微颤动。

"知道。"她舔了舔嘴唇，继续说道，"是藤堂江利子。"

五代心想，果然在这里就直呼其名了啊。

"江利子夫人当然也知情吧？"

"……是的。"

"还有其他人知道吗？"

今西美咲痛苦地皱起眉头，最后摇摇头。

"不清楚。至少我从未向任何人透露过。"

"藤堂先生呢？"

"也许那位跟他说过，但我没听说。"

"那位"应该指的是藤堂江利子。

"也就是说,你和江利子夫人的关系是只有你们俩知晓的秘密,可以这么理解吗?"

今西美咲顿了一下,答道:"是的。"

"好吧,那我换个问题。你能否说明十月十四日晚上的行踪?之前我问过同样的问题,你回答说和女儿在家。但我们调查后发现,监控拍到当晚你外出前往幡谷站,而且从距离藤堂家最近的车站出站。现在你还坚持原来的说法吗?"

今西美咲沉默不语,目光始终盯着桌面。

"你带了手机吧?"五代说,"能不能让我看看定位信息的记录?只看十月十四日的移动轨迹即可。如果你拒绝,我们会向法院申请搜查扣押令……"

今西美咲轻叹口气,打开包取出手机,放在桌上。

"看吧。"

"请自行操作,调出我需要确认的信息。"

"我这就解锁,你可以随意查看。"今西美咲拿起手机,指尖划过屏幕,再将手机放回桌面。

"请见谅。"五代说着,拿起手机。

常规的移动轨迹数据想必已经删除了,他心想。不过即使删除,只要曾经记录过,就可以通过电子取证恢复。此外,除了地图App,还有若干应用程序可以追溯定位信息并进行分析。除非案发当晚手机关机,但这种可能性微乎其微。

但查看地图App的时间线时,他吃了一惊。十月十四日的移动轨迹竟原封不动地保留着。记录显示,移动路线中赫然包括藤堂家,晚上十点零三分抵达,十一点二十三分离开。

五代震惊地望向今西美咲。她脸上挂着浅笑，透着一丝认命的意味。

"那天晚上我在哪里，不用回答了吧？"她无力地说，"我去了藤堂家。"

"根据记录，你停留了约一小时二十分钟。"

"没错。"

"只有你和江利子夫人两人？"

"是的。"

"那款蒂芙尼茶杯，江利子夫人用它来招待的特殊客人，就是你吧？"

"正是。"今西美咲转过苍白的脸庞，"莫非那个茶杯放在洗碗机里？"

"没错。"

果然，今西美咲虚弱地笑了。

"那天你离开后，我就意识到自己可能说了不该说的话，但已经晚了。"

"是谁把茶杯放进洗碗机里？由此出现了一个重大疑点，同时也让我确信山尾阳介不是凶手，因为他连茶杯的存在都不知晓。"

今西美咲颓然地垮下肩膀。

"真是讽刺啊……"

"那么，我再问一次，那天晚上究竟发生了什么？"

"那天晚上——"说到这里，今西美咲突然语塞，血色逐渐从脸上褪去，眼眶却充血发红。

伴随着粗重的喘息，她终于开口了。

"正如五代先生所料，我杀了那个人……我母亲。"

35

　　山尾将茶杯从唇边移开，放回桌面，重重吐了口长气。五代觉得他的身形也随之佝偻了些许。

　　"原来如此。"山尾有气无力地说，"其实我已经叮嘱她尽快换手机了。警方的电子取证技术逐年升级，就算删除了数据也有被恢复的风险。虽说换手机的时机太凑巧会叫人起疑，总归成不了犯罪的证据。"

　　"据今西美咲说，她害怕去店里买新手机，因为怀疑自己已经被警察盯上，行动处在监视之中。她说总觉得只要一去换手机，刑警就会突然冒出来，把旧手机没收掉。顺带一提，藤堂先生的平板电脑她也没有处理，至今还收在公司的办公桌里。"

　　听了五代的说明，山尾眉头紧皱，但还是点头表示理解。

　　"虽说是一时冲动，毕竟犯下了杀人这种重罪。只要本性不坏，难免会有这种如芒在背的心态。倒不如说，那孩子耿直得有点傻气，所以养孩子自然要吃苦头。不过，我这种没孩子的人说这话，怕是不招她待见。"

　　"那孩子？"五代盯着这个年近花甲的男人，"你很了解她啊，你们很熟吗？"

　　"怎么可能。"山尾哑然失笑，"连话都没说过，我只是很清楚她的生活状态。"

"怎么做到的？"

"当然是调查过了。从公寓的租金到上下班的交通方式我都知道，简直就像跟踪狂一样。"

"为什么要这样做？"

"为了报告。"

"向谁报告？"

山尾顿了顿回答："藤堂老师。"

"我还是第一次听你叫他老师。"

"一直都是这么称呼，跟你搭档的时候，总担心会说溜了嘴。"

"你从来没露过破绽。"

"应该是，我时刻都绷着弦。"

"真是滴水不漏。"五代由衷地说。回想起来，此人不愧是思虑周密的优秀警察。

"这些都无关紧要，继续说案情吧，今西美咲供述到什么程度了？"

"几乎全盘托出。"五代说，"关于案件，她知道的应该都交代了。作案动机与她的成长经历有关，所以身世也基本坦白了。"

"哦,成长经历啊……"山尾缓慢地点了点头,"那就听听吧。如果你肯说的话，我不介意再待片刻。"

"好的。"五代打开放在一旁的文件夹。

据今西美咲供述，自己是何时进入春实学园已毫无印象，蓦然惊觉时，已经生活在园里，将同伴和工作人员们当成家人和亲戚。平塚园长说"这里就像老家一样"，这句话绝非夸大其词。

但美咲并非没有真正的家人。有个女人会不时来探望，就是她的母亲今西好子。好子每次问问她健康和学习方面的情况，抛下一句"下次见"就匆匆回去了。偶尔也会在外面吃个饭，但从未带她去过游乐园或动物园。

对于不能和母亲一起生活，美咲并没有什么疑问，因为身边的孩子都是这样。多年后她才知道，当时好子在看精神科医生，有时还要住院。

还有一位女性定期来看她。不，她是来看望园里的所有孩子。但美咲莫名觉得，她看自己的眼神和看其他孩子不一样，充满了温情。

她长得很美。因为是女演员，这也是理所当然的。她叫双叶江利子。光是跟她打招呼都让美咲心跳加速。

美咲在这样的环境中度过了五年。一天，好子如常来看她，并说带她去外面吃饭。

去了家庭餐厅，有个身材魁梧的男人已等在那里。他头发斑白，看上去比好子年长许多。好子介绍他是"酒井先生"。

酒井先生向美咲抛来各种问题。喜欢吃什么食物，喜欢哪个艺人，平时有什么娱乐活动，等等。美咲紧张得答不上来，都是好子代为回答。喜欢的食物是蛋包饭，是森口博子的粉丝，常跟朋友玩乐队扮演游戏——她似乎还记得美咲很久以前说过的话。虽然都是过时的信息了，美咲也没有纠正。

此后这样的场景定期上演。某次聚餐回来路上，好子告诉美咲，她准备和酒井先生结婚。

美咲从之前的对话里已经有了几分预感，所以并不惊讶。真正意外的是接下来这句话。

"酒井先生说想收养你，你觉得呢？"好子问。

美咲一时不知所措。在她的认知里，好子固然是自己的母亲，但隐约觉得应该不会有共同生活的日子。

迷茫了一会儿，美咲最后回答："都可以。"

"那就好。"好子松了口气。

不久，美咲离开了春实学园，来到富山县富山市的新庄银座开始新生活。当地外观相似的两层住宅鳞次栉比，美咲他们的房子算是其中比较宽敞的，停车场可以停两辆车。

美咲户籍上的姓氏还是"今西"，但日常改用"酒井"这个姓。学校也认可了这种做法。

酒井经营一家精密机械制造公司，工厂离家仅几分钟车程，附近全是大大小小的工厂。

虽然经济上还算优裕，但在陌生土地上的新生活，对美咲来说很难称得上惬意。首先她无论如何都没法把酒井当成父亲，不管一起生活了多久，依然叫他"酒井先生"，也总改不了用敬语的习惯。这样的态度酒井自然不会感到愉快，对美咲的言行也逐渐冷淡。收养美咲的手续迟迟没有办理，原因大抵也与此有关。

她对好子的感情也同样疏离。好子可能是顾忌丈夫的感受，对美咲管教得很严厉。美咲看到母亲对酒井察言观色的模样，不禁感到幻灭：她跟这个男人结婚，纯粹是为了过上安稳的生活。

决定性的转折发生在初一那年。学校布置了"查阅自己户籍"的作业，那是美咲第一次看到自己的户籍誊本。上面记载的内容并无费解之处，但"身份事项"栏里注明"民法817条之2"，这一点令她很在意。

调查后她大吃一惊，这才知道自己是通过特别收养制度被收养的孩子。

她向好子问起时，好子神色颇不自在地承认："我原也想着该告诉你了。"

"不过——"好子接着说道，"我一直把你当亲生孩子，现在也一样。所以你不必胡思乱想。"

"知道了。"美咲回答，但内心觉得母亲在说谎。如果真当成亲生的孩子，生活再困苦也不会送去福利院吧？就算送去了，也会更频繁地来看望，带自己去游乐园或动物园。

得知自己并非亲生女儿，所有的疑问都冰消瓦解。

关于她的亲生父母，好子只说"不清楚"，又补充了一句"我觉得最好不要深究"。美咲直觉这也是谎言，但选择不再追问。

从那天起，美咲决定划清界限。在这里生活期间，就作为好子的拖油瓶受酒井照顾，必要时也扮演一个尊敬、仰慕他的乖女儿。等有朝一日离开这个家时，就和酒井家彻底断绝关系。与好子的母女名分虽然无法解除，也要尽量避免见面。在那之前，唯有忍耐——

此后数年间，美咲持续在表演。酒井或许觉得她比以前容易相处了，好子却似乎察觉到女儿的异样，一再跟她说"有什么不满就说出来",试图确认她的真实想法。美咲当然永远回答"没有"。

她在当地读到高中,之后考上了东京的大学,自此便鲜少回富山。虽然家里提供学费和生活费,她仍坚持打工,不断摸索自立之路。

与此同时,她开始寻找亲生父母。前往法律事务所咨询后,律师建议她去家事法院。要成立特别收养关系,必须获得家事法院的许可,因此家事法院应当存有相关审判的记录。

美咲依照建议办理手续,取得了记录。上面记载着生母的姓名和籍贯。

看到深水江利子这个名字时,她一时还没反应过来,昭岛市这个地名也令她困惑。记录显示,深水江利子高中毕业后不久发现怀孕,随后生下孩子。但孩子生父不明,考虑到她的未来,养父母提议通过特别收养制度将孩子送养,深水江利子本人也表示同意。

原来是这样。美咲恍然之余,也感到失望。原以为舍弃骨肉必有重大隐情,想不到只是女高中生玩火的结果。

尽管如此,美咲还是想知道她是怎样一个人,于是前往昭岛。来到籍贯地向附近居民打听后,发现了惊人的事实。

深水江利子就是女演员双叶江利子。

想起在春实学园的往事,美咲恍然大悟。当时感觉双叶江利子投来的眼神很特别,原来并非错觉。她无疑早就知道自己是她的女儿。

美咲不知该如何是好,既想见到她,又近乡情怯。深水江利子的演艺生涯很成功,之后与政治家结婚,过着幸福的生活。这时候本已断绝关系的孩子突然找上门来,她会作何感想呢?通常只会觉得困扰吧?

不能因为在春实学园感受过温柔的眼神就忘乎所以,或许正因为如今已形同陌路,她才会那般对待自己。

日子在苦闷中过去,终于,美咲大学毕业,就职于一家知名百货公司。工作很忙碌,她无暇再纠结自己的身世。

这期间,她和大学时代开始交往的男友有了孩子,对方提出结婚。

若问是否真心爱着男友,美咲也答不上来。但作为结婚对象他还算合格——收入稳定,又带着顾家的气质。美咲接受了求婚,但没有举办婚礼。

二十三岁那年的二月,美咲请了产假,生下女儿,取名真奈美。

人生的风向就从这时开始转变。

结婚对象在育儿上完全不帮忙,虽然很疼爱真奈美,却从不照料。即便重返职场的美咲委婉发出求助信号,他也只当没看见。无奈之下,美咲不得不明确提出要求,他却一脸不耐地说"那就辞职啊"。美咲目睹过一直仰丈夫鼻息的好子,不想活成她的模样,所以绝不可能放弃工作。

夫妻关系一旦变得微妙,结局也就可以预见了。果不其然,美咲发觉丈夫出轨了。偷看他的手机时,还发现他给出轨对象发送诋毁妻子的信息。

这段婚姻只维持了两年十个月,美咲就带着真奈美离开了家。

收到春实学园的活动邀请函,是在离婚的翌年。为了调剂心情,她没有多想就带真奈美去了。这是她时隔十八年故地重游。

平塚园长还健在,对美咲的来访既惊讶又欢迎。得知离婚的消息,她面露惋惜,但看到真奈美,似乎又放下心来。

意料之外的事发生了。藤堂江利子也出席了这次活动。美咲顿时紧张起来,整个人心神恍惚。

这时江利子主动走近,脸上的微笑如同圣母般温柔。

"美咲,你长大了啊。还记得我吗?"

"当然记得。"美咲按住胸口,心跳依然剧烈。

"那是你女儿?"江利子看着庭院问。真奈美正和其他孩子一起玩沙子。

"是的,她叫真奈美。"

"好名字。这样啊,美咲也当妈妈了。"江利子凝视着她,眼睛有些湿润。

就是现在——美咲暗忖。错过这个机会,恐怕不会有第二次了。

"那个,我……"呼吸变得急促,美咲顾不得压抑,豁出去说道,"我去了昭岛。"

江利子的表情霎时消失,紧接着脸颊紧绷,神情似哭似笑。但这种状态并未持续多久,她很快恢复了从容的气度,在美咲耳边低语:"我们换个地方说话。"

会客室恰好空着,两人进去后,相对而坐。

"你是听妈妈说的?"江利子问。

"不是。我是查看户籍时发现端倪,向妈妈确认的。妈妈没告诉我亲生父母是谁,我就自己去调查。"

"这样啊。但你没想过见面?"

"其实是想见面的,不过又怕给你带来困扰。"

江利子悲伤地摇头。

"你竟然这么替我着想,真是惭愧。你被寄养在这里的时候,每次看到你,我都既内疚又痛心。如果我能好好抚养你,你就不会吃这些苦了。这不是道个歉就能弥补的,事到如今也已无可挽回,但至少容我说一声——"江利子双眼通红,向她道歉,"对不起。"

听到这句话的瞬间,美咲内心有什么东西轰然崩裂,汹涌的情绪席卷心头,泪水止不住地夺眶而出。

幸好这时没人来会客室。如果看到两人的样子,想必会错愕不已,两人哭得妆都花了。

约定改日再见后,当天就此分别。牵着真奈美的手离开春实学园时,美咲感到束缚自己的锁链终于解开了。

几天后,两人在东京都内某酒店的房间里再次见面。关于订房的理由,江利子这样解释:"在这里应该可以尽情痛哭吧?"

不过那天两人都没有落泪,因为见面前有充足的时间整理心绪。

江利子询问美咲的近况,反复确认生活是否稳定。得知美咲上班的公司后,她陡然眼睛发亮。

"如果是那家百货公司的话,我先生应该和董事有交情。你有什么需求尽管提,我可以去说说看。"

"不用麻烦了……"

"我想帮点忙,你不必客气。"

见她如此坚持,美咲也不便过分推辞,当下提出想做外商业务,这是她以前就有的想法。

"外商部啊。明白了,交给我吧。"江利子的语气很笃定。

美咲也有想问的事。她最想知道的,就是父亲是谁。

"你果然很在意这件事。"江利子看来也早有心理准备。

江利子说,那是她高中时的恋人,但毕业后不久就自杀身亡,据说是因为没考上大学而苦恼。

发现怀孕后,养父母要求江利子堕胎,但她无论如何都想生下来。

"毕竟他已不在人世,要延续他的基因,只有由我把孩子生下来了。但如果说出实情,养父母只会更坚决地让我打掉,所以我绝口不提孩子父亲是谁。与其说是使命感,或许更多的是自我感动吧。但生下你的时候,我觉得自己的选择没有错。因为我得到了这么可爱的天使。问题在于,能不能让这个天使幸福。"

因为高中刚毕业就发现怀孕,既没有工作也没有一技之长,而且孩子父亲不明。养父母考虑通过特别收养制度将孩子送养,也是人之常情。

"和你分开很痛苦。虽然不情愿,但'为了孩子好'这种说法让我无言以对。"

平淡地讲述后,江利子再次道歉:"对不起。"此时一行泪从脸颊滑落。

听了她的话，美咲的种种心结都释然了。她终于确认了自己的身份，第一次觉得出生是件好事。

从那以后，两人时有往来。有时每个月都见面，也有时数月不联系。

翌年，在春实学园举办的圣诞活动上碰面时，江利子送了她礼物。那是一枚以高级定制刺绣工艺制成的戒指，是纯手工制作的。美咲将戒指戴到手上，真奈美说："好可爱啊！"她用戴着戒指的手抱起女儿。

不久，美咲的公司发生人事变动，她被调到向往已久的外商部。很明显，是藤堂康幸起了作用。美咲依照江利子的指点，向本庄雅美发起攻势，成功将她发展为客户，继而经由她的介绍，也负责江利子的业务。本庄雅美恐怕到现在都没察觉，自己充当了为两人牵线搭桥的角色。

就这样，两人终于可以光明正大地见面了。当然对美咲而言，江利子和本庄雅美都是 VIP 级客户。托她们的福，她在公司的业绩始终名列前茅。

平稳的日子悠悠而过。江利子的存在令美咲倍感安心。毕竟是血脉相连的母亲，即便实际上并不仰仗她，光是想到紧要关头有人可以依靠，纵有些许困厄也都克服了。

若说内心有什么不满，就是两人的关系无法公开。美咲不叫江利子妈妈，唯恐养成习惯会说溜嘴，江利子也从未这样要求。

虽然次数不多，但每当江利子提及香织时，美咲的心情都很复杂。她没有直接见过这个小八岁的异父妹妹，但从江利子偶尔流露的只言片语，美咲总忍不住勾勒各种画面。生活在双亲俱全的家庭里，该是何等的幸福美满？香织可以堂堂正正地喊江利子"妈妈"，周围的人也都视她为藤堂夫妻的千金，而她想必将这份幸运视作天经地义，甚至不会有感恩之心。

自然，美咲一直将这般思绪深埋心底。说到底不过是嫉妒作祟，她极力告诫自己，即使关系不能公开，能得到江利子作为母亲的关爱，也应该觉得幸运了。虽然入不了户籍，也要努力做个优秀的女儿，绝不能输给香织。她希望自己能令江利子感到骄傲，"不愧是我的女儿"。

岁月就这样流逝，美咲和江利子维持着秘密的母女关系。反倒是和真奈美之间开始暗流涌动。

原本乖巧的女儿上初中后变得叛逆起来。其实早些时候就有征兆了，她的学习成绩陡然滑坡。小学时美咲对她管得很严，不允许她对学习以外的事感兴趣，原因就在于江利子。美咲想证明给她看，即使没有父亲，自己也能把孩子养得很出色。所以和江利子见面时，她也会带上真奈美。于江利子而言，这是她的外孙女。她曾经这样感慨："第一次体会到'含在嘴里怕化了'的心情。"

这样的真奈美却开始反抗，如果只是偷懒厌学也就罢了，但美咲接到班主任联系，得知她无故旷课，这才意识到事情的严重性。面对美咲的追问，真奈美也拒绝说明理由，有时躲在自己房间里，有时突然跑出去。

她玩手机的时间也明显增多，只要在家就机不离手。美咲稍加规劝，她就大发脾气，也就是所谓的发飙。

美咲还发现她与不三不四的人厮混。不知道他们是怎么认识的，但似乎经常见面，受对方影响，真奈美从谈吐到打扮都判若两人，深夜才回家的次数也越来越多。

可以商量的人只有江利子，但美咲极力避免走到这一步。既不想让她担忧，更不想被她视作不合格的母亲。然而烦恼是藏不住的，在起疑的江利子追问下，美咲只得和盘托出。

"为什么不早说呢？"江利子责备道，"你最近都没带真奈美过来，我还觉得纳闷，原来是这样。这可不行，必须斩断她和那些不良少年的来往。"她叹着气说。

"我该怎么办？"

"只能耐着性子跟她谈话了，只要态度恳切，她一定会理解的。"

江利子的话让美咲心生焦躁。谈话？早就试过无数次了，真奈美根本听不进去，她才会这么为难。说多了真奈美就会气恼地跑出家门，反倒要担心她在外面惹是生非。

江利子接下来的话更令美咲困惑。她说，如果闹出惊动警察的事，要立刻联系她。

"我在本地警界也有些人脉，应该可以帮上忙。不过要是晚了就无能为力了，这一点你务必记住。"

美咲的心沉了下来。她需要的不是这样的帮助，而是让真奈美迷途知返。然而江利子关注的重点显然不同，她担心万一真奈美惹出惊动警方的祸事，两人之间的关系会曝光。

或许不该依赖这个人，美咲暗暗后悔。

但她也束手无策。真奈美的堕落无可遏止。她从邻居口中得知，在她外出工作期间，女儿常将流里流气的人带进家里。

她回到家时，家中也确实一片狼藉，有时还飘荡着不像烟味的奇异甜香，真奈美的衣物上也沾染过同样的气味。

终于，决定性的事件发生了。美咲偷偷查看真奈美的手机，发现社交平台上有奇怪的对话，是关于"蔬菜"的交易。事后调查得知，那是大麻的黑话。

美咲陷入绝望，她不知道该怎么办。想质问真奈美，但她和往常一样，直到晚上也没回来。

她拼命给江利子发信息，说想商量真奈美的事。江利子似乎察觉到情况非同寻常，回复说"来我家吧"。

那天正是十月十四日。美咲虽然记挂着真奈美，但实在坐立难安，离开了公寓。心慌意乱之下，她连包也没带，只在脖子上挂着手机。

即使没有钱包，只要有手机，就可以用电子货币乘坐电车。出门五十分钟后，她抵达了藤堂家。

江利子独自在家中等待，她似乎刚赴宴回来，脱了西装外套。

"抱歉突然来打扰。"美咲向她道歉。

"你先冷静下来。"

江利子请她喝德国洋甘菊泡的花草茶，茶杯正是美咲挑选的蒂芙尼款。

闻到类似青苹果的香味，美咲稍微平静了些，于是鼓起勇气，将发生的事如实相告。

听了这番话，江利子顿时眉头紧锁，神色凝重。

"那可真是棘手啊。"她重重叹了口气，挤出这句话，"如果是经济纠纷或者暴力事件，总归有办法解决，毒品恐怕就难了，因为牵扯的不只是警察。我会跟先生商量看看……不过毒品啊，又搞出一件麻烦事呢。"

"对不起。"美咲低下头。她无从辩白。

"所以我早就说过，要尽早斩断她跟狐朋狗友的来往，为什么放任自流到这种地步？"

"我也想那样做，可真奈美根本不听劝……"

"不行，不能因为这样就退缩，要更锲而不舍才是。"

并不是退缩。真奈美压根就不回家，叫她无计可施。但无论说什么，在江利子听来都是托词。

"我一直觉得真奈美是个聪明的好孩子，这性子到底是随了谁呢？"江利子蹙起眉头说，"对了，之前很少听你提过，真奈美的父亲是个什么样的人？"

"什么样啊……他工作上倒是蛮认真的，不过对家庭不上心，也不怎么帮我带孩子……"

"最后还在外面有了女人。这么说可能有点过分，但你没有看男人的眼光。说白了就是选错人了，这是你人生失败的根源。"

"对不起。"美咲再次道歉，但内心却涌起疑问——为什么自己非得道歉不可？

说到底，这究竟是谁的错？

高中生时就沉迷情事怀了孕，生下没有父亲的孩子算什么？难道不是失败吗？连孩子都不肯亲自抚养，而是交到别人手上的人，有什么资格对孩子的教育指手画脚呢？

是啊，自己的人生从起点就是扭曲的。而扭曲它的，正是此刻眼前的这个人。

疑问越来越深，渐渐变成了愤怒。爱与恨在心头交织，这样的心理状态让美咲困惑又混乱。

就在这时，来电铃声响起。江利子拿起手机，看到来电显示，似乎知道对方是谁，表情顿时明亮起来。

"哈喽，最近好吗？"江利子语气轻快，"你那边是几点？是喔，刚起床吧？怎么这么早打过来？"

美咲从对话中也明白对方是谁了，是本庄雅美。她现在应该在西雅图。

"那孩子？挺好的……嗯，宝宝发育得也很顺利……是啊，这是唯一担心的……对呀，我是奶奶啦，标准的奶奶。"

美咲意识到她是在说香织，确切地说，是香织腹中的宝宝，听说她怀孕了。江利子在美咲面前不会明显流露出喜悦，但言谈之间透着幸福感。

"……NIPT 的结果？什么嘛，你特地打电话就为问这个？呵呵，谢谢，结果是阴性……对，全部阴性。太好了，总算放心了。不愧是榎并家的公子，基因就是不一样……是啊，只有遗传是无法改变的。"

遗传——这个词在美咲的耳蜗深处，不，是在整个脑海中响亮回荡。

江利子仍在愉快地通话。仿佛耳朵进了水般，那声音听起来含混不清。鼻腔突然堵塞，脑袋昏昏沉沉。

似乎是打完了电话，江利子放下手机，脸上还带着幸福的笑容。

美咲有种想抹去那笑容的冲动。回过神时,她已将手上的东西缠在江利子脖子上,用尽全身力气拉扯。

36

五代从文件夹上抬起头。

"据今西美咲说,她直到回家都没注意到自己用什么东西勒了脖子。更确切地说,连是否勒过脖子都记忆模糊。看到江利子夫人不再动弹,她就浑浑噩噩地离开了现场,没做任何掩盖罪行的工作。"

聆听讲述的时候,山尾除了身体微微摇晃,几乎一动不动,但可以清楚看出他神色的变化。他依旧面无表情,却犹如枯木般失去了生气。短短的时间里,他看起来老了好几岁。

"我想也是……"山尾干燥的嘴唇动了动,发出嘶哑的声音,"哪有人能若无其事地杀人。回想自己犯下的事,难免会后怕。"

"她说想寻死,想要上吊自杀,但找遍家中都没有合适的地方。不过倒是找到了绳子。不,说'找到'不够准确,那是她一直随身携带的东西——手机的挂绳。这时她才意识到,自己是用什么勒死了江利子夫人。"

山尾慢慢点了点头。

"原来如此,是手机挂绳啊,这个消息得告诉鉴识课吧。"

"可惜今西美咲说已经处理掉了,是混在普通垃圾里丢掉的,估计找不回来了。"

"当时把手机也一起处理掉多好。"山尾撇了撇嘴,"不过好歹打消了自杀的念头。"

"因为找不到上吊的地方正不知所措时,真奈美回来了。在那之前,今西美咲满脑子都是寻死,把女儿忘得一干二净。"

今西美咲说,她正在厨房发愣,背后突然有声音传来:"你在干吗?"她一惊回头,看到化着浓妆的真奈美站在那里嚼口香糖。

"没什么。"美咲说,她总不能说自己正在考虑用菜刀自杀,"你之前去哪了?"

"朋友那里。"

"哪个朋友?"

"这关你什么事。"真奈美一脸不高兴地进了自己房间。

据今西美咲说,这番对话让她稍微恢复了冷静。

她意识到自己死了只会让真奈美受苦,于是下定决心,痛快去自首。不,或许等不到自首警察就会找上门。

她决定认罪,坦白一切。说不定真奈美会因此重新振作起来,那么自己犯下的过错也算有了意义。

这么一想,心情反而奇异地平静下来。虽然上床后辗转难眠,但已经有余力思考今后的事。

翌日,美咲以身体不适为由,向公司请了假。在向警方自首前,她还有很多事要处理。首先是向真奈美解释,但女儿一直把自己关在房间里。

斟酌着如何措辞时,美咲随手打开电视。电视台正在播放新闻节目,画面上是火灾现场。看到字幕的瞬间,她大吃一惊——

"都议会议员与前女演员双叶江利子住宅遭纵火 现场发现二人遗体"。

她的思维陷入混乱,完全搞不清楚状况。自己明明只杀了江利子。难道当时不慎引发了火灾?可"二人遗体"又是怎么回事?

她僵在电视机前,不断切换新闻节目,又用手机查看网络新闻,试图弄清楚发生了什么。真奈美不知何时已离开,她也浑然不觉。

最终一天过去,仍毫无头绪,警察也没上门。

次日,她继续请假。自从新冠疫情流行以来,只要声称咳嗽就很容易请到假。

为了搜寻新的信息,她和前一天一样打开电视,用手机检索,但任何渠道都没有能解决她疑问的答案。

这时手机响了,收到了邮件。她吓了一跳,莫非是警察发来的?战战兢兢点开一看,惊骇到心脏几乎停跳。邮件的内容如下:

今西美咲小姐:
　希望你能读到这封邮件,因为这说明你尚未草率采取行动。
　毋庸多言,绝不能轻掷生命。
　我受人之托帮助你,定会设法避免你被警察逮捕。
　所幸警察尚未发现你的存在,也没有丝毫怀疑。
　请你一如往常地生活。

不可有任何改变,和往常一样微笑,和往常一样工作。

请相信我,遵从我的指示。

伙伴X

五代将一页纸放在山尾面前。正是打印出来的那封落款"伙伴X"的邮件。

"发件人就是你吧,山尾先生?"

山尾没有回答五代的问题,但似乎也无意否认,微微耸了耸肩。

"真是令人费解。如果今西美咲的供词可信,她只杀了江利子夫人。那藤堂康幸是谁杀的?纵火者又是谁?山尾先生,该说出真相了,你应该知晓一切。"

山尾伸手拿起那页纸,低头查看,然后哼了一声又丢开。

"伙伴X?好土的代号,看来我当时也昏了头。"

"山尾先生……"

"我不想丢人现眼。"山尾摇了摇头,"你什么都看透了吧?那不就够了,何必非要我的口供。"

"照现在的形势,今西美咲恐怕还会背上杀害藤堂康幸的嫌疑,这样也无所谓吗?"

"不可能。美咲返回公寓的时间应该可以查到,火灾发生在那之后很久。"

"也有可能使用了某种定时装置。"

"定时装置?又不是廉价的推理小说。"山尾冷冷一笑,晃了晃身体。

"警方只要有意,"五代收起下巴,紧盯着对方,"完全可以制造凶手——虚构的凶手,就像你制造的那样。"

山尾脸上的笑意消失了。他的视线游移着,仿佛在追逐什么看不见的东西,然后叹了口气。

"那天晚上,藤堂老师给我打了电话。"

"电话?藤堂先生手机签约运营商的通话记录里没有查到。"

"是秘密电话,我为他特别准备的。"

五代打量着山尾。

"看来你和藤堂先生之间有着相当特殊的信任关系,对藤堂先生来说,你是他紧急时刻唯一可以依靠的人。"

"没那么好。"山尾像驱赶苍蝇似的在脸前挥挥手,"不过老师当时也想不到其他办法吧。"

"山尾先生,"五代说,"要让我们理解这方面的事,恐怕需要你从更早的往事说起。"

山尾皱着脸,闭上眼睛,双手抱头。维持这个姿势数十秒后,他缓缓开口。"你想听我这个大叔高中时代的回忆?"

"高中时代……果然要追溯到那个时候啊。"

山尾露出一丝冷笑。

"何必说这种话,反正你们已经调查得一清二楚吧?"

"根据调查结果我们有所推测,但还是想听当事人亲口讲述真相。你也不希望笔录里全是臆测吧?"

"真相啊……倒也用不到这么夸张的词。说到底,就是几个高中生蠢蛋的轻率行径惹的祸。"山尾将空茶杯递过来,"可以再来一杯吗?这故事说来话长。"

37

一九八五年秋天——

日航客机在御巢鹰山坠毁的悲剧余波尚未散去,然而对十八岁的年轻人来说,那已经是遥远的往事了。尤其当倾慕已久的女孩终于成为恋人时,难免再也想不到其他。山尾阳介理解永间和彦时刻把深水江利子挂在嘴边的心情,作为好友,他自觉有责任不流露厌烦神色,一边倾听一边点头附和。

他从一年级就认识深水江利子。毕竟她太耀眼了,不仅容貌出众,还散发出独特的成熟气质。对山尾这种资质平庸的学生来说,她不啻是另一个次元的存在。连跟她搭句话都需要勇气。

正因如此,他无法理解那些跟她交往的男生的心态。虽说他们不是体育健将就是高才生,又或校内首屈一指的帅哥,但竟以为只凭这点长处就能配得上她,实在可笑至极。

深水江利子频繁更换男友,为此很多人在背后说她坏话,山尾却觉得,在她看来想必理所当然。反正本来就不是认真的,无论和谁交往,于她而言都只是消磨时间的游戏,厌倦了对方就随手抛弃,跟对待玩具没两样。

听说永间和彦和她开始交往时,山尾不免暗自忧心,想劝他还是放弃为好,但看到好友无比幸福的表情,终究说不出口。

他不希望被误会为嫉妒，而且想到深水江利子此前的交往经历，横竖也不会长久。于是他改变了想法，永间或许会受伤，但到时再安慰也不迟。

山尾的预想成真了，然而过程却出乎意料。

"你调查过我老家的情况吧？"山尾突然转换话题，向五代问道。

"你母亲十年前过世，四年前父亲也过世了。"

山尾微微一笑。

"什么时候死的不重要。我家开酒铺，虽然也做零售，但主要客户是餐饮店。工作大半都是送货，忙的时候连我也被打发出去，坐在小货车的副驾驶座上，到处奔波卸货。当时瓶装啤酒还是主流，一晚上要搬几十个重箱子，比登山社的训练还劳累。"

"你很孝顺啊。"

"也没那么好心，不过是想着卖个人情，好让家里同意供我上大学罢了。不过这不是重点。虽说主要客户是餐饮店，但也有其他定期送货的客户。虽然量不算特别大，但确实是会消费酒水的地方，而且二十四小时营业，周转率也很高。你知道是什么地方吗？"

听到二十四小时营业，五代最先想到家庭餐厅，但那应该算在餐饮店里。稍作思考后，他得出了答案。

"情人旅馆？"

"答对了，不愧是你。"山尾点头，"当时很多还叫汽车旅馆，就是那种开车进去，直到离开都不用和任何人打照面的旅馆。如果是住宿倒也罢了，只是短暂休息的话，喝酒其实不应该，但当时大家不能酒驾的意识还很淡薄，所以我们经常往那种地方送货。然后有次出了点意外——我老爹开车失误，和别的车发生了剐蹭事故。对方车辆刚驶出汽车旅馆的停车场。我慌忙跳下小货车，跑到那辆车旁。但看到副驾驶座上的女性时，我着实吃了一惊，你知道为什么吗？"

"难道是……深水江利子？"

"没错。再看驾驶座，就更震惊了。藤堂老师正脸色发白地握着方向盘。"

五代重重吐出一口气。"那可真是……太尴尬了。"

"何止是尴尬，对那两人来说简直是灾难。不过我也不敢出声。只有我老爹不明就里，拼命向藤堂老师解释着什么。老师几乎没回应，直接发动车子离开了，江利子当然也始终保持沉默。老爹还悠哉地说什么'哎呀真是万幸'，我的心脏却狂跳不止，大概就是所谓看到了不该看的东西吧。"

"之后他们两人怎么样了？"

"隔天是周日，深水江利子打电话过来，说想见面谈谈。我有些意外，本以为如果联系我，应该是藤堂老师出面。"

"所以你们见面了？"

"约在刚开业不久的家庭餐厅。说来也怪，似乎倒是我更紧张。"山尾泛起苦笑，缓缓道来。

店里很热闹，有几组客人在等位。山尾正站着发愣，女员工提醒他在收银台旁的等位表上登记姓名。

就在他无奈地拿起圆珠笔时，旁边有人唤道："山尾！"

他一惊之下望去，深水江利子站在那里。

"这边。"她说着迈开脚步，看样子她先到，已经占好了座位。

山尾和深水江利子在临窗的餐桌前相对而坐。他知道她在和永间和彦交往，却从未正经交谈过。

江利子把菜单推过去。"喜欢什么随便点，我请客。"

山尾翻到饮品页，点了咖啡。他一时想不起其他饮料。

"这就够了？还有牛排和汉堡套餐。"

"眼下这种情况，哪有心情吃饭。"

啊哈哈，江利子笑了。"也是呢。"

她叫来女服务生，点了咖啡和柠檬苏打水，又拿过放在桌边的烟灰缸，从包里取出香烟和火柴。她的动作极其自然，但似乎注意到了山尾的视线，停下了手。

"啊，讨厌烟味就直说。"

"不，没关系。"

"你不抽烟吗？"

"嗯，我就不用了。"

江利子手法娴熟地点燃香烟，转头吐出烟雾。山尾也有几个朋友是烟民，因此并不特别惊讶，但很意外她会抽烟。

"你和永间在一起时也抽烟吗？"山尾问道。

江利子将烟灰掸落在烟灰缸里，轻轻摇了摇头。

"我会忍住。他应该不会抱怨，但肯定不痛快。他太正经了。"

那和藤堂老师在一起的时候呢——山尾正想问，江利子却已主动切入正题："昨天吓了一跳吧？"

"是啊。"山尾回答，"因为完全不知情。"

"我想也是。"

女服务生送来了饮料。江利子撕开吸管包装,插进玻璃杯里,喝起了柠檬苏打水。山尾往咖啡里兑牛奶。

"告诉谁了吗?"江利子问。

"没有。"山尾说,"那之后我还没见过其他人。"

"那就好。"江利子放下双手,直视着山尾,"坦白说,希望你不要把昨天看到的事告诉任何人,当然也包括永间。"

山尾喝了口咖啡,用手背擦了擦嘴角。

"这是藤堂老师的意思吗?要你封我的口?"

"老师说会自己向你解释。不过,我觉得应该由我来开口,毕竟是我的错。"

"你的错?"

"你是永间的好朋友,与永间交往的我却和藤堂老师有那种关系,你不觉得好朋友遭到背叛了吗?"

山尾反复深呼吸,试图厘清思绪。江利子说得没错,但在她点破前,他并没有这种想法。知道藤堂与江利子的关系后很惊讶,仅此而已。或许是因为撞见的地点是汽车旅馆这种与自己无缘的地方。如果是目击到两人在电影院、咖啡馆约会,感受多少会有所不同。总之,同样是交往,他们之间的交往与高中生之间的交往根本天差地别。

"你和藤堂老师是什么时候开始的?"山尾问。

江利子歪着头。"一年前吧。"

"那为什么还与永间交往?"

"这个嘛……是他提出来的。"

"可是——"

"我知道你想说什么。脚踏两条船确实不道德。但对我来说，并不是脚踏两条船，我对两个人的感情截然不同。永间是很好的朋友，和他在一起很开心，我觉得跟他交往对自己有益。但不会发生关系，连想都没想过。即使他提出要求我也会拒绝。"

山尾担心周围的人听到"发生关系"这个词，江利子却很坦然，似乎毫不在意被听见。

"那藤堂老师呢？"

"喜欢。"江利子没有丝毫犹豫，"如果再说白一点，就是爱吧。虽然有点难为情，还是要跟你说清楚。"

面对她厚颜说出的话，山尾不知该如何回应。除了在影视剧里听演员说过，这还是他第一次听到如此直白的示爱。

"不过，我不会再脚踏两只船了。"江利子继续说道，"我会和永间分手，他面临升学考试，这样对他也好。"

这说辞真是够自私的。原来她对永间和彦的好感也不过如此。

"你准备怎么和永间说？"

这是问她是否坦白和藤堂的关系。

"我会处理妥当的。"

"妥当？"

"我会注意不伤害他。他自尊心很强，说不定还是他先提。"

"先提？"

"总之没问题的。"江利子在烟灰缸里摁熄香烟，拿过玻璃杯喝了口柠檬苏打水，然后叹了口气，重新看向山尾，"刚才拜托你的事，能答应吗？"她的眼波里带着难以名状的冶艳，让山尾心头一震。

"拜托的事是……"

"就是希望你对昨天的事保密。如果你能守口如瓶,我会有相应的谢礼。"

"谢礼……是指钱吗?"

山尾一问,江利子诧异地眨眼。

"你想要钱?那倒也不是不能想办法。"

"我不是这个意思。是你说谢礼,我才以为是指钱。"

江利子用吸管哗啦啦搅动着柠檬苏打水里的冰块,然后停下手,向山尾投来意味深长的视线。

"如果你答应为昨天的事保密,我就做你一天的恋人,怎么样?"

"欸……"

出乎意料的提议令山尾思绪紊乱。他花了些时间才理解江利子话中的含义,即便理解了也仍有疑问。

"恋人是什么意思?"

"就是字面意思。你可以把我当成恋人对待,在那一天里,我也会扮演你的恋人,而且是温顺的恋人,不会违抗你。"江利子的眼神很认真。那灼灼的眼光让山尾有些畏怯。

"你知道自己在说什么吗?"

"当然知道,又不是小孩子了。"江利子眼神坚定地说,随后莞尔一笑,"不过你也有选择权。要是你说'才不要你这种女人当一天恋人',我也无话可说。那就再考虑别的条件。如果是要钱,我可以跟老师商量。"

"我不想要钱。"

"那你想要什么？"江利子倾身向前，凑近脸庞，"说说看。"

38

将近四十年前的往事似乎都浮现在脑海,山尾目光放空地讲述着,时而又露出笑意。啜了口冷掉的日本茶后,他搁下茶杯。

"真是个可怕的女人,根本不像是同龄人。我明明握有她的把柄,却从头到尾被她牵着鼻子走。包括永间在内,居然有人能跟这种女人交往,实在令人佩服。不过说到底,他们也都被她玩弄于股掌之间。"

听了他的话,五代也有同感。学生时代女生通常比男生成熟,实际心理年龄也更大,但深水江利子显然是另一个层次。

"那你是怎样回答的呢?"

"我说不会泄露她和藤堂老师的关系,让她不用担心。"

"她怎么说?"

"她问我是不是可以理解为交易成立,我说随便。"

"然后呢?"

"那天的对话就到此为止。之后好一阵没见面,就算在校园里碰到,也都装作不认识。"

"藤堂先生呢?"

"那位也是厉害人物,对我的态度一点没变,也没再在社团活动中见过面。要说有什么变化,那就是永间了。之后不久,听说他和深水江利子分手了。"

"怎么分手的?"

"不太清楚。永间没细说,只说要专心准备考试,所以协商分手。听他的口气,不像是深水江利子单方面提出分手,多半是在她的巧妙诱导之下,永间主动提出分手吧。真是个可怕的女人。"

"但是,你和这个可怕女人的关系并没有结束吧?"五代紧盯着山尾的脸,"我倒觉得重点还在后面。"

山尾皱起眉头,用指尖搔了搔太阳穴。

"五代刑警果然敏锐,还是出于好奇心才这么说?"

"这点我无法否认。"

哈哈哈,山尾干笑起来。

"你倒也坦率。没错,重头戏现在才开始。就这样过了几个月,我们也到了毕业的时候。毕业典礼那天晚上,我接到了一通电话。你猜是谁打来的?"

"深水江利子。"

"正是。"山尾恢复严肃的表情,点了点头,"她说——我想履行约定。"

"你遵守了约定,我很感谢。所以现在轮到我兑现承诺了。什么时候方便?我配合你的时间。"

事出突然,山尾方寸大乱,握着话筒不知该如何回应。

"当然,"江利子说,"如果你不愿意,可以换别的谢礼。"

"不,不是那个意思……"

"先见面如何?见面后再考虑。"

"啊，也好。"

山尾的大脑已经宕机，跟不上江利子的节奏，光是随声附和就已竭尽全力。

实际见面时这种状况越发明显。毕竟山尾是人生第一次正式约会，而江利子似乎早已料到，准备了好几套约会方案，让山尾挑一个喜欢的。

"我都可以。"

"那就 A 方案吧。"江利子说完，握住山尾的手迈开脚步。虽然之前说见面后再考虑，但她已经开始了仅限一天的恋人模式，山尾毫无招架之力。

第一站是电影院。那不是首映影院，放映的都是稍早前的电影，当时正在放映《回到未来》。虽然山尾已经看过，但反倒暗自庆幸，因为观看期间他一直很在意江利子，根本无心欣赏电影，毕竟她一直握着他的手。

从电影院出来，两人走进披萨店。山尾看了菜单，只觉满眼陌生，自然便由江利子点了菜。

"跟永间交往的时候，也是你点菜吗？"

山尾一问，江利子歪头想了想。

"要说的话，多半是他来点吧。他自尊心很强。"

"这样啊……"

山尾再次体认到，对深水江利子来说，永间不过是个容易相处的朋友罢了。

你和藤堂老师一起吃饭时由谁点菜——这个问题他没问出口。

离开披萨店后，江利子靠过来说"散散步吧"，还顺势挽住了他的胳膊。山尾茫然无措，完全听凭摆布。

"去哪？"

"保密。"

不久抵达了目的地，抬头看到眼前的建筑，山尾不由得倒吸一口凉气。花哨招牌上的文字闪着妖艳的光芒。

"不是吧？"他喃喃道。

"毕竟是恋人嘛，"江利子说，"最后自然要来这儿。"

山尾说不出话，只有急促的呼吸。

"先进去吧，被人看到就麻烦了。"

被江利子拽着手臂，山尾终于也迈出了脚步。

江利子轻车熟路地选了一个房间，里面有一张大床和沙发套组，但并不像山尾想象中那般镶着镜子，床也没有旋转装置。

"但我其实没打算跟你做交易。"

"我知道。你替我和老师的事保密，是出于侠义心肠吧。这一点我很欣赏。但一味接受好意我会过意不去，我不想欠人情，希望你今后也能保守这个秘密。"

"你就这么害怕和老师的关系曝光吗？"

"会很困扰啊。我不想拖他后腿。"

"拖后腿？"

"藤堂老师可不是会一辈子当高中老师的人，迟早会成为政治家，做一番大事业。所以任教时期和学生有染是绝对的禁忌，一旦曝光就麻烦大了。"

山尾也知道藤堂家世代从政。

"但那是老师自作自受。"

"不是的,是我的错。是我主动表白,让他跟我交往。我保证绝对会小心谨慎,不暴露我们的关系,这才说服了老师。实际上只要稍作伪装,很容易就能骗过学校里的人。"

"伪装?"这个词让山尾灵光一闪,"莫非你跟那些男生的交往都是伪装?包括跟永间也是……"

"我可不是在玩弄他们。之前不是说过了吗?我都当他们是好朋友,只是和对老师的感情截然不同。"

"你说过没发生关系吧,跟永间也是。"

"嗯,没有。"

"那跟我就可以吗?"

"可以啊,因为约定好了嘛。为了保护老师,我什么都愿意做。但如果你毁约,我绝不原谅。到那时我也会不择手段。不,连我都不知道会做出什么事,你最好有心理准备。"江利子眼里泛起诡异的光芒。

真是个可怕的女人,山尾被震慑住了。这种人跟永间根本不是一个段位。

与此同时,他也感到自己被强烈地吸引。

39

"真没想到会有把那天的事告诉别人的时候,而且还是在审讯室里。"山尾以手支颐说道,"不过说夸张点,那也是改变我人生的一天,所以才会在这里坦白。"

"的确很戏剧化。后来你和江利子的关系怎样了?"

"就那一次,之后再无瓜葛了。"

五代抱起双臂,凝视着山尾。听完今西美咲的供述时,他仿佛苍老了很多,现在却恢复了些许生气,或许是因为回忆了年少时一段戏剧性的往事吧。

"通常发生这种事后,都会想继续保持关系吧?尤其对之前没有经验的男生来说。"

山尾笑了笑,却没出声,微微晃动身体。

"先说清楚,那不是我的第一次。不过我明白你的意思,确实,我也想维系和深水江利子的联系。所以去外地上大学后,每逢周末就回家,期待还有机会再见面,这也算是别有用心吧。不过意想不到的事接连发生,我也顾不上这些了。"

"莫非是永间和彦的事?"

"是的。"山尾神情凝重,深深点头。

"永间是校内首屈一指的高才生,都说他肯定能考上东京大学，没想到却落榜了。听说他自己也很消沉，我就去看他，打算鼓励他振作精神。我想对他说，虽然可能很受打击，但不过是一场考试，努力学习，来年考上就是。结果见面后发现，他并没有消沉到需要担心的程度，对于考试结果似乎已经全然看开。据他说考试当天状态糟糕透顶，不是身体层面，而是精神层面。"

"精神层面是指……"

"深水江利子，他终究忘不了她。应该说，他以为只是为了考试暂时分开，期待等彼此的去向确定后就能复合。因此临近考试时，他给江利子写了封信，说'要是你能给我打打气，我会很开心'。他打算等收到回信，就当作护身符带进考场。真是执着得让人心酸落泪的故事啊。"

"结果杳无回音？"

"不，收到了回信，但不是永间期待的内容。'请加油考试，忘了我吧'——这种话根本当不了护身符。不过我知道深水江利子那边的内情，倒不觉得意外。高中毕业后就无须伪装了，自然没必要再跟永间交往。"

"所以他精神上受到打击？"

"我不知道对考试有多大影响，或许只是本人的借口。但他确实深陷在打击中，对深水江利子念念不忘。之后我又见了永间几次，他总是那副德行，我也渐渐不耐烦了，当下就想，不如干脆让他认清现实。"

"现实是指……"

"深水江利子有真爱的事实。"说完，山尾抬头望着天花板继续道,"真是想得太简单了……"

转眼间五月将尽,一个周三的傍晚,山尾骑摩托车载着永间向立川方向驶去。摩托车是店里送货用的,他在高二时考了驾照。

目的地是距离立川站步行几分钟的月保停车场前。将摩托车停到路旁后,两人躲到停在停车场边缘的一辆厢型车后方。

"跑到这种地方,到底要给我看什么啊?"永间和彦不满地说。他的抱怨也不无道理,山尾只跟他说了句"我想给你看样东西,跟我来"。

"很快你就知道了,再等等。"山尾看了眼手表,快到下午六点十分了。

按照往常的规律,第一个目标人物即将出现。他从厢型车后面探出头,望向马路前方。那里有个十字路口,路口附近矗立着一栋崭新的深褐色公寓。

不久,一个穿西装的男人从路口转角处出现了。他的步伐看起来很轻快,可能因为今天是星期三,没有社团活动,可以提早离开学校。

旁边的永间"咦"了一声。"是藤堂老师,他怎么会在这里?"

"别出声。"山尾一把拽住想要上前的永间,"躲起来!"

藤堂似乎没发现两人,保持着原有的步调,径直走进那栋深褐色的公寓。确认他进入后,山尾松开了永间的手腕。

"老师搬到这里来了?"永间问。以前的公寓两人一起去过好几次。

"好像是上个月搬的。"

"这样啊，我都不知道。老师联系过你？"

"不，不是……"山尾含糊其词，很难解释自己为什么知道。

"先不说这个，为什么非要躲在这里？就算老师搬家了又怎样？跟我们又没关系。"

"再等一下，马上就知道了。"

"到底等什么？"

"这个嘛……等一等自然会明白。"

"打什么哑谜啊！"永间焦躁地晃着身体。

山尾从夹克口袋里掏出香烟和打火机。"来一根？"他问，永间沉默地摇了摇头。

山尾点燃香烟。上大学后，他养成了吸烟的习惯。每次吸烟时，他总会想起深水江利子。她用火柴点烟的手势，透着与十来岁少女不相称的风情。

"大学生活怎么样？"永间问，"有什么变化吗？"

"没什么。户外运动社也是练习攀岩。"

他跟永间说过加入户外运动社的事。

"联谊呢？"

"最近完全没有。"山尾将烟头丢在路上，用运动鞋碾灭，"整天混在男人堆里。"

没听到永间的回话，山尾不由得看了他一眼，发现他表情异常僵硬，目光望着远处。山尾吃了一惊，顺着他的视线望去，只见身穿白色夹克的年轻女子——深水江利子正从十字路口走来。

和藤堂一样，江利子也没留意到山尾他们，消失在公寓里。整个过程中，永间仿佛被冻结般僵在那里，山尾一时不知如何开口。

永间半张的嘴唇颤抖着，终于挤出声音："为什么……为什么江利子会来？"他眼神空洞地望向山尾，"这是怎么回事？"

山尾咽了口唾沫，双手搭在永间肩上。

"冷静点听我说，那两个人在交往，很久以前就是恋人关系了。"

永间端正的脸庞扭曲了，眼睛瞪得浑圆，发出呻吟般的低语："骗人……"

"很遗憾，这是事实。前不久我来这附近帮家里送货，碰巧看到深水和藤堂老师一起进了公寓。我就向公寓的管理员打听，对方告诉我，藤堂先生是上个月搬来的，从那以后，每周三那个女人都会来。"

"骗人……"

"我没骗你。我为什么要撒这种谎？"山尾加重了语气。

其实他的说法也不尽不实。真相是，他并非碰巧看到他们两人，也不是向管理员打听到的。每次回到老家，山尾都会蹲守在深水江利子家附近，在她外出时跟踪她。自从那次约会后，他始终无法忘怀，想尝试和她保持联系，以致做出这种愚蠢举动，直到发现江利子出入藤堂的公寓，才终于死了心。

永间像要赖的孩子般摇着头。

"我不信。"

"可你亲眼看到了吧？难道说他们是去不同的房间？"

"江利子和老师……什么时候开始的？"

"很早以前。大概在你和她交往之前。你只是他们掩饰关系的幌子。"

"幌子……"永间动了动嘴唇，却发不出声音。

"永间，你现在明白了吧？忘了深水，忘了所有人，专心准备明年的考试吧。"山尾凝视着永间的眼睛说。

然而永间似乎听不到朋友的声音。他将山尾放在肩膀上的手拨开，慢慢走向公寓。山尾在后面叫他名字，他也毫无反应。

永间在藤堂他们所在的公寓前停下脚步。山尾以为他要冲进去，但永间只是仰头望着这栋建筑，旋即迈步离去。他的背影犹如蒸腾的雾气般虚弱摇晃。

当天晚上，山尾返回学生公寓，但心里一直记挂着永间，辗转无法入眠。虽然想过知道真相后他会受到打击，但从结果来看，打击比预想的更沉重。是否不应该向他挑明呢？但迟早要面对，早些知道对永间更好——他这样告诉自己。

到了第二天，山尾的心情轻松了些。谁都失恋过，说不定这会儿永间已经想开了。他打算过些时候给永间打个电话，或许今晚他就会主动打电话过来，山尾期待听到他用开朗的声音说"抱歉让你担心了"。

然而很遗憾，直到晚上永间也没来电。山尾不以为意地想，他还需要时间调整心情。

意识到自己的想法大错特错，是在翌日上午十点过后。那天山尾打算下午再去大学上课，正在房间里玩红白机时，老家的一通电话打断了游戏。

"大早上的有什么事？"听到儿子不耐烦的问话，母亲声音低沉地说："永间好像死了。"

回过神时，山尾已经坐上了青梅线的电车。跟母亲的通话内容他记不太清了，只有"跳楼"这个词在脑海里挥之不去。

回到家里，他顾不得跟父母打招呼，就打电话联系登山社的同伴。消息似乎还没传开，知道的人也不多。山尾骑摩托车去了永间家。那栋公寓周围停着警车，停车场禁止入内。他走进附近的咖啡馆，佯作不经意地向店长打听，但对方冷淡地说不清楚。

那天最终没什么收获，只知道永间是从自家公寓跳下停车场身亡，遗体在深夜被发现。

隔天是周六，两名刑警来到山尾家。

"听说你是永间和彦最好的朋友。"年长的刑警说，"从现场状况来看，他很可能是自杀，你有什么线索吗？"

山尾早就料到警察会问这个问题，昨天就在思考应该怎样回答。

"硬要说的话……可能是考试失利吧。"山尾以没什么底气的语气说，"没考上东大让他很受打击。"

"好像是这样。不过据他母亲说，他最近已经振作起来了，但从前天开始突然不对劲。应该是周三吧？那天他似乎去了什么地方，你知道情况吗？"

"这个嘛……"山尾歪着头，"不知道，最近都没见过面。"

"是吗？那就没办法了。"

刑警们没多怀疑就离开了。

山尾心情沉重。真相根本说不出口。如果不带永间去那个地方,他就不会自杀了。也许他会饱受对深水江利子的相思之苦,但绝不会死。

是自己把永间逼上了绝路,山尾心想。

就在他情绪消沉时,翌日中午,他接到了一个意外的电话。是藤堂。对方说有关于永间的事要谈,约他见个面。

两人约在山尾第一次和深水江利子单独见面的家庭餐厅,这是山尾提议的,因为他觉得藤堂应该也很熟。然而出乎意料,藤堂并不知道这家店的地址。想来也是,因为不知道会被谁撞见,他们自然不可能一起外出用餐。

山尾仿效那天的江利子,提前些时间到店里占座。没想到去了一看,藤堂已经在了。看到山尾,他轻轻挥了挥手。

"好久不见了。"

"好久不见。"山尾行了一礼后落座。

女服务生过来点单,藤堂点了咖啡,山尾要了柠檬苏打水。

"警察去过你那里吗?"藤堂小声问。

"昨天来过了。"

"问了些什么?"

"问关于永间自杀的原因,有没有什么线索。"

"果然。那你是怎么回答的?"

"我说可能是考试失利……"山尾含糊其词。

藤堂定定地看着昔日学生的眼睛,然后说了声:"是吗?"

"昨晚警察来找我了,问了一模一样的问题。我回答说高三学生的社团活动暑假前就已结束,最近的情况我不清楚。"

"这样啊。"

饮料送上来了。藤堂喝了口不加糖奶的咖啡,神色肃然地看向山尾。

"有件事,我信得过你才跟你说,不过要保密。你能答应吗?"

他锐利的目光让山尾不由得缩了缩身子。那件事无疑非同小可,听过后怕是要承担某种责任。但他无从逃避。

"好。"山尾回答,"我保证。"

藤堂微微点头,迅速扫视四周后,隔着餐桌探身凑近。

"周四晚上我回到公寓时,永间站在房门外。"他压低声音开始讲述。

山尾惊得瞪大眼睛。"他……"

"我问他怎么了,永间满脸怒容地瞪着我,说'你一直在骗我吗'。我问是什么事,他说'江利子'。我登时明白了——他知道了我和深水的关系。永间眼睛充血,状态明显不对劲,我想着先让他冷静下来,就说进屋慢慢谈,掏出钥匙开门。这时突然感觉背后有异样,回头发现永间扑了上来。我连忙闪避,但感觉有什么东西碰到了左臂。低头一看,外套的袖子已经裂开了。当时还没感觉到痛,看到永间拿着刀,才意识到刚才差点被刺中。"

藤堂讲述的语气很平淡,却听得山尾心乱如麻。平素冷静温和的永间竟会做出这种事,简直无法想象。

"就在彼此对峙的时候,永间突然看向我的左臂。我这才发现袖子已经被鲜血染红,出血相当严重,顺着手腕不断滴落。不知道他是害怕了还是恢复理智了,总之永间拿着刀跑掉了。

我犹豫要不要追,但想到当务之急是处理伤势,就回到了房间。伤口深得出乎意料,我将上臂根部紧紧扎住,总算止住了出血。"

"去医院了吗?"山尾看了看藤堂的左臂。

"伤口一看就是被人用刀刺伤,如果随便找个医生治疗,对方肯定会报警。我是托关系找信得过的医生处理的。"

毕竟是政治世家,少不了有这种门路。

"不用说,这件事我没告诉警察。你是唯一知情人,连深水都没说。"

"为什么告诉我?"

"我需要了解真相。永间这么做的理由,你应该知道吧?"

山尾感到脸颊发烫,看来对方早已看穿一切。

藤堂倏地缓和了表情。

"我没有责怪你的意思,你只要说出实情就好。来,喝点柠檬苏打水放松一下吧。"

"是。"山尾缩着脖子,将吸管插进柠檬苏打水的玻璃杯里。

用酸甜的液体润过喉咙后,山尾坦白了将藤堂与江利子的关系告诉永间的事。但他隐瞒了周三在藤堂公寓附近蹲守的细节,因为若被追问为何知道他们每周三幽会,实在难以回答。

"永间似乎一直忘不了深水,我觉得这样下去不是办法,就告诉他了。对不起。"

"你不用道歉。"藤堂痛苦地说,"要说有错,也是我的错。"

"可我觉得老师也没错啊……"

这是他的真心话。藤堂并没有错。老师也有可能喜欢上学生。

"那天的事你还记得吧?"藤堂说,"就是你父亲的小货车撞上我的车的时候。"

"嗯。"山尾点了点头,"当然记得。"

"当时真是心惊胆战,想着恐怕得写辞职信了。"

"你是觉得我会到处宣扬吗?"

"你未必是那种人,但只要对任何一个人说了,谣言就会不胫而走。我必须做好心理准备。不过最后你还是保持了沉默。"

"说出去也没有任何好处。"

"是吗?总之多亏你帮忙。现在说这话有点奇怪,不过请容我道声谢。"

藤堂两手撑在桌上,说了声谢谢。

山尾暗想,看来深水江利子没向他透露分毫。想来也是,毕竟她那封口的手段见不得光。

"那之后还和深水继续交往吗?"

"没有,我决定在她高中毕业前不再见面,也算是自我约束吧。原以为会就此不了了之,但到了四月她主动联系我,我们又重归于好了。"

听了藤堂的话,山尾感到一阵空虚,同时也释然了。深水江利子的心一刻也不曾离开过藤堂。此刻他痛切地体会到,对此一无所知追逐幻影的自己何其愚蠢。

藤堂喝了口咖啡后,叹息道:"好了,回到正题吧。看来是这么回事:永间从你那里得知我和深水的关系,觉得遭到背叛和欺骗,于是持刀袭击我,或许还动了杀机。结果未遂,绝望之下自杀了——"

"可能是看到老师的血,清醒过来了。"山尾说,"照此发展下去，他会因杀人未遂被捕，人生全完了。那家伙一定是这么想的。"

藤堂低吟着，深深垂下头。过了好一会儿，他抬起头，充血的双眼望向山尾。

"我有个提议。不，应该说是强烈的愿望。"

"是什么？"

"这件事就当作我们之间的秘密吧，公开了对谁都没好处，包括永间。另外我会和江利子分手。"

山尾深吸一口气，迎上恩师郑重的视线。

"明白了。"他答道。

40

供述笔录看来会很长，在旁敲击键盘负责记录的刑警显得有些可怜。五代耐心等待着，年轻刑警似乎终于录完了之前的内容，向他微微点头示意。

"你和藤堂先生之间有特殊约定的事我们已经了解了。"五代向山尾说，"此后你们一直保持联系吗？"

"不，不是一直。一度我们的联系就到此为止了。"山尾摇了摇头，"在家庭餐厅谈话是最后一次见面，之后几十年都少有交集。不过，还是有机会知道老师他们的情况。得知双叶江利子出道时，我觉得不愧是她，也明白我们原本就生活在不同的世界。听说藤堂老师成为政治家的时候，我也有同样的感想，两位都很了不起。"

"他们结婚的时候，你还是很吃惊吧？"

"吃惊归吃惊，更多的是佩服。我这才意识到两人是真心相爱，即使历经波折，最终也会走到一起。后来我才知道，永间自杀后，老师确实和深水江利子分了手。两人多年后重逢，似乎纯属偶然，这就是所谓的缘分吧。"

"不过，你和他们之间的缘分也没有断绝吧？"

"缘分啊……或许算是吧。"山尾耸了耸肩，"我在生活安全部保安课任职时，因为要就非法赌场问题进行说明，受邀参加了都议会的研讨会，主持会议的正是藤堂老师。这是我们时隔二十年再会，不，应该更久。当晚我们单独见了面，不是在家庭餐厅，而是在银座的高级餐厅。我们交流了彼此的近况，老师心情很好。只要是当老师的，不管是正在当还是当过，听说学生成了警察都会感到欣慰。之后他偶尔会约我见面。"

"见过江利子夫人吗？"

"见过几次。还邀请我去了一次家里，好气派的宅邸，吓了我一跳。"

"你跟她单独见过面吗？"

"没有，怎么可能。"山尾当即答道。五代直觉所言不虚。

"你调到现在的警署是藤堂先生运作的结果，这是事实吗？"

"老师确实说过'有你在本地会安心'，我也没有异议。"

"实际上有没有给予便利？"

"便利谈不上，只是加强了老师居住区域的治安防范。这属于生活安全课的正规职责范畴。"

"藤堂先生有没有因为你警察的身份，托你处理某些私人事务？"五代直视着他的眼睛问道。终于进入核心了。

山尾别开视线揉着脖颈，显得有些犹豫。

"山尾先生——"

"大概七年，不，八年前吧，"山尾突兀地开口，"我像以往一样赴老师的饭局时，发现老师有些异样，难得的表情僵硬。我问他怎么了，他取出一张照片。"

照片上是两个人，一个是江利子，另一个是年轻女性，虽然和江利子风格不同，但同样是美女。

藤堂说，希望他调查一下这位女性。

"她是很受江利子眷顾的百货公司外商员，不过有件事有点蹊跷。"

女子名叫今西美咲。

"蹊跷？是指有什么纠纷吗？"

"不，不是那种事。她是春实学园出来的，江利子似乎特别关照她。虽说是外商员，但原本在另外的部门，是江利子说她想调到外商部，托我帮个忙，我就替她打了招呼，因为我跟那家百货公司的董事是老交情了。"

"不愧是老师。所以有什么问题吗？"

"唔，要说算不算问题，也不好说……"藤堂将江户切子[①]玻璃杯里的冷酒一饮而尽，"就算再另眼相看，关照得也有点过头了吧？江利子向来讨厌借我的权势办事，还是第一次托我帮忙调动工作，所以我怀疑其中是不是有什么隐情。"

"原来如此。"山尾附和着，给藤堂的杯中斟上酒。"您没考虑过直接问江利子夫人吗？"

"如果轻易就能回答的话，她早就直接告诉我了。不说自然有不说的理由，谁都有想要保守的秘密。如果不是什么严重问题，我也就随她去了。"

[①] 江户切子是一种起源于日本江户时代的传统玻璃雕刻工艺，以其精美的切割和磨刻技术闻名。

"明白了。我会留意这件事,做些调查。"

山尾再次端详照片。这个年轻女子是何许人也?即使没有藤堂的委托,他也会产生兴趣。

山尾决定先调查今西美咲的履历。他来到东都百货总公司的人事部,以调查为由,在不复印、不拍照的条件下查阅了外商部员工的档案。

今西美咲的履历并无特别之处。她八岁时转学到富山县的小学,在当地读到高中毕业后,借上大学的机会来到东京。没发现她与江利子的交集。出生日期是一九八六年十二月十五日。

慎重起见,他查询了警方的数据库,但没有犯罪记录,只查到轻微的交通违规。

他又调取了今西美咲的户籍誊本,发现其中有"民法817条之2"的记载,这意味着适用了特别收养制度。

进一步调查后发现,其母好子与富山县一名姓酒井的男子结了婚,但今西美咲并未加入酒井的户籍。

直觉告诉山尾,如果江利子与今西美咲之间存在某种关系,秘密应该就藏在这里。而且——

她的出生日期是一九八六年十二月十五日。

山尾向妇产科咨询:如果在这一天生产,发生性行为是在什么时候?回答是同年的三月中下旬。听到这句话的瞬间,他感到体温骤然上升。

他考虑去富山调查,但即使追问酒井好子,她也未必会透露今西美咲的生母姓名,甚至可能根本不知情。

于是他改变了思路,决定去见江利子的养母。调查后得知养母是深水秀子，住在拜岛站附近一家名为"百合花园昭岛"的养老院。

来到百合花园昭岛后，山尾向前台递出名片，表示想见深水秀子。名片上印的是假名，头衔是出版社的总编辑。

前台的女性联系了本人，对方答复可以在房间见面。

山尾来到房间时，深水秀子已坐在床边等候。她穿着休闲的运动套装，但看得出化了淡妆。

山尾自我介绍后说道："突然来访很抱歉。有件事想向您确认，所以冒昧打扰。"然后补了一句，"是关于您女儿藤堂江利子。"

老妇人露出不安的神色。"什么事？"

"日前编辑部收到匿名来信，信中声称藤堂江利子曾在高中时代怀孕生子。"

深水秀子脸色一沉："胡说！"反应异常迅速。

"您是说纯属子虚乌有吗？"

"没错。"

"那是否需要我这边帮忙压下来呢？"

"压下来？"

深水秀子讶异地皱起眉头，似乎没明白山尾话中深意。

"是这样，"山尾继续说道，"有记者提出要核实这个消息的真伪，只要我同意，他们就会展开调查。但我对此不是很热心，毕竟受过藤堂都议员多方关照，不希望他的政治生涯因此蒙尘，况且我也是女演员双叶江利子的粉丝。所以，如果来信的内容属实，我可以将这件事压下来，反之，如果是凭空捏造，就不妨任由记者去调查了。您看怎么样？能告诉我真相吗？"

深水秀子脸上浮现出犹豫和胆怯，丝毫没有怀疑山尾的说辞。虽然欺骗老人于心不忍，但为了得知真相也别无选择。

"为什么……"老妇人声音嘶哑地说，"为什么要翻这种陈年旧账？"

"因为读者有需求。世人都热衷窥探他人的秘密。"

"这讨厌的世道……"

"但如果不是事实，再怎样深挖也无所谓吧？"

深水秀子痛苦地扭曲嘴角，脸上的皱纹纵横交错。

"请不要……登那种报道。"

"也就是说，来信的内容属实？"

"有一点出入。"

"出入是指？"

"江利子生孩子不是在高中时代，是毕业后不久。"

"什么时候？"

"年底，十二月。"

山尾顿时有种血液逆流的感觉。他极力忍住惊呼的冲动，佯作平静地说了声谢谢。

"我明白了。我保证不会报道这件事，不过今天会面和谈话的内容，也希望您守口如瓶，包括对藤堂江利子。万一消息辗转传到社内人员耳中，我免不了被撤职的处分。"

"好的，我答应您。那就千万拜托了。"说完，深水秀子深鞠一躬。再抬起头时，脸颊已被泪水打湿。对老妇人而言，这想必也是痛苦的记忆。

从养老院回来的路上，一个假设占据了山尾的脑海。不，应该说已经是确信了。

今西美咲是江利子的孩子,这是确定无疑的,问题是父亲是谁。

藤堂说被山尾目击后就不再与江利子见面,直到四月才复合。但从生产日期倒推,发生性行为的时间应在三月中旬。

今西美咲是我的孩子,山尾想。

三天后,山尾联系藤堂见面。

"经过多方调查,今西美咲小姐极有可能是江利子夫人年轻时生的孩子。"他向藤堂宣布了结果,并如实讲述了调查的经过,只在最后补充了一个谎言。"据深水秀子女士说,孩子是早产。原本预产期在一月底。"

"一月底啊……"藤堂皱起眉头。

"推算与生父发生关系的时间,应该是在一九八六年的四月底或五月初。"

"四月或五月……原来如此。"山尾感觉藤堂彻底听懂了,"没想到她跟我分手后竟然生了孩子。"

"想必是怕给老师带来困扰,所以始终没说生父是谁。"

"恐怕是这样,所以事到如今也不能明说,只能暗中见面?"

"您要向江利子夫人确认吗?"

"怎么可能。"藤堂苦笑着摆了摆手,"情况我明白了。先由着江利子的意思吧,不过今后可能还要劳你费心。"

意思是要继续调查今西美咲。山尾答道:"小事一桩。"

此后即便藤堂没有交代,他只要有空就会调查今西美咲的周边情况,也知道了她女儿名叫真奈美。对山尾而言,这是他的外孙女。母女俩在公园的时候,他趁美咲不注意用相机拍下了真奈美。这张照片被他视为珍宝。

今西美咲母女住在幡谷。山尾想尽量靠近她们,便搬去了笹塚。只是这样就仿佛有了家人。

他偶尔会和藤堂见面。除了报告今西美咲母女的情况,也会透露警方的内部消息。每当谈及欺诈、贪污、选举违法等案件的调查进展,藤堂总是放下酒杯专注聆听。

一次,藤堂跟他商量,能不能弄到他人名义的手机。

"有那么几个人,我不想在自己手机上留下跟他们联系的痕迹。但即使处理了手机,只要向手机公司查询,还是能查到很多信息吧?"

"通话记录确实会留存。"

"是吧?我不打算用于不法勾当,只是觉得有这么一部手机会方便很多。怎么样,能不能想想办法?"

"好的,我来准备。"

山尾猜测,这应该是秘密资金交易的需要。如今对警方和检察机关来说,智能手机堪称是证据之王。

或许也会用于联系情人——在六本木高级俱乐部上班的陪酒小姐。那家店藤堂带他去过一次。

山尾恰好认识从事匿名手机交易的人。因为是重要的情报来源,一直未予揭发。

几天后,他将手机交给藤堂。藤堂把玩了一下,似乎在确认手感,然后问道:"话费怎么处理?"

"不用担心,已经设置从我的账户扣费。"

"这不太好吧。"

"不然就没有意义了,这点小事您不必在意。"

"那我尽量不打国际电话。"

"如果能这样就再好不过了。"

"这次真是劳烦你了。来,今晚多喝点。"藤堂开怀地给山尾的酒杯斟上啤酒。

约一年前,山尾发现了一桩令他在意的案件。抓捕持有大麻的不良团伙后,其中一人的通讯录里竟有今西真奈美的名字。

他当即联系藤堂,在麻布十番的料亭见面。

"原以为是同名同姓,但已经确认是本人。我走访了邻里,她似乎常和不良少年厮混,母女俩时有争吵,估计也是这个原因。"

"原来是这样。"藤堂眉头紧锁。

"老师还没告诉江利子夫人,您已经知晓她和今西小姐的关系吧?"

"没有。除非她主动坦白,否则我不打算挑明。"

"那老师过问今西小姐的家事就很突兀了。"

"是啊,只能先静观其变,有情况随时通知我。"

"好的,我会多加留意。"

41

山尾的额头渗出汗珠。他伸手擦了擦汗,长吁一口气。

"那是我最后一次与藤堂老师见面。"

"但你们后来通过电话吧?"五代问,"你刚才自己说的。"

"那是在十月十四日深夜,可能已经过了零点。他是用那部匿名手机打来的,我当时就意识到事态严重。"

"藤堂先生怎么说?"

"他说有件事要拜托我。很快将有重大事件曝光,必须不惜代价掩盖真相,希望我协助。我问是什么事,他不肯透露,只说'你迟早会知道,我会寄个包裹给你,里面有封信说明情况'。"

"仅此而已?"

"仅此而已。说完就挂了电话,我再打也打不通了。"

"启动调查是在十月十五日,所以你当时也不知道真相?"

"不知道。但心里大致有数,也知道老师的目的。"

"你第一时间就发现藤堂先生是自杀吧?"

山尾点头。"那应该是鹈首结。"

"鹈首?"

"那是一种绳结的技法,越拉越紧不会松脱,也叫瓶口结。

他应该是在周围点火后,用浸透煤油的布条勒颈自杀。布条浸湿后不易松开,燃烧过后更看不出痕迹。"

这应该是从登山社学到的技巧。恐怕无论当年担任顾问的老师还是社员,都没想到会用在这种地方吧。

"关于江利子夫人的死,你是怎么判断的?"

"藤堂老师不可能杀人,但他知道凶手是谁,并且试图包庇。想到这里,凶手的身份也就隐约可以猜到了。那必定是对老师很重要的人,但不可能是香织小姐,所以就只剩一个人了。"

"你收到包裹了吗?"

"十六日早晨收到了邮政快递,想必是给我打完电话后就投递到邮筒。里面装着平板电脑、匿名手机和一封信。老师发现江利子夫人的遗体后,立刻查看监控录像,里面清楚拍到美咲来访的画面。茶几上有两个茶杯,房间里有打斗的痕迹,两人间发生了什么不言而喻。老师深知半吊子的伪装瞒不过警方,宁可牺牲自己性命也要虚构出一个凶手。

"他也想过伪装成强迫自杀,但考虑到香织小姐参选在即,需要避免给公众留下负面印象。而如果是遭人杀害,反而有望博取同情票——政治家真是厉害,都到这种关头了,还念念不忘选举。"

"将夫人的遗体吊在浴室里,就是为了制造他杀的假象吧?如果只是自己死了,有可能被当成杀妻后追随自杀,但如果伪装成强迫自杀,警方反而会排除强迫自杀的可能。"

"没错。老师果然不是等闲之辈。"

五代凝视着山尾凹陷的双眼。

"你决定继承他的遗志？"

"算是吧，我也想保护美咲母女。老师已经做到这种地步，我也只能豁出去了。"

"你为什么要在警署内启动平板电脑？"

"当然是为了将怀疑的目光引向我。看到你们的调查进展，我感觉不妙。我料到会调查我们高中时代的往事，但如果查出江利子夫人和美咲的关系，那就全完了。为了防止这一切发生，最有效的办法就是让我被捕。"

"但如果你按兵不动，警方根本不会注意你。"

"是的。为此需要制造一起由同一凶手实施的其他犯罪。于是我想到了寄恐吓信。但我自己脱不开身，就决定让引发案件的元凶来协助。"山尾忽然露出笑意，"不过在那之前必须先取得联系，让美咲知道她有同伴。"

"就是这封邮件吧？"五代拿起刚才那页纸，"落款为'伙伴X'的邮件。然后呢？"

"我把恐吓信和平板电脑塞进美咲家的信箱。恐吓信是寄给藤堂事务所，勒索三亿元。我通过邮件指示她将信投到远方的邮筒。美咲居然一口气跑去了奈良县，让我有些吃惊。不过多亏这样，我的不在场证明就坚不可摧了。就算后面被逮捕，也会让检方难以下定决心起诉。"

五代恍然，难怪第一封恐吓信是邮寄，这陷阱设了好几重。

"第二封恐吓信是发邮件给香织小姐吧？要求的金额大幅缩水到三千万元，这是为什么？"

"我想通过用藤堂老师的平板电脑发送邮件，强调平板电脑正在凶手手中。对了，我事先已经指示美咲，如果警察来问话，就不着痕迹地提及老师有常用的平板电脑。你还记不记得我们去见本庄夫人的时候，美咲提到平板电脑用的包？"

"记得。那也是你的授意？"

"我想给调查人员留下一个印象，从现场消失的平板电脑可能很重要。"

"真是高明。"

这不是讽刺，而是由衷的佩服。

"之所以降低金额，是因为我料想三千万元榎并夫妻应该会付。我打算必要时利用西田从ATM机取款，所以要先确保资金到账。"

"你让西田取款，是因为得知我在昭岛调查你的同学们吧？"

"没错。你正一步步接近江利子的秘密，迟早会查出美咲的事。要想阻止，最好的办法就是另外制造一个嫌犯。尤其如果此人还是在职警察，高层必然很焦虑，即使证据不足也会果断逮捕。只要西田行动了，被捕只是时间问题。我担心的是他是否还记得我。倘若他忘记了，我准备自己打电话向警方告密，不过还好他顺利想起来了。"

五代回想起在笹塚站附近叫出山尾时的情形。

"要求你配合调查让我心里很不好受，没想到一切都在你算计之中啊。"

"其实我也不想进看守所，只是别无选择。直到接到你电话，离开公寓前，我都在拼命销毁证据，比如粉碎匿名手机。"

"这可是相当危险的赌博。你没想过搞不好会坐牢吗？不，甚至有可能被判死刑。"

山尾眯起眼睛，摇了摇头。

"我认为不会被判有罪，也料定根本不会被起诉。近年来各地接连出现疑似冤案的案例，检方也吸取了教训。没有物证，我的供述内容也都无法核实，如果我在庭审时翻供会怎样？现在已经不是口供至上主义的时代了。"

"通过这种方式拖延时间，把案件变成悬案，这就是你的目的吧？"

"检方通知我进行鉴定留置的时候，我确信已经赢了。不过原以为这样美咲就能逃脱了。"山尾歪着头，懊恼地咬着嘴唇。

"如果我们没发现真奈美的照片，你的计划就成功了吧。就是存在你手机里的那张。"

"那张照片啊……"山尾露出吃了黄连般的苦涩表情，"因为太可爱了，忍不住就拍了。不过人果然不该做逾越本分的事。"

"我理解你想要拍下来的心情，那张照片的表情确实很棒。"

"是吧？实在舍不得删掉。"

五代点点头，看了眼手表。

"今天就到这里吧。你已不再是'都议员夫妻被害及纵火案'的嫌疑人，鉴定留置很快就会解除。不过依然是重要参考人，因此还要继续配合调查一段时间。今后会由其他人负责你的审讯，像这样跟你面对面谈话，应该是最后一次了。"

"这样啊，真是遗憾。"

五代挺直脊背，重新直视着山尾。

"有件事需要告知你，关于今西美咲的意向。"

"美咲的意向？"山尾不解地皱起眉头。

"这次案件的真相，与藤堂康幸和你对今西美咲的感情密切相关。你们两位都认定她对自己来说是特别的存在，但不必说，即使有生物学上的联系，也只可能是其中一方。"

"即使有联系……"山尾挠了挠脸颊，"你这话可不中听。"

"只是从科学角度陈述事实而已。因此我向今西美咲确认，是否希望进行 DNA 亲子鉴定。"

山尾咽了口唾沫。"然后呢？"

"今西美咲的回答是'不希望'。检方也认为没必要特意查明。"

"……这样啊。"山尾似乎松了口气，露出平和的微笑。"今天第一次听到值得感谢的话。这样我就可以继续单相思了。"

"单相思……原来如此。"五代点点头，合上文件夹。

42

新年过去半个月后,五代造访了昭岛的 SUNNY 公寓。这是他第三次来到这里。

从正门进入时,他和管理员视线交汇。

"呀,您好!新年快乐。"管理员亲切地说,然后歪着头,"……不过对刑警先生说这话合适吗?"

"没问题,新年快乐。"

今年也请多关照——这话就不用说了吧,今后应该不会再来了。

通过内线对讲机呼叫 503 室后,立刻有人回应。五代事先打过电话,永间珠代的声音里听不出丝毫紧张。

走进房间,圆脸的老妇人带着温和的笑容迎接他。互致新年问候后,和之前一样,五代被引到餐桌落座。

五代将提着的纸袋递过去。"不知道合不合您的口味……"

"哎呀,你不必这么费心的。"永间珠代从袋中取出盒子,眼睛亮了起来。"喔,是年轮蛋糕啊,日本桥三越的。"

"您还真清楚。"

"以前买来当过伴手礼。谢谢你。今天侄女要来,她一定会很高兴的。"

永间珠代走进厨房，开始沏茶。

五代打量着室内，不知道是不是心理作用，感觉清爽多了。墙边堆着四个纸箱，浅咖啡色的猫睡在上面。

"下个月要搬家了。"注意到五代的视线，永间珠代说，"正好找到了合适的养老院。"

"这间房子怎么处理？"

"侄女夫妇会来住。不过之前要重新装修。"

"那太好了。"

"总算安心了。"

永间珠代端着放有茶杯的托盘从厨房出来，将其中一杯放在五代面前。"请用。"

五代低头道谢后，将手提包放到膝头。

"之前电话里说过，今天是来归还保管的物品。"他从包里取出塑料袋，放到桌上。袋子里装着那把刀。

"已经不需要了吗？"永间珠代问。

"和这次的案件没有直接关系，也不会在审判中作为证据采用。谢谢您。"

老妇人眨了眨埋在皱纹里的眼睛，悲伤地凝视着刀子，没有伸手去拿的意思。

"没有直接关系……也就是说，并不是完全没有关系吗？"

这个问题很难回答。虽然可以搪塞过去，但五代来之前就已经打定了主意。"是的。"他点头承认。

"能告诉我究竟有什么关系吗？"老妇人投来探询的目光。

"现在还没庭审，无法全盘托出，不过如果只是关于这把刀的部分，还是可以透露的。"

"嗯，那就够了。"永间珠代正襟危坐。

五代喝了口日本茶，两手放在膝头。

"永间和彦用这把刀袭击的是藤堂康幸。他应该是得知藤堂和深水江利子有私情，在愤怒驱使下采取了行动。"注意到老妇人表情僵硬，他继续说道，"虽然藤堂只受了轻伤，但和彦很可能事后意识到罪行的严重性，以致走上绝路。"

永间珠代垂下头，身体微微前后摇晃，看得出是在强忍急促的呼吸。

"这样……啊……"她挤出微弱的声音，"那孩子果然忘不了深水，竟然对藤堂老师……"

"他是和彦由衷仰慕的人，所以才更觉得被背叛了吧。"

"也许吧。"永间珠代抬起头，"和彦怎么会发现藤堂老师和深水的关系？有人说了什么吗？"

"关于这点……我的回答是不知道。"

永间珠代定定地望着五代，眼神意外的冷静，让五代心头一紧。

"算了。"她幽幽说道，"我大致能猜到。"然后伸手端起茶杯，送到嘴边。

五代也啜了口茶，心想差不多该告辞了。

"对了，原来凶手不是他啊。"

"他？"

"山尾阳介，我看报纸说真凶是个女人。"

五代点头。"没错。"

"可我看了报道也不太明白,山尾好像在包庇凶手,但又说他跟那女人没有特殊关系。"

"情况比较复杂。详情我不便透露,要说的话——"五代斟酌着措辞,"是单相思。而且是心甘情愿的单相思。"

"哎呀,"永间珠代张大了嘴,"那真是美好。"

"美好?"出乎意料的感想让五代讶然。

"不美好吗?贸然两情相悦反而会失恋,单相思的话,就既不会受伤也不会伤害别人了。"

"那倒是。"

老妇人用充满怀念和怜悯的目光凝视着那把刀。

"如果能回到过去,我真想告诉那孩子,有时候单相思更幸福。"

墙边传来响动。猫从纸箱上跳下来,伸展四肢,张大嘴巴打了个哈欠。